千年茱麗葉

春&夏推理事件簿
ハルチカシリーズ

千年ジュリエット

初野晴 著

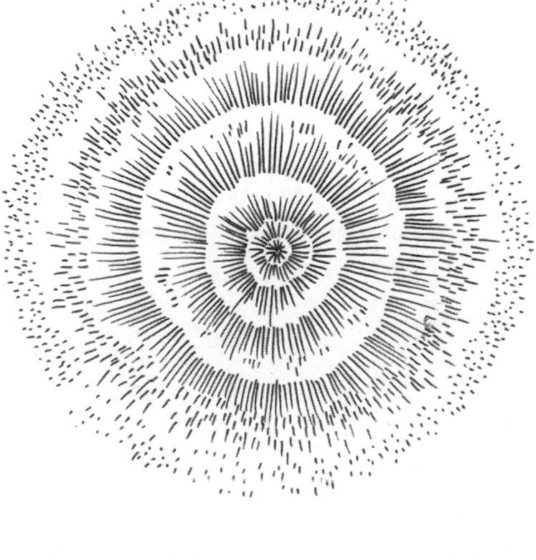

目錄

序奏

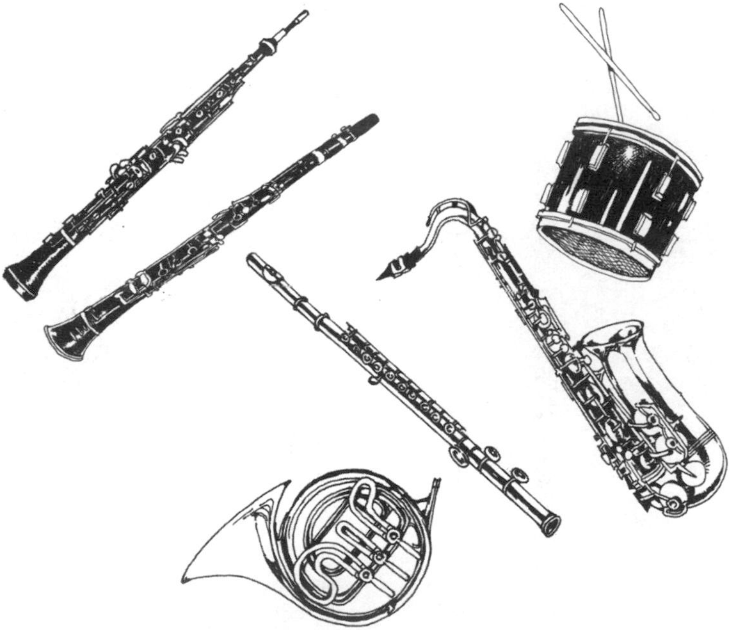

原本因爲社員不足，連地區大賽都無法參賽的弱小管樂社，在顧問草壁老師就任短短十六個月後，有如奇蹟般初次打入東海大會，徹底燃燒青春。這是暑假尾聲的事了。

在這之前，我一直過著拚命練習，早上六點半到校，晚上九點多才離開校門的生活；因此進入第二學期後，仍無法收心，上課也心不在焉，回神一看，文化祭的準備已經開始了。

換句話說，我有好一陣子都沒關心班上的話題和社員間的閒聊，陷入俗話說的女性浦島太郎——「浦島花子」狀態。

還以爲浦島花子只有我一個，沒想到我並不孤單。另一個就是在夏季的東海大會結束後決定入社的同學，不過她會變成浦島花子，理由與我不同。今年好像是她第一次參加文化祭活動。

「欸，攤位是在學校外面擺嗎？」

放學後，自行車停車場的廣場上，她——芹澤拿著剛印刷出來的文化祭介紹手冊叫住我這麼問。

都到了回音樂教室的時間，仍堅持不懈進行個人練習的我，急忙把長笛收進盒子裡。芹澤嘆了口氣，幫忙我收拾攜帶用譜架。

「在學校外面擺攤？」

這我第一次聽說。

「聽說學生會把學校前面的馬路整個包下來了。」

咦，今年的文化祭實行委員會好拚啊。去年只有部分師生異常投入，大多數的學生都冷眼旁觀，所以今年打算好好洗刷前恥嗎？

「……好像很好玩。當天要不要一起去逛逛？」

「別說傻話了。」

芹澤細長的眼睛還是老樣子，散發出令人不敢隨便靠近的氛圍。彷彿只有她一個人身邊吹著不一樣的風，在管樂社裡，也只有我一個人敢輕鬆找她說話。

芹澤提著單簧管盒，望著正在拍攝影片的學生，是要在文化祭上發表的作品。

我猜想，芹澤應該是第一次在放學後留校到這麼晚。我想像她自幼接受音樂英才教育，放棄一般小孩的幸福，歷經激烈競爭的成長過程。據說遠足、運動會、校外旅行等學校活動，她一概不參加，甚至到了第三學期，還記不住班上大部分同學的姓名。她現在好像還是有點抗拒一個人去音樂教室。

芹澤願意加入我們，我眞的超級開心，就好像做夢一樣。不過因爲她原本是個不折不扣的反管樂社人士，堅持拒絕入社，因此大家都很好奇，她究竟是爲了什麼而改變心意的？

今年夏天，她特地前往地區大會、縣大會和東海大會的會場爲我們加油。

說到東海大會，後來我在報紙上看到，當時對我們糾纏不清的自由記者竟然因爲詐騙案向警方投案，令我大吃一驚。我把報紙拿到學校給芹澤看，她啞然失聲，接著雖然只有一點點，卻露出了落寞的表情，這令我印象深刻。那個煩人的記者就是教人討厭不起來，所以其實我也有點難過。

（——抬頭挺胸，不可以放棄！）

耳底還縈繞著那名記者的激勵。雖然和地區大會時草壁老師對我們說的話一樣，但毫無疑問是發自他的內心。不可以放棄……告訴我，即使不屈不撓，卻還是無法翻越眼前的高牆的話，那該怎麼辦才好？在高牆前面徬徨躊躇就行了嗎？後來我有了愈來愈多心事，這也是爲什麼會出現兩名浦島花子的原因之一。

「快點去音樂教室吧。」芹澤催我。

「啊，抱歉，走吧。」我們一起走向音樂教室。

校內到處都是準備文化祭的學生，要找到可以進行分部練習和個人練習的場地愈來愈困難了。屋頂不必說，就連今天我練習的停車場，有時也會被漆油漆的學生給占據。缺乏充足設備和練習場地的管樂社成員，愈來愈常帶著樂器四處漂泊流浪。

「妳有沒有後悔？」我問。

芹澤轉過上半身，停下腳步問：

「後悔什麼？」

「加入學校的管樂社，還得奉陪吹得這麼爛的我。」

芹澤一臉怒容地走過來，我忍不住防備起來，垂著頭說出口的聲音顫抖了。

「沒、沒關係的，不、不管妳什麼時候退出，我都無所謂。」

「怎麼可能無所謂？」

我驚覺自己正抓住芹澤的制服不放，猛然後退。

「嘿嘿……」這回我靦腆地用指尖緊緊地揪住她的袖子。芹澤曾經站上我夢想中的普門館，是管樂社的即戰力，我可不會輕易放她走。

芹澤以優雅的動作把單簧管盒放到地面，雙手用力擰起我的左右臉頰。

「再那樣妄自菲薄，我可要把妳虐待到哭嘍！」

「喂勿乙（對不起）……」

芹澤突然放開手，我總算擺脫了可笑的表情。

「那妳們就無所謂嗎？」

「咦？」

「一隻耳朵聽不見的音樂家志願生，或許根本派不上用場。」

我的臉頰頓時一片火熱。芹澤說了聲，「對不起。」俯下臉去，撿起單簧管盒，快步走掉了。不愧是接受過姿勢矯正，她總是抬頭挺胸。

我望了她的背影一會兒，然後仰望天空。晚霞火紅的天空上，擴展著棉絮般的雲朵。

我重新把長笛盒在肩上搭好，抱著攜帶譜架，小跑步追趕上去。

「芹澤——」

「文化祭那天，妳還是帶我到處去看看吧。」

芹澤小聲打斷我，害臊地別開臉去。

「嗯。」

「一起去玩生物社的撈金魚吧。」

「那當然。」

芹澤的側臉都紅到耳垂去了，甩動著頭髮的我不禁笑逐顏開。

從我們第一次相遇開始，發生過好多的事，不過我們現在是好朋友了，對吧？

我無法幫上什麼忙，也提供不了什麼像樣的建議，但我會陪在妳身邊。哪天妳累了，想要休息了，希望妳想起我們。

……………

接下來我要說的，是發生在高二秋季造訪的休息時間的故事。

是芹澤第一次也是最後一次經驗的、特別的文化祭。

我到現在依然忘不了這個從谷底狀態的五個人開始起步的管樂社。

還有對當時茫然無助的我伸出援手的草壁老師和青梅竹馬春太。

我們三個人四處奔走，招攬社員，吹雙簧管的成島、吹薩克斯風的馬倫、吹低音長號的一年級後藤，還有打擊樂的界雄等等，重要的夥伴一個個加入。

我已經下定決心了。

等我成了大人，講述起高中時代的回憶時，絕對不會提當年有多辛苦。

我想傳達的是，不論身處再艱困的境況，我仍在摸索前進的途中經歷了不少美好的體驗。縱使環境艱難，我還是稍微繞了點遠路，活得精彩快樂。

因爲不管是誰，都擁有這樣一段能盡情揮灑的有限時光——

伊甸之谷

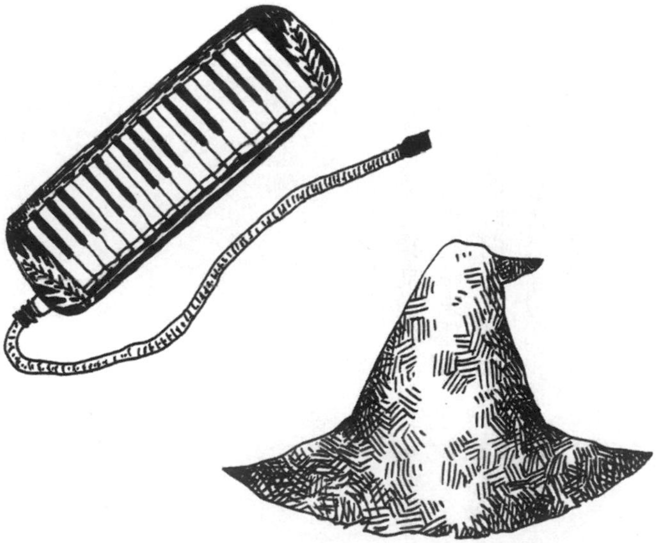

店裡的老婆婆說：

「太可惜了！可是，你不需要新的帽子嗎？」

阿金（註）一臉驚恐，把頭上的綠色帽子用力往下拉，蓋住耳朵說：

「謝謝。但是我剛好想到，

『擁有太多，只會自討苦吃！』」

朵貝．楊笙《姆米谷彗星來襲》

1

感謝日野原大人。因爲有您，文化祭才能順利舉辦。

清水南高全體學生

我肩上搭著長笛盒，仰望校舍上的直型布幕。三十分鐘前還沒有這種東西。布幕上寫的「日野原」是學生會長，三年級的學長，下個月十日即將結束任期。

說到我們管樂社，八月底結束東海大會，連喘息的時間都沒有，便直接進入了文化祭的準備工程。我正處在相隔許久總算上岸的心情中，卻突然目睹這樣一面稀奇古怪的布幕，當然會傻在原地。居然用「大人」敬稱一介學生會長？

「呃……這還眞是……驚人呢，小千。」

轉頭望去，提著法國號盒的春太——上条春太也既驚訝又傻眼地仰望著校舍上的布幕。這個叫我小千的春太，直到六歲以前都是我的鄰居，我們是青梅竹馬，在高中再次重逢。他也是挽救瀕臨廢社的管樂社的功臣之一。法國號這種吹奏樂器，是捲起來的四公尺長金屬管，外型就像蝸牛，演奏的時候右手放入喇叭口，非常獨特。

春太用手機拍下校舍布幕。

「你在蒐集日本珍奇百景嗎？」我問。

「我才沒那麼閒。這很誇張，想拍來寄給姊姊她們。」

明明就很閒。

「那到底是什麼？」

我指著那面根本是奴隸進貢的布幕問，春太歪起頭說：

「妳不知道暑假結束後的風波嗎？」

「不知道。」

春太使了個眼色，我朝那裡望去，只見電影研究社的三年級社員朝著布幕行禮後離開，而生活指導部的老師見狀一臉苦澀地走掉了。那副模樣在在散發出「星期六下午就睜隻眼閉隻眼好了」的想法，委實令人費解。

「所以是怎樣啊？」

「比起我，片桐社長更清楚啦。」

春太一副懶得說明的表情，我應了聲，「是唷。」接著轉過身去，「那我去問草壁老

註：阿金（Snufkin）為朵貝・楊笙（Tove Marika Jansson）的童話姆米系列中的角色，或譯司那夫金。

師好了，順便跟老師兩個人親密相處。」

春太從後面揪住我的制服說：

「好啦，我告訴妳。」

「一開始直說就好了。」

「……我怎麼能讓發情的母貓跟老師獨處。」

什麼話！總比讓老師跟誤入畸戀歧途的變態公貓獨處更健康多了，好嗎？我用腳跟狠狠踐踏春太的腳，他便全身朝我撞來，「很痛耶！」

暗戀草壁老師的公貓與母貓一面保護著樂器，一面展開醜惡的爭執。多虧這段詭譎的三角戀情（♀→♂←♂），害我到現在都還會在夜裡被惡夢驚醒。

耗油的我們不停地哈哈猛喘氣。

「那快點告訴我吧，現在立刻，快！」

「現在？說來話長耶，會來不及參加團練。」

這麼說來，下午一開始的分部練習已經結束，我們正要前往體育館。今天籃球社和排球社都去參加練習賽不在，我們要使用舞台進行文化祭要表演的合奏練習。順帶一提，現在音樂教室被合唱社占領了。

「一分鐘講不完嗎？」

春太深深吸了一口氣，「市內有個高中生得了痲疹，引發恐慌。有段時期，還鬧到要取消運動會和文化祭，不過因爲日野原學長想方設法，總算避免了最糟糕的結果。完畢。」

資訊如洪水般湧來，我慌了手腳。麻疹？麻疹是那個麻疹？那不是小孩子才會得的病嗎？而且我們都接受過強制預防接種，我以爲麻疹老早就被撲滅了，這個詞也絕跡了。

我抓住正要走向體育館的春太的手。

「等一下。」

「看吧，我就說說來話長嘛。」春太喃喃，抬頭望天。這陣子雨下個不停，許久不見的晴空是一片沁入眼簾的藍。「這麼說來，剛才芹澤也抓住我，講了一樣的話……」

「芹澤也問了你？」

春太點點頭，望向校舍的時鐘，快下午兩點半了。

「團練大概六點結束，早點收拾完來找我吧，換個地方跟妳說。」

「休息時間跟我說就好了嘛。」

我想要我們浦島花子姊妹花一起聆聽。

「是芹澤要求的，她說不好意思在大家面前聽。」

差點就被搶先了。倒不如說，我這才發現原來一直以來我都滿不在乎地在眾人面前暴露出無知的蠢樣。

我在樓梯口換上拖鞋（南高不是穿室內鞋，而是每個學年顏色不同的拖鞋），和春太一起前往體育館。

星期六的放學時間已經過去很久了，但校內還有許多學生。

有女生正在清洗沾滿水彩顏料的手，還有部分男生不曉得爲什麼在小睡，某處傳來木吉他的聲音。看到公告欄上貼的倒數計時日曆，我這才知道不到一個星期就是文化祭了。去年將準備期間改為三天，留校的學生變多了，今年更是前所未見地投入。

大家什麼時候那麼熱愛文化祭了？

我感到疑惑。

在低音號渾厚的聲音牽引下抵達體育館時，眾人已經在舞台上準備及暖身了。社員數二十五名。聲部算不上平均，但為了填補差距，沒有人缺席練習。銅管樂器和木管樂器的聲音互斥，聽得出眾人只能顧到自己吹出來的音，無暇彼此協調。扮演橋梁的是春太的法國號，我覺得法國號真是一種不可思議的樂器。

馬倫和成島在舞台前專注地討論著什麼。

馬倫在夏季大會結束後便剪了頭髮。以前他的劉海遮住右半邊的臉，特色十足，有一種把真心話和感情連同視野一同遮蔽起來的印象，但現在剪到眉毛以上，整體打薄，更適合他。

我聽見成島甜美的笑聲。根據我個人的調查，她只會對馬倫發出那種笑聲。

種類繁多而沉重的打擊樂器，已經趁著中午的時候分頭搬來了。界雄預定要在這裡坐鎮到明天的分部練習，正一臉嚴肅地反覆調律。

今天是文化祭表演第一次的全體練習，能在體育館舞台上進行，實在幸運。對我們這些從高中才開始學管樂的社員來說，在音效好的地點演奏，聽起來也比較厲害。簡而言之，較容易聽出自己的表現是否符合預期。平常練習使用的音樂教室聲音容易散掉，實在稱不上是理想的環境。

「——咦？老師呢？」

我東張西望。

「老師說有急事，可能會遲到三十分鐘。」

旁邊的後藤學妹告訴我。嬌小的她國中就學過管樂，吹奏的是長號。雖然中間有一段空白時期，讓她在正式比賽時會怯場，但練習的時候，她能輕易吹出不遜於首席小號的高音。

我穿過雜亂的譜架和椅子之間，尋找芹澤。只看到熟悉的單簧管盒孤伶伶地放在地上。

她去哪裡了？

找到了。

芹澤一個人低調地坐在舞台角落的平台鋼琴椅子上，彷彿要與眾人拉開一段距離。

「芹澤，方便嗎？」

下個月即將引退的片桐社長走過來，像要拜託芹澤什麼事。

芹澤抬頭，一臉困惑地問，「現在嗎？」

片桐社長帶了吹小號的一年級社員過來。看到那名演奏無法順利與其他樂器融合在一起的一年級社員，芹澤點了點頭，用鋼琴彈奏合奏曲。

片桐社長經常用這種方式干涉尚未完全打入管樂社的芹澤。明明還有其他的方法，但我知道社長刻意拜託芹澤，是有理由的。也許社員裡面最關心芹澤的就是片桐社長。這個學長平常總是一副隨便的態度，但遇到緊要關頭，卻十分可靠。

話說回來……

也許是因爲我依然難以置信，眼前的情景總令人覺得格格不入。

芹澤自幼便接受音樂英才教育，立志成爲職業單簧管演奏家。原以爲絕對不可能加入管樂社、令人景仰的這位同學，現在居然落入我的手中——不不不，成爲我寶貴的夥伴，一起加入樂團。

其他的一年級生也留神聆聽平日練習沒機會聽到的鋼琴聲。他們應該都聽過芹澤的傳聞。我對在遠處觀望的一名學妹說，「呵呵，這麼厲害的人，也是我們的學生呢。」眞爽快。

「穗村學姊跟芹澤學姊很要好呢。」另一個學妹悄聲說，爲了滿足學妹熱情的眼神，我向芹澤輕輕揮手，然後挺起胸膛，就要出聲喊「芹澤……」時，卻忽然驚覺一件事。

等一下，我是不是差不多可以直呼她的名字「直子」了？我認爲因爲她的任性，甚至被她拖去岩手花卷的我有這個權利。不，等等，叫「小直」的話，或許親密度會更大幅成長。不不不，叫「直直」比較可愛，然後請她叫我「千夏」吧。不好，腳都哆嗦起來了。喉嚨好像也開始變乾了，深呼吸一下吧，深呼吸，呼、呼吸不過來了……

學弟妹一臉擔心地看著我，我看見春太對他們說，「哈哈哈，這麼厲害的人，也是我們的學生呢。」搞什麼？眞想接一句「呵呵呵，這個怪胎，也是我們的學生呢。」爲了避免打擾芹澤，我默默踹了春太的小腿一腳，就定位去。

專心正事。今天用的不是分部譜，而是總譜。把總譜放到譜架上，從盒子取出長笛。打開的總譜上用色筆寫滿了各種註記。我祕密接受芹澤的個人指導，昨天已經把她的建議都烙印在腦中了。

（……妳這邊跟這邊的中音E不行。我知道很難，但同樣是高中生，也有人做得到。二分音符不要運舌，用吸氣的感覺練習幾次斷音看看。咦？門檻太高？現在才說這什麼話？妳都已經二年級了耶？只剩下一年了耶？妳活在世上，就只會平白浪費熱量嗎？要是下個月都沒進步，我就不理妳了。）

拜託，請不要放棄妳的同學……我微微發著抖，把長笛抵上下唇。

一邊吹奏，一邊等待草壁老師的時候，我忽然聽見大家忙亂的聲音。

類似這樣：

「今天就算吹錯一兩個音也不要慌。一點小錯，老師不會把演奏停下來的——」

團練的時候，有時不管錯得再離譜，還是會演奏到底；但有時只要一點誤差，就會立刻喊停。夏季比賽結束後，草壁老師就嚴格執行後者，但他會斟酌前面的練習狀況和我們的情形，將當天最好的一次演奏安排在最後。

草壁老師是男老師當中少見的年輕音樂老師，他爽快地接下了沒有任何老師願意眷顧的管樂社顧問一職。後來我才知道，草壁老師曾在學生時代拿下東京國際音樂比賽指揮部門的第二名，眾人皆期盼他成爲一位國際級指揮大師。然而他自國外留學歸國後，卻拋棄過往一切經歷，銷聲匿跡了幾年，然後進入我們高中擔任老師。理由不明，本人也不願提起。但唯一清楚的是，他一直是我們管樂社的好顧問。儘管擁有如此傲人的資歷，他卻絲毫不自命不凡，以平起平坐的態度與我們溝通。

不久前，他才率領我們達成在小型編制的B部門中初次打入東海大會的壯舉，讓我們體驗到只要努力就能成功的眞理。

也許是有勇無謀，但我希望明年會有許多新生加入管樂社，然後報名大型編制的A部門比賽。明年是我們二年級生能夠參加A部門大賽的最後一次機會了。我希望和老師一起挑戰，看看這個曾經被譏笑爲弱小社團的管樂社，能在全國大賽爬到哪一階。

十月開始，三年級生將正式引退，進入新體制。我們推選的新社長是馬倫。馬倫雖然推辭，但他不僅具備傑出的演奏力，也很擅長將草壁老師的指導內容正確地傳達給眾人。

正在發音的時候，熟悉的「咚咚咚、咚咚咚」噪音摻雜進來。幾個穿制服的三年級男生正占領了一半的體育館在打籃球。由於隔音效果完善，籃球反彈的聲音格外刺耳。

爲了蓋過那囂張的運球聲，眾人更起勁地進行長音和圓滑奏練習。進高中後第一次學木管的一年級生吹起大音量來，仍不免變得粗魯。說到和打進全國大會的強校之間的差距，簡而言之就是優雅悅耳地吹奏出響亮音色的技術。

「喂，妳也未免太神經質了吧？」

平台鋼琴那裡傳來片桐社長的聲音，我朝那裡瞄了一眼。本以爲是在說我們，結果不是。只見芹澤再三歪頭，露出納悶的樣子，她說鋼琴的調音好像有點不準。她敲了幾個鍵，遠處的我聽不出有什麼差別。

「才不是神經質。八度音不準，鍵盤的反應也太慢。」

芹澤這麼抗議，彷彿在指責連體育館的設備都在社長的責任範圍內。

「什麼？我聽不出來，這點誤差應該沒差吧。」

片桐社長嫌麻煩似地回答，芹澤不高興了。也許兩人都等草壁老師等得累了，對話漸漸變得火藥味十足。

「這音程我聽不下去，進步的捷徑在於聆聽正確的音。」

「那等一下請老師調音就是了。」

「你就只會依賴老師。」

「才不是依賴，是吃乾抹淨。」

芹澤垂頭，低聲啐了一句，「……人渣。」

「妳說什麼？」

「咦？沒有，我是說，老師又不是職業調音師。」

「其實我聽到了。」

「你才應該把你那扭曲的個性調一調才對。」

「那務必請模範生芹澤同學親自動手。來人啊，借把可以把片桐敲成好寶寶的槌子給她！」

這對學長學妹本來就水火不容，可是這爭吵未免太幼稚了。芹澤靜靜站起來，下巴一揚，往體育館門口走去。兩人都走下舞台旁邊的階梯，接著展開一場激烈的貓打架。馬倫急忙跑過去制止。

「再一個月就欣賞不到這種有趣的場景了，眞可惜。」

春太抱著法國號這麼嘀咕。

就在這個時候——

隨著幾下拍手聲，一道陌生的女聲傳了過來：

「——在吵架嗎？不行不行，別在神聖的舞台上做野蠻的事。」

大人的聲音極爲嘹亮地傳遍整個體育館。眾人以爲是其他社團的老師，轉動眼珠子尋找聲音的主人。

我嚇了一大跳。

因爲不知不覺間有個校外人士侵入體育館了。似乎已經有部分社員發現，一名打扮有如稻草人的年輕女子獨自站在舞台下，正仰頭看著舞台。

她穿著褐色與淡綠色花紋相間的皺巴巴短大衣，脖子上纏著一條黃色領巾。明明是室內，卻戴了頂旅人戴的那種寬簷皮革帽，帽簷壓得低低的，背上揹了個圓鼓鼓的背包。

寬簷帽加上圓鼓鼓的背包……

成島一臉嚴肅地湊在我耳邊說，「阿金？」確實，那模樣就宛如在現代復活的女版阿金。

「你們是信二郎的學生，對吧？我聽說樂團還不到三十人。」壓低帽簷的年輕女子這麼說。

她的胸口別著顯示訪客身分的名牌。有時校內會看到別著這種名牌的家長或市政府人員，所以我以探詢的眼神望向她。她似乎脂粉未施，年紀和草壁老師差不多。居然直呼老師「信二郎」，他們是什麼關係？以前樂團的朋友嗎？其他社員似乎也都這麼猜想，但她的外貌實在令人不敢隨便開口詢問。

不過撇開服裝不看，她散發出一股音樂技巧高超的氣勢。加上那落落大方的口吻，感覺若是求教於她，她會傾囊相授。光是她是草壁老師的朋友，我就忍不住興起這種得寸進尺的期待。

最近草壁老師很忙碌。對於以晉級更高階賽事爲目標的我們來說，有校友能夠頻繁到校，指導我們演奏技巧，令人求之不得。強校藤咲高中管樂社就有自己的專屬教練，不過人家是社員超過百名的大家庭，也是普門館的常客……

由於社員全都沉默不語，天不怕地不怕的芹澤回到舞台上開口問，「妳是哪位？」她以強烈的眼神要求「至少把帽子脫了吧。」然後走到平台鋼琴前。校外小姐回以冷笑。若是只看這一幕，會覺得這人個性怎麼這麼差。

「……我聽到你們剛才的對話，最近的高中生還眞愛計較小問題。即使是用這裡的琴鍵，憑著演奏者的感性，也是能演奏出美妙的音樂的。」

被暗批缺乏感性，芹澤頓時變得面無表情。她狠狠地敲出極強音說：

「那請妳示範一下啊？」

年輕小姐哼了一聲說，「感動到哭出來也別怪我唷。」眾人聞言人都僵住了。我目睹了制止說不可以打架的大人，下一秒就對女高中生挑釁的場面了。

2

「雖、雖然不曉得妳是何方神聖，可、可是請不要跟社員起衝突，好嗎？」

才剛和社員起過衝突的片桐社長試著勸阻她們，當然在舞台上下針鋒相對的芹澤和年輕女子都聽不進去。

「其實我從一早就沒吃東西。」

揹著圓鼓鼓背包的年輕女子抽動著鼻翼說。我也聞到令人垂涎三尺的香味。新校舍的某處隱約飄來烤熱狗的氣味。我們隔壁班預定擺攤賣有中獎籤的熱狗，看來正在試烤當中。要是被學生會長日野原抓包，他們就死定了。

芹澤注意到香味，露出傲慢的笑容：

「那麼，我們來進行一分鐘鋼琴賽，讓我們見識一下妳所說的感性如何？如果在場的人都認同妳的演奏技高一籌，我的朋友穗村就衝去買熱狗給妳。」

被指名的我「咦？」一聲，芹澤默默對我打信號，「沒問題的。」年輕女子滿意地點點頭。

「我接受挑戰。如果我輸了，就免費幫那架鋼琴調音。別看我這樣，我的調音本事可是一流的。」

小直，不行啦，老師要來了——界雄想要阻止芹澤。

「信二郎還要十分鐘才會過來。」

年輕女子卻如此回應，令界雄不知所措。她接著說：

「再說，看那個神氣的小女孩怎麼做，這也會是一段有意義的時光。」

芹澤露出凶狠的表情，甩開界雄的手，率先彈奏起鋼琴。她變換音階，反覆連擊同一個高音。那聽起來就像宣告決鬥開始的鐘聲。漸漸地，音符四處跳躍，加入和音，轉變為柔和清澈的旋律。要報考音大，鋼琴技術不可或缺，因此除了自己的主修樂器以外，還必須撥時間練琴。芹澤不愧是自幼學習鋼琴，精湛的琴藝得讓人忍不住聽得入迷。

站在我旁邊的春太低聲說，「好厲害。」

「……嗯。眞的彈得很好。」

「不是那個，我是說她志在必得。」

「什麼意思？」

「她應該是盡量避開調音有問題的琴鍵在演奏。」

眞的嗎？

一分鐘的演奏結束，芹澤志得意滿，臉上寫著「如何？」校外女子送上掌聲。如果春太說的是眞的，我覺得不管怎麼想，這個人都沒有勝算。再說，我們又不是職業評審，根本聽不出一定水準以上的演奏者差異，若要決定贏家，一定會偏袒自己人芹澤。

她到底打算怎麼取勝？

校外女子似乎打算賣關子，遲遲不肯走上舞台。就在芹澤等得不耐煩的時候，她把背上的背包放到地上，從裡面取出某樣樂器。

「我剛才是說『這裡的琴鍵』對吧？」

舞台上的人看到那熟悉的懷念樂器，都不禁差點驚呼。她舉起來的樂器，居然是一台口風琴。

「原來她是Melodion（註一）演奏家……」

界雄手扶著下巴，驚訝地說。

「Melodion？那叫Pianica（註二）吧？」

我以肩膀撞了他一下，春太附耳對我說：

「就跟黑白棋Othello一樣，商標名稱變成俗稱，所以不同的製造廠商，稱呼也不一樣。它的一般名稱叫做口風琴。」

Melodion、口風琴……但是在我的心目中，那種樂器就叫做Pianica。

「用口風琴決勝負算數嗎？」

成島推起眼鏡框，提出單純的問題。

「半斤八兩……我是說兩邊都很幼稚。」

春太嘆了口氣回答。

芹澤露出鴿子連吃好幾記子彈般的表情，啞然怔立原地，年輕女子著手準備演奏口風琴。她把皮帶掛到脖子上，打算像拿薩克斯風那樣左右抓住樂器，彈奏琴鍵。我注意到那台口風琴的琴鍵數目比我以前用過的還要多。那數目……眞的假的？感覺可以彈到三個八度音。仔細一看，本來在體育館打籃球的男學生都停了下來，看著這裡。他們也熱烈地注視著那許久不見的口風琴。

第一個音扭轉了現場的空氣。

嗚嗡………！

長音完美伸展，音色卻鮮明清晰。透過吹入的呼吸緩急，音有時隨之顫抖，傳達出憾動聽眾的旋律。

好厲害，這讓我重新認識到口風琴確實是一種吹奏樂器。因爲呼吸直接轉化成音傳遞出來，因此格外動人心弦。小學低年級的時候，我覺得口風琴音色單薄，一下子就膩了，現在聽到的卻是截然不同的表現力。抖音、滑音、花舌，她徹底精通管樂器最困難的循環呼吸，沒有換氣的無音空白，音綿延不斷。手指在琴鍵上滑行彈奏這種鋼琴無法想像的演奏方法，也令馬倫和成島驚奇不已。

一分鐘的演奏結束後，她的肚子響亮地咕咕叫了起來。完美結束。她摘下皮革帽，恭敬行禮。有如男生的極短褐髮令人印象深刻，仔細一看，她膚色白皙，長得相當漂亮。

春太兀自熱烈鼓掌問：

「吹出來的音跟我們小時候用的口風琴差好多呢。」

「怎麼不一樣？」

校外女子興味盎然地問。

「就好像口琴一樣，高音綿長，音色很悅耳。」

「這是一九六〇年代的義大利製造的克拉比耶塔（Clavietta）。如何？聲音不是蓋的吧？」

「嗯，音很美，但以簧片樂器來說，我覺得有些獨特。」

她露出微笑，似乎很享受與春太的對話。

「這孩子討厭孤獨，所以才會發出這樣的音。因爲這樣，才會唱出讓人聽過一次就忘

註一：鈴木樂器製作所出品的鍵盤口風琴品牌。

註二：東海樂器與及YAMAHA出品的鍵盤口風琴品牌，與Melodion同為日本國內兩大口風琴品牌龍頭。

不了的歌。」

我感受到她的魅力。短短的時間內，她便緊緊地抓住體育館內每一名學生的心了。

「請問……妳就是深愛眞正的自由、孤獨與音樂的阿金，對吧？」

完全成爲俘虜的後藤學妹想要走下舞台，眾人從後面架住她說「馬上就要練習了。」把她拖回台上。

相對地，芹澤一臉不甘地沉默著。年輕女子的表情出現了變化，她的嘴唇露出花朵綻放般的柔和微笑。

「妳明明可以堅稱是自己贏了，卻沒有這麼做。剛才說妳是個神氣的小女孩，我收回這句話。」

「山邊……」

芹澤擠出小小的聲音說。

山邊。我覺得這姓氏似曾聽過。山邊、山邊……應該是夏季縣大會的時候聽到的。我的視線忍不住飄向春太。

「說到山邊，我們知道的名字，就只有山邊富士彥了。」

「啊！」我想起來了。

「他本來是長笛演奏家，曾經在多倫多交響樂團當過四年指揮家，是位聲譽卓越的音樂家，也是草壁老師的恩師，但已經過世了……」

那舞台下的年輕小姐是……

芹澤回答了我這個問題。

「山邊眞琴。山邊富士彥有個孫女，眾人都稱她爲鋼琴天才少女。應該就是她。」

年輕女子露出詫異的表情。

「既然會知道我的名字，看來我挑戰的對手是芹澤直子嘍？我已經從信二郎那裡聽說了。」

草壁老師恩師的孫女……

所有社員都尖銳地倒抽一口氣，然而我卻感到茫然不解。

繼承山邊富士彥的血統、被譽爲鋼琴天才少女的她，怎麼會這樣一身棄世之人的打扮，在演奏吹奏樂器的口風琴？

「老師來了。」

一名學生說，眾人的視線都轉向某個方向。

草壁老師氣喘吁吁地抵達體育館入口了。他似乎十萬火急地從職員室趕來，喘得肩膀上下起伏。老師眼神凌厲地瞪著那名校外女子，發出平常我們不會聽到的情緒化聲音喊道：

「眞琴！」

「哎呀，半路殺出個程咬金來了。」

山邊眞琴——阿金把口風琴塞進圓鼓鼓的背包裡說。程咬金是妳，才對吧？大家都想說這句話，但都忍了下來。

草壁老師跑過來抓住她的手：

「妳對我的學生做了什麼？」

「信二郎，是你說我可以看他們練習的，所以我逗了他們一下。」

原來我們被逗了……眾人聞言都垮下了肩膀。

草壁老師握著阿金的手瞪著她，因此她反駁似地噘起嘴說：

「怎樣嘛？是你說想見我的。」

「我沒想到妳今天會直接到學校來。」

「我只有今天有空，明天就不曉得身在何方了。」

阿金以手掩口呵呵一笑，轉向舞台上的我們說，「你們也不曉得會在何方。名為青春的旅程沒有終點，終點是放棄成長的人任意決定的。」

「……是、是真的阿金！」

不知不覺間，後藤來到舞台前方，因為過度感動，摀住嘴巴的手指都發抖了。

「漫長的旅程不需要大旅行袋，而是要去尋找成長後的大傻瓜。」

「輕描淡寫，卻字字珠璣……都烙印在我心裡了。」

後藤準備把句子抄寫在樂譜背面，眾人從背後按住她，「乖，等下就要練習了。」

阿金感受到草壁老師責怪的眼神，輕嘆一口氣：

「信二郎還是老樣子，老古板一個。我就等到合奏練習結束吧。不過在那之前——」

她朝我們伸出手來，默默彎曲手指，暗示「我贏了，獎品拿來。」芹澤淚眼汪汪地看向我。就算是那麼荒唐的比賽，她還是承認自己落敗了啊……呃，先等一下。

「不能等到練習結束嗎？」

我也噘起嘴向阿金傾訴。

「現在，立刻。要不然我要賴在舞台上吹口風琴。」

這個人果然個性很差。

「啊，我餓得快死掉了，最好可以幫我要兩根來。」

阿金假惺惺地如此央求，草壁老師露出不明究理的表情。成島走下舞台，向草壁老師耳語說明，老師抱頭跪了下去。芹澤不停鞠躬道歉，片桐社長雙手合十，用眼神向我打信號「拜託快去。」結果是我要負責跑腿——擦屁股唷？

「討厭啦！等我五分鐘再練習！」

我大叫，跳下舞台。

「啊！等一下，小千，我也去！」

春太不知爲何跟了上來，我們一起前往新校舍。途中春太的拖鞋聲不見了，我停步回頭，發現他靠在連接體育館和校舍的走廊柱子上，額頭抵著柱子，一臉痛苦。

「春太，你怎麼了？」

「胸口好痛。」

「嗄？」

「他們竟然直呼彼此的名字，到底是什麼關係？」

「我才想知道哩。」

「她叫老師信二郎。哪像我們，這樣下去，到死都只能叫老師。」

「不不不不，不要拿我跟你這個男生混爲一談，我還有叫老師名字的可能性。」

「小千，妳一個人去吧。我要在這裡冷靜一下腦袋。」

每一個都這副死德行……我也好奇得要命，好嗎！我惡狠狠地拉扯痛苦扭動的春太制服。

近三小時的團練結束了。

體育館的時鐘指針指著晚上六點。

一放鬆下來，飢餓感便頓時泉湧而出，每個人的肚子都在咕咕叫。眾人疲倦不堪地著手收拾，但腳都站麻了，不聽使喚，尤其是銅管演奏者更是疲勞。後藤的長號發出近似解脫的一聲，「呼……」

不過比起以往的團練，今天還是有了重大的變化。單簧管聲部有了牽引聲部的穩健旋律。

「今天的日誌，就請低級錯誤最多的上条同學來寫吧。」

成島把筆記遞過去，春太垮下肩膀，沮喪不已。泡在醋罈子裡的公貓，也是個玻璃心的窩囊廢。

草壁老師收好全員的樂譜，爲今天的遲到道歉，指示片桐社長接下來的事，接著便扯著阿金的手離開體育館了。他們好像要去會客室密談。

阿金沒說她來我們學校做什麼，草壁老師也不肯告訴我們。

山邊眞琴，草壁老師恩師的孫女。

從她的言行來看，總覺得她知道老師的過去——

「那個人好厲害，默默地聽了將近三小時的練習呢。」

「她是老師的音樂家朋友吧？」「如果她也可以來教我們就好了。」

走下舞台的社員七嘴八舌地這麼說。我也有同樣的想法。

「要留下來練習嗎？」

回頭一看，芹澤在對界雄說話。今天的團練中，遭到最多糾正的就是界雄，他似乎頗受打擊。「耍。」界雄簡短地回答，而片桐社長經過說：

「七點以前就要回家唷，最近學校很囉唆。」

芹澤瞥了界雄一眼，有些戀戀不捨的樣子，慢吞吞地開始收拾東西準備回家。

我和學弟妹一起把折疊椅收到舞台底下的收納空間時，在體育館地板撿到了老師的指揮棒。我覺得這是一根神聖的棒子，從來沒有在近處看過或摸過，但它其實很簡陋，是用長筷子跟軟木做成的。也許是因爲敲譜架打節拍的關係，前端都斷掉了。

我掃視周圍，特別小心別被春太看到，把它偷偷夾進自己的分部譜。

眾人一臉倦容地離開體育館，卻有一名學生逆向而行。那是個眼神銳利、體型宛如獵犬般精實、身高遠超過一百八的男生，是全校集會中一定會看到的臉孔——學生會長日野原。

原來學生會成員也忙於文化祭的準備相關事務，留到星期六這麼晚的時間。

日野原歪著頭問片桐社長：

「片桐，有沒有訪客來這裡？」

「訪客？」

「一個就像從姆米谷跑來人間的女人。」

「……噢，她剛才跟草壁老師一起去會客室了。」

日野原咂了一下舌頭，片桐部長蹙起眉頭問：

「你找山邊小姐有事嗎？」

日野原從制服口袋掏出一張名片。我也湊過去看，是右上角斜裁的個性化名片。

新品、二手口風琴通販專門店　山邊鍵盤堂
代表　山邊眞琴

「聽說這幾天，她在市內各家各戶到處回收沉眠在家中的口風琴。她好像自稱南高相關人士，用念稿般的言不由衷口吻說什麼想要透過收購口風琴，來幫助爲了貧富不均社會而苦的家庭主婦。」

這是在搞什麼？片桐社長和我對望。口風琴跟貧富不均社會有什麼關係？繼鑑定初戀的初戀品鑑師之後，這是我第二次在學校看到可疑名片了。

「那個女的好像浪跡全國，壟斷口風琴中古市場。」

「壟斷？」

「幾乎獨占。」

口風琴感覺很廉價，應該也沒有競爭同業，而且市場規模似乎很小，不曉得壟斷這種市場是否值得欽佩。我和片桐社長都露出微妙的表情，日野原便收起名片接著說：

「既然她自稱南高相關人士，我想要她捐點東西給文化祭的義賣。昨天是捐獻的截止日，卻都還沒有收到那女人的申請。」

過去眾人譽爲天才少女的鋼琴師，現在在搞什麼啊……

片桐社長輕拍了一下路過的芹澤肩膀，要她留步。芹澤露出詢問的眼神看向他。

「芹澤，剛才那個山邊小姐，眞的是草壁老師的朋友嗎？」

「我不是說了嗎？她是老師恩師的孫女。」

接著芹澤露出回溯記憶的表情說：

「……滿久以前，《鋼琴月刊》曾經專題報導過她，所以我才記得。她的長相跟那時候完全沒變，眞令我吃驚。業界都稱她山邊富士彥的接班人，國中的時候在國際鋼琴賽得過好幾次獎。」

「她從以前就是那副打扮嗎？」

我問，芹澤歪頭想了一下，搖了搖頭。

「我不曉得她是從什麼時候變成那樣的，居然跑去吹口風琴，眞令人難以置信。只要是接受過音樂英才教育的人，一般是不可能去碰連調音都沒辦法調的口風琴。不曉得她是有了什麼樣的心情轉變。」

片桐社長交抱雙臂嘆息：

「恩師的孫女啊……音樂跟藝術家的師徒關係，意外地很棘手，而且那個人可能握有老師的把柄。」

握有把柄……確實有這種感覺。眞令人好奇。

「這樣啊……他們在會客室，對吧？」日野原轉過身去。

「喂，你要去找她？」

片桐社長想要制止，結果日野原背對著我們回答：

「那個女的總教人不爽。」

「因爲她任意自稱南高相關人士嗎？」我問。

「如果是草壁老師的朋友，愛怎麼說都成。我會不爽，還有更深的理由。在全國流浪的那女人會出現在市內，可不是偶然。」

什麼意思？

草壁老師無論如何都想要和阿金見面談談。而阿金剛好在這裡，正挨家挨戶收購不再使用的口風琴……不知爲何，我忽然想起校舍上的感謝布幕，覺得這些事之間有所牽連。

我不停眨眼，日野原湊近我的耳邊說：

「如果妳不想要我把妳剛才藏起來的東西昭告天下，就跟我過來。」

哇！哇！我用雙手捂住日野原的嘴巴，片桐社長見狀愣住了。

「片桐，你的社員借我一下。」

結果我只能踩著囚犯般的腳步，垂頭喪氣地跟在日野原身後。又要晚歸了嗎……我一個人哀傷地吸著鼻涕，這時一對朋友夾住我似地追了上來，陪我一道過去。

「芹澤……」

「嗯，我想打發時間到七點。」

「春太……」

「可惡！管她是山邊的孫女還是誰，我都要揪出那個狐狸精的眞面目！」

原來兩個人都不是爲了我……我體會到殘酷的事實。

3

我們來到會客室前。地點是新校舍一樓，從旁邊依序是保健室、生活指導室、職員室、事務室、會客室、校長室。校舍裡還有留下來準備文化祭的學生，但只有這裡不見人影，走廊的玻璃窗外已是一片昏暗。

日野原站在會客室的門旁，耳朵緊貼在門上。

「眞好奇他們在聊些什麼。」

「喂，偷聽很不道德耶。」我小聲勸阻。

「我的直覺告訴我，那個女人的身分不可信任。像我這樣看遍校內怪人，光憑味道就聞得出來了。穗村，妳應該也已經聞出來了。」

「……要、要是還能再長出來，我眞想擰掉這個鼻子。」

站在遠處的芹澤冷若冰霜地看著我們這段可悲的對話。

日野原像是赫然想到什麼地說：

「對了，我記得隔壁的事務室跟校長室牆壁很薄。」

「會長，不行，這邊鎖起來了。」

春太不甘心地抓著校長室的門說。你也要加入竊聽行列嗎！我差點要伸手擰他的耳朵。

日野原靜靜地走到另一邊的事務室，抓住門把。

「這邊也鎖起來了。」

「要去職員室借鑰匙嗎？」春太悄聲問。

「笨蛋，事務室跟校長室又不開放給學生。」

「可惡……那該怎麼辦才好？搞不好在我們磨磨蹭蹭的時候，老師已經遭遇毒手……」

仔細一看，芹澤手扶著走廊窗戶，正裝作不認識我們。她打開窗戶，讓嘆息溜出暮色之中。不好意思唷，每一個腦袋都少根筋。

日野原從制服口袋掏出手機。「眞不想拜託他們……」他用拇指按下熱鍵，「……喂，發明社嗎？你們還在學校吧？剛好。我改變主意了，未付款票據我會處理，你們帶著開鎖工具，立刻趕到新校舍的會客室前面來。」

短短幾分鐘內，穿著同款工作服的萩本兄弟便帶著工具抵達了。似乎是第一次見到他們的芹澤皺起眉頭，指著他們附耳問我，「……雙胞胎？」他們兄弟倆相差一年級。今年三月，他們依據獨特的詮釋與理論開發出一款古怪的機器「回憶枕」，可以從夢中找到回憶，想要賣給當時就讀國三的後藤，引發了一些風波。

未付款票據遭到擱置的萩本兄弟正依序檢查事務室和校長室的門鎖鎖孔，接著兩人在校長室前彼此點頭。

日野原嚴肅地低聲問：

「……行嗎？」

萩本兄自信十足地打包票說：

「要花點時間，但世上沒有我們開不了的鎖。」

「沒錯。你們打不開的只有人心。交給你們了。」

嘴巴眞賤。萩本兄弟肩並著肩著手開鎖，這段期間，日野原和春太張望周圍把風。誰來阻止這些人啊！

我實在無法忍受這種狀況，和芹澤偷偷摸摸移動到走廊角落。我們回去體育館吧？嗯——正當我們達成共識，有人從背後拍我們的肩膀。回頭一看，日野原正咧著一口白牙站在那裡。

「妳們也是共犯。」

這是學生會長說的話嗎？

我們不敢隨便大聲抗議，就這樣又被拖回校長室前面。正在開鎖的萩本兄弟默默轉過來，好像意外地迅速打開了。

「幹得好。你們可以先回去了，晚點再叫你們過來。」

日野原小聲說，萩本兄弟收拾工具，躡手躡腳地離開了。

校長室的門「嘰」地一聲打開，我和芹澤幾乎是被塞進去地走進裡面。一股近似皮革的獨特氣味刺入鼻腔。操場的照明依稀射入室內，裡頭擺放著豪華的大辦公桌、書架、陳列著金色獎盃的玻璃櫃、沙發和矮桌。

日野原和春太迅速從玻璃櫃裡取出杯子，分給我們。他們打算用杯底貼著耳朵，杯口貼在鄰室牆上偷聽。這種竊聽似的行徑，打死我也不幹。

或許牆壁眞的很薄，光是站著，就能聽見隔壁會客室草壁老師和阿金的對話聲。

（……山邊家自行破產，也只是時間的問題而已。）

（……這是自作自受。只懂音樂的父親，被周圍的人慫恿搞什麼投資，才會落得這種下場。）

嚴肅的對話令我忍不住停止動作，屏住呼吸。

（……我在電話裡面也說過，山邊老師珍藏的貝森朵夫（Bösendorfer）帝王琴在他德國的祕密別墅裡面找到了。妳父親想要拍賣它。）

（……爺爺要是地下有知，一定會哭的。）

貝森朵夫的帝王琴？——芹澤聽了一副快腿軟的樣子，急忙把杯口貼到牆上。咦？那我也要。在場所有的人都一手拿著杯子，肩挨著肩排排站。

整理草壁老師與阿金的對話，內容大略如下：

山邊富士彥生前是一名偉大的音樂家，但不是偉人。

山邊家是從明治時代延續至今的地主世家，富士彥在優渥的環境中踏上音樂人生。由於他也具備出眾才華，因此透過音樂獲得了地位與名聲，然而自幼的浪蕩性格卻改不過來。以這樣的父親爲榜樣長大的長男，也開始搞投資、玩不動產，結果背上了巨額債款。這個長男一直到了四十多歲，都還天經地義地拿著富士彥的信用卡刷都內頂級飯店住宿。他理所當然地繼承富士彥的資產，並坐吃山空。

這次要拿去拍賣的，是富士彥珍藏的貝森朵夫鋼琴。是一九一二年製造的九十七鍵帝王型鋼琴，由建築師約瑟夫・奧夫曼（Josef Franz Maria Hoffmann）在華盛頓公約簽訂前所設計，鍵盤以現在極爲珍貴的象牙所製成。在國內寥寥可數的象牙鍵盤琴中，品質似乎也備受推崇。

「帝……帝王？」我露出懵懂的表情。

「帝王琴，Imperial，最高級的意思，琴中之王。」芹澤激動喘氣地說，「以前的象牙鍵盤品質似乎非常好。雖然不能直接這樣比較，但類似的鋼琴要價兩千萬圓左右。」

「兩千萬……」我說。

「穗村，幫妳用牛丼指數換算一下。」日野原操作手機計算機功能，「中碗牛丼一碗三百八十圓的話，一天三餐，可以吃上四十八年。」

多驚人的鋼琴啊！我心想。

牆壁另一頭傳來阿金的聲音，我把耳朵緊貼在杯底上。

（……沒想到那架貝森朵夫居然藏在德國的祕密別墅。它應該被棄置不顧了很久，不是存放在潮溼的日本，是不幸中的大幸。已經運過來了吧？）

（……程序似乎頗爲繁雜，但現在已經運到山邊家了。）

（……啊，對，你替我去看過了。）

（……我想妳也知道，山邊家的顧問律師出示了一份未公開遺囑，它的公開條件是當山邊家要出售那架鋼琴的時候。而出售鋼琴的條件是，需要妳和我的同意。）

（……確實像是乖僻的爺爺會想出來的主意。需要自己以前的愛徒，和被父母斷絕關係的孫女同意，他到底是多討厭自己的兒子啊？）

（……這部分我就不予置評了。）

（……那你同意了嗎？）

（……我對山邊家來說是外人，也不能不同意。我去看貝森朵夫的時候簽名了。）

（……那接下來全看我的意思嘍？）

（……有一個問題。）

（……問題？什麼問題？）

（……雖然找到了貝森朵夫，卻還沒有找到它的鑰匙。）

（……鑰匙？）

聽到這裡，我把耳朵離開杯底，戳戳芹澤的肩膀。

「欸，鋼琴有鎖唷？」

「琴鍵的蓋子部分有鎖。因爲不想讓別人亂彈走音，也不想被弄髒。」

「這樣啊……」

正專注聆聽的春太用食指抵住嘴唇，「噓！」了一聲，所以我們默默豎耳傾聽阿金與草壁老師的對話。

牆壁另一頭傳來盡情伸懶腰的呻吟，接著是阿金的聲音：

（……又不是多厲害的鎖，沒鑰匙也不會怎樣吧？要不然調音師就沒法調音了。）

（……特製的貝森朵夫只允許主人觸摸琴鍵。黃銅製的鎖孔上，有配合鑰匙形狀雕刻的約瑟夫．奧夫曼的刻印。若是把整付鎖換掉，估價似乎會少掉幾百萬。）

（……原來是這麼回事？無聊。隨他們愛怎麼搞吧。反正就算不懂價值的人把價值換成金錢，也不可能妥善運用。）

（……關於鑰匙，山邊富士彥在遺囑中說已經把它的所在告訴妳了。）

（……什麼？）

（……我也覺得晴天霹靂。）

（……我不曉得鑰匙在哪啊？）

（……山邊老師把克拉比耶塔留給妳了，不是嗎？）

（……我拆開過好幾次，裡面沒藏什麼鑰匙啊？）

（……那是怎麼回事？如果如同遺囑所說，知道鑰匙下落的就只有妳了。）

（……就說我不知道了嘛。）

（……這就麻煩了。照現在這狀況，甚至無法調音。）

（……可惡，這什麼任性的遺囑嘛，直到最後都把麻煩事推給我。）

會客室出現深深的沉默，我們也靜靜對望。

據說山邊富士彥晚年在病榻上度過，去探望他的只有草壁老師和阿金。生前，山邊富士彥指名草壁老師和阿金做爲他的意志的繼承人，諷刺的是，現在兩人都退出了第一線。

他會收下關門弟子，當時仍是個孩子的遠野京香，或許也是出於可能後繼無人的寂寞。但是就連那個遠野京香，現在也——

一手拿著杯子的芹澤俯視地面，我在當中看見複雜的神色。

會客室傳來草壁老師和阿金的聲音：

（……山邊老師因爲過度正直，樹敵過多，妳是他唯一站在他那邊的。）

（……眞要這樣說的話，你也是啊。唯一能夠觸摸那架貝森朵夫的就只有你。我從來都不能觸摸它，而且老是吃虧的那一個。）

（……眞琴……）

（……你還記得爺爺還在活躍的時候嗎？我又不是他的祕書，他卻帶著我前往各地，說可以學到很多事，其實是爲了碰到不方便的事情，就叫我出面解決。當我赫然驚覺的時候，連祕書都跑了，我不曉得替爺爺向那些被他耍得團團轉的相關人士低頭賠罪過多少次。）

隔壁突然傳來「咚！」的捶桌般聲響，把我們嚇了一跳。雖然不明究理，但似乎是阿金經年累月的憤怒在這次的遺囑風波中爆發了。

（……冷、冷靜點，眞琴。）

（……我怎麼可能冷靜得下來？積欠樂團成員薪水，跟主辦單位發生糾紛的時候、他當教授時的學生把他告上法庭的時候、就連奶奶離家的時候，什麼爛事都叫我去解決。不好說出口的話、說不出口的話，他全要我替他去說。我可不是他的翻譯！）

（……我了解妳的辛苦。）

原來如此。就因爲待在孩童般的天才老頭身邊，她飽嚐了紛爭與辛酸。

（……什麼？你還有臉說這種話？你鬧失蹤的事，可是我心目中排名一二的爛攤子。）

阿金苦笑著這麼說，草壁老師似乎沉默了。我和春太忍不住更用力地把耳朵按在杯底上。

（……爺爺晚年身體狀況不佳，有一次你代替他指揮德國柏林交響樂團的訪日紀念公演，對吧？人家給你這個再光榮不過的亮相機會，你卻背叛我們的期待搞失蹤，是我跟爺爺給你收拾善後的。可是就連那個時候，爺爺還是不肯向人低頭，是我跟相關人士下跪道歉的。把這雙爲了彈琴而一直呵護珍惜的手指一次又一次按在地上向人賠罪。）

耳朵貼著杯底的芹澤側臉變得蒼白。指揮家放棄指揮工作，在演奏前搞失蹤，似乎是天大的事。

（……那次眞的很抱歉。）

隔牆傳來草壁老師難受的聲音。

接下來是一段空白。漫長而無言的空白。

（……結果是爺爺不顧醫師制止，替你上台指揮了；但爺爺還是原諒你了，對吧？你們什麼都不肯對我透露，我也只能大聲痛罵你們，你懂我有多痛苦嗎？）

握緊杯子的我感到羞愧，垂下頭去。這不是可以像這樣偷聽的內容。

牆壁另一頭傳來阿金嘆氣的聲音。

（……算了。就我所知，你做出那種不負責任的事，從頭到尾也就只有那麼一次。每個人都這麼笨口拙舌的，實在教人厭煩。可是不管有什麼難以啓齒的事、有什麼沒辦法說出口的理由，我希望你知道，你的身邊有人願意包容這一切。雖然我是已經受夠了啦。）

難以啓齒的事……

到底出過什麼事？我望向春太。他撫摸著鼻梁，像在兀自沉思。

這時一道拖鞋聲從職員室的方向往這裡走來，我驚訝地抬頭。

拖鞋聲停在會客室前，一陣敲門聲後，傳來生活指導部的老師渾厚的聲音：

（草壁老師，有位山邊先生打電話找你。）

（……是我爸吧。他一定迫不及待想知道貝森朵夫的鑰匙下落。）

（請告訴他我在會客，晚點再——）

（……不用顧慮我，先讓我一個人獨處一下吧。我有很多問題要想。）

（好……不好意思，我還是去接電話。）

草壁老師離開的聲音後，會客室裡只剩下阿金。

我移開耳朵。除了日野原，每個人都一臉尷尬。我也在罪惡感呵責下，垂頭喪氣。明明隨時都可以停止偷聽，離開這裡的。

春太領頭，我們正要偷偷摸摸離開校長室時，門突然從外面被打開，我們全都嚇得往後仰。是阿金。她滑也似地溜進來，反手關上門，轉動脖子看我們。

「你們幾個是管樂社的，對吧？一、二、三、四……報上名字。」

我們放棄掙扎，依序說出名字，「二年級的上条。」「穗村。」「芹澤。」「山田。」有個叛徒。

「什麼山田，明明是學生會長日野原學長。」

「沒錯，是渴望受人愛戴的三年級日野原學長。」

「是這次的幕後黑手，變態日野原學長。」

我們七嘴八舌地揭穿，爽快多了。阿金嘴唇歪向一邊，露出微笑。我第一次看到這麼適合褐色短髮的女生。

「呵呵……連學生會長都在，出乎我的意料。可是我說到一半，就隱約察覺到有管樂社的社員在偷聽了，我的耳朵比信二郎好。」

「妳明明知道，卻說出那些話嗎？」

春太忘了自己的惡行，露出不滿的表情。

「反正信二郎不肯告訴你們他轉行當老師的理由，對吧？雖然也沒必要說，但我覺得萬一變成奇怪的流言，被加油添醋，或出現雜音就不好了，所以想透露一些給你們。其他的你們就自己看、自己聽、自己想吧。」

我再次體認到這個人不好對付，深不可測。

「日野原同學，是吧？我得向你道聲謝。」

阿金大搖大擺地坐在沙發上開口，跪坐在地毯上的我們縮著身子抬起頭來。

「對受到麻疹風波牽累的人雖然抱歉，但我也因此在這個地方生意做得很順利。託麻疹風波之福，我朋友的小卡車車斗都載滿了。」

聽到這話，日野原的表情變得苦澀。

短暫的沉默之後，春太插嘴問，「呃，怎麼回事？」

「挨家挨戶收購不要的口風琴相當麻煩。就算白天上門，很多都是雙薪家庭，幾乎沒人在家，就算家長在，有時候也因爲是小孩子的東西，沒辦法當場決定是否出讓。」

「我懂了。因爲痲疹流行，很多中小學都停班停課了。學生在家，所以容易直接談，是嗎？」

「眞聰明。對大人來說，那或許是小孩子的回憶品，但對小孩子來說，有時只是不知該怎麼處理的累贅。我有認識的到府收購的回收業者朋友，所以一起去，也給了名片，應該是可以避免事後發生問題。」

從剛才開始，我和芹澤就跟不上話題。春太察覺到這一點，說：

「小千，今年有超多學生都留在學校準備文化祭，對吧？付出的精力跟去年完全不同。」

確實如此，我一直感到納悶。

「今年的文化祭是週末舉行，兩天都對外開放，沒有只對學生開放的日子。預估參加者人數會是去年的兩倍以上。換句話說，會是史無前例的開放性文化祭。」

「爲什麼？」

有些跪坐不住的日野原替春太回答：

「九月到十一月之間，市內的國高中裡面，只有南高一所學校會舉辦文化祭。其他學校幾乎都停辦，就算要辦，也延到十二月。」

這是什麼稀有的文化祭？浦島花子姊妹的我和芹澤對望。

「……妳們兩個眞的什麼都不知道吶。」

日野原深深嘆息，繼續說明：

「哪一所學校就不說了，市內有一所私立高中出現痲疹病例。八月最後一星期舉辦的足球隊遠征賽裡，有三名二年級隊員得了麻疹，鬧翻天了。」

聽到麻疹，我慌了起來，趕忙問：

「等一下，麻疹不是小孩子才會得的病嗎？我打過預防接種疫苗了啊。」

「預防接種疫苗的免疫力只有十年。大部分人都是在五歲左右接種的，對吧？那穗村妳接種過第二次嗎？」

沒有，我以爲只要接種過一次，終身有效。

「二〇〇八年，第二次接種才成爲義務。對象是國一生或高三生，所以計算起來，一九九五年以後出生的學生都有免疫力。穗村，妳是西元幾年出生的？」

「……呃……」我屈指計算後回答，「一九九四年。」

「妳今年幾年級？」

「高二。」說完之後，我臉色蒼白。

「所以引發了一點恐慌。得了麻疹的三名學生被隔離，沒有傳染給其他學生或家人，風波卻愈演愈烈。市內學校的家長要求今年的運動會和文化祭應該停辦，而實際上幾乎所有的學校也都決定取消。因爲這些都是有不特定多數人聚集在一處的活動。」

「可是沒有傳染給別人吧？」

「家長會主張，無法斷定絕對沒有擴大傳染的疑慮。確實眞要擔心，沒完沒了，也無法否定。妳反駁得了嗎？」

我忍不住想搖頭說沒辦法。

春太接著說明：

「我們學校也不例外，有段時期幾乎就要決定停辦了。但日野原學長發起反對連署，甚至把家長會提出的延期妥協案都推翻了。雖然滿亂來的，最後還是成功堅持住了。在市內，這所學校是最後的據點，一切取決於這次文化祭是否成功，或許各種活動的取消停辦也有起死回生的機會。」

芹澤用一種看古怪動物的眼神看著日野原問：

「你爲什麼要這樣堅持？」

春太回答這個問題：

「一點小問題，是無法動搖日野原學長的。就連每年一定會收到的恐嚇信，他都會在布告欄前邊哼歌邊打分數呢……先不說這個，幾乎所有的社團三年級生都即將引退，忙著準備大學入學考，全校學生都能參加活動的最後期限就是十月。換句話說，對三年級來說，這形同他們高中生涯的最後一場活動正面臨取消。」

我回想起電影研究社的三年級社員對著布幕行禮的一幕。

原來是這麼一回事。

特別的文化祭——我明白今年我們學校的文化祭，成了背負市內國高中生期待的重要活動了。特別是文化社團的二年級生，或許必須懷抱著超乎去年的當事人意識籌備才行。

好，我燃燒起來了！我在膝上輕輕握拳。

「講完了嗎？抱歉像在潑冷水，但你們最好認清自己現在的處境。」

聽到阿金的話，犯了非法入侵、竊聽等罪嫌的我們四人縮了起來。

「要是有《天才妙老爹》（註）裡面那樣的警察（全日本最濫用槍械），眞想把你們交給他。」

「我、我我、我們會被逮捕嗎？」

阿金覺得好笑，一個人當眞的我噘起了嘴。她說了聲「抱歉抱歉。」乾咳了一下後說：

「跟剛才在會客室裡提到的有些重複，不過世上有些事情就算想說，也說不出口。比方說這次的痲疹風波，那位學生會長因爲堂堂正正地貫徹了沒有人敢對世人辯駁的話，才能保住文化祭。以某個意義來說，跟我有些相似，所以這次的事，我就幫你們對信二郎保密好了。」

春太鬆了一口氣。

「不過告訴我爲什麼連學生會長都在這裡。」

阿金在沙發上交換交疊的雙腳說，日野原不甚情願地開口：

「就像上条說的，今年的參加人數應該會有兩倍以上，所以我想增加義賣的品項。口風琴具有意外性，而且多半色彩繽紛，我覺得可以成爲焦點，所以想請妳提供協助。」

「意思是叫我捐贈口風琴？」

「妳不是利用了痲疹風波？不覺得有點心虛嗎？」

「有人含過吹過的中古品，小孩子不會覺得噁心嗎？」

日野原露出圓滑的笑容搓著手，一副想喊「老爺」的嘴臉說：

註：天才バカボン，赤塚不二夫的代表作漫畫，曾多次改編成動畫、電影及電視劇。

「請別講那種否定二手管樂器買賣的話嘛。反正可以轉賣的品項，都會清洗並好好消毒吧？」

阿金露出思索的表情。等待的期間，芹澤插嘴說：

「口風琴就算是全新的，也不到五千圓，與其買二手的，大家不會比較想買新的嗎？」

日野原「嘖」了一聲，「對於某些家庭來說，就算是三千圓也是筆大錢啊。像萩本家就是。妳這個只知道剛出爐的牛角麵包的千金大小姐別插嘴。」

「什麼！」

「好了好了……」春太安撫兩人。撥弄著短髮的阿金長長地吁了一口氣，做出決定：「日野原同學，是吧？好，我就捐個四、五十支給學校。你要把它們像疊疊樂一樣堆起來，讓那些參加者大開眼界。」

阿金伸出細長的手這麼說，日野原探出身體應道，「我保證。」與她用力握手。我一個人煩悶地想像矗立在義賣會場的口風琴疊疊樂。今年南高的文化祭眞的沒問題嗎？

「請問……」我露出懷疑的眼神，「妳眞的在做中古口風琴的郵購嗎？」

阿金眨了兩三下鑲著修長睫毛的眼皮。「不是本行。」她乾脆地否定，把我嚇了一跳。「當然，要是挖到寶，也就是所謂的珍品會讓人很開心，例如母親或祖母那一代的東西，在過去一點都不值錢，但看在職業口風琴演奏家眼中，有些卻是令人垂涎三尺的名品，也有在台灣製造，後來停止製造的國內品牌，甚至還有義大利製品。有時可以挖到這類寶貝，所以令人欲罷不能。」

「那回收以後的大多數口風琴都怎麼處理？」

「拜訪全國老人安養院或特殊教育學校時，會是不錯的伴手禮，不會浪費掉。」

「咦？」

什麼意思？我細細端詳阿金俯下的臉孔。

「……聊得太開心，好像坐得太久了。信二郎差不多該回來了，我先走了。」

她有些不捨地從沙發站起來，踩著悠閒的腳步前往校長室門口。就和我至今爲止遇到的音樂家一樣，她也抬頭挺胸，昂首闊步。

「我給在場的管樂社社員出個功課好了。爲什麼日本的義務教育都使用口風琴？聽到了嗎？思考這個問題，絕不會是浪費時間。」

她留下這句話，靜靜關上了門。我們錯失了回去的時機，處在尷尬的氣氛中，繼續待在校長室裡。

4

次日，星期日。

結束早晨練習，意氣風發地回到音樂教室一看，芹澤正蹲在拉門前，一副不好進去的樣子。她看到我，輕輕向我招手，我立刻跑了過去。

音樂教室裡傳來熟悉的聲音。我悄悄把拉門打開一條縫，大吃一驚。一年級社員正圍著椅子上的阿金，和樂融融地談笑著。看來她已經成了風雲人物，或是單方面受到崇敬。

不過她不是說要去旅行嗎？還是那是我的妄想？

我忽然想起貝森朵夫的鑰匙。

可能要被拿去拍賣的山邊富士彥的遺物鋼琴。

遺囑裡說已經把鑰匙的所在告訴她了，但她毫無印象。

這件事還沒有解決，所以她今天也被草壁老師找來了嗎？

因爲昨天的心虛，我們偷偷摸摸地遮著臉，移動到音樂教室角落，遠遠觀察她們與阿金的模樣。

「……請問，平常要聽什麼音樂，演奏才能進步呢？」

「妳以前學過管樂嗎？」

「高中才開始學的。」

「這個嘛，外行人想在一兩年之內進步，聽演歌是最好的。」

「咦！」

「可別小看演歌了。演歌呢，已經建立出一套喜怒哀樂的美學形式，而且演歌的演奏有許多高手，即使是初學者，也能一清二楚地聽出管樂器的吹奏技巧。也許最近很流行，但與其聽那些賣場堆積如山的俗濫古典樂ＣＤ，我覺得聽演歌更有幫助多了。」

「眞的嗎？」

在旁邊偷聽的我陷入啞然，暗自爲買下一片五百圓的古典樂ＣＤ後悔不已。

窗邊的馬倫和成島也興味十足地聆聽。

「有空請再吹口風琴給我們聽！」

「沒想到口風琴也能吹出那麼迷人的音！」

渴望指導老師的一年級社員拚命吹捧阿金。我明白那種心情。

「是嗎？小學的時候，大家都一起吹過口風琴吧？應該有很多學生第一次接觸到的鍵盤樂器就是口風琴。」

聽到阿金這麼說，一年級社員面面相覷。

「這麼說來，怎麼會這樣呢？」

「不知道爲什麼，口風琴就是不好玩……」

「因爲音很單調，所以一下子就膩了也說不定……」

「我喜歡的班上女生有一次想要把管子像胃鏡那樣吞下去，差點鬧到叫救護車……」

不知不覺間，片桐社長加入圈子這麼說，可憐的一年級生整個靜默下來，搞得像守靈一樣。音樂教室的門「嘩啦」一聲打開，春太抱著法國號進來了。他看到阿金在裡面，也露出驚訝的樣子，但跟我們不一樣，他謹慎地分開一年級社員的圈子走近她。

「請問……」

「這聲音，是昨天的上条同學，對吧？」

春太沉默了一下。

「什麼？怎麼了？」

「不，沒事……我想過妳出的功課了。」

阿金微笑，靠在椅背上，雙手交抱在後腦勺，「請繼續。」

「日本的義務教育爲什麼多半使用口風琴？因爲口風琴不需要調音、方便攜帶，而且可以用低廉的價格觸摸到鍵盤樂器，應該是因爲這三點理由吧？」

「大致上是這樣沒錯。」阿金說，「那爲什麼大家小時候一起學，然而長大以後還繼續吹口風琴的人，卻少之又少？」

春太露出想了一下的表情說：

「妳是說口風琴的缺點嗎？音量小，不適合合奏。」

「還有呢？」

春太沉默，芹澤走上前去，助他一臂之力：

「缺少具體目標……難得有機會聆聽職業演奏家的演奏？」

阿金轉動脖子，對兩人的意見滿意地點點頭。

「我覺得口風琴呢，是身爲音樂家的表現力和想像力夠豐富的時候，才會有需要的樂器。它是靠吹氣發聲，所以停止呼吸，就不會有聲音。因此可以隨心所欲地發揮運舌和抖音技巧，也可以吹奏出和音。鍵盤柔軟，外型比鋼琴小巧，一手就可以按住八度音以上的音，也可以輕易做到滑奏（glissando，指頭在鍵盤上滑行，演奏出連續音符的演奏方法）。最重要的是，口風琴靠呼吸和運指就能實現的豐富表現力，可以將腦中的形象立刻轉換成音樂。而如此呈現出來的想像力，不會保留在譜面上，只會烙印在聽者的腦中。」

阿金說，從腳邊的背包取出克拉比耶塔，向眾人展示。

「所以呢，這並非單純的樂器，而是一種手段。」

一種手段……什麼意思？

一年級社員把頭挨在一塊，一臉稀奇地看著克拉比耶塔。芹澤似乎也很感興趣，走近眾人背後。我也從芹澤的肩後觀看。在近處一看，可以看出它的形狀和兒時玩過的口風琴不同。鍵盤更大一點，說好聽是像古董，說難聽就是老舊。琴身後側有個可以讓手穿過去的堅固皮革固定帶，並排著許多直徑約三公厘的疣狀突起。總共是直十四排、橫三行。

觀察克拉比耶塔的芹澤抬頭問：

「……背面的突起是止滑用的嗎？」

「對，一般沒有這樣的東西。」阿金張開十根指頭，「我的皮膚極端乾燥。大概小學六年級的時候，我爲了讓琴藝進步，把有輕微多汗症的指頭動了手術，結果爲它的副作用吃足了苦頭。」

她所經歷的嚴苛競爭與英才教育的駭人，令在場所有的人都說不出話來。只有芹澤伸出手去，抓住克拉比耶塔的皮帶。她一臉若有所思，打從心底不甘心地說：

「都犧牲了那麼多，妳爲什麼放棄了職業鋼琴家這條路？」

「我想妳應該懂。」

「咦？」

「在這個圈子裡，能夠成爲眞正的職業演奏家的，只有一小撮人而已。」

芹澤搖了搖頭：

「連一小撮都不到。」

阿金的側臉罩上陰霾。

「……妳這麼年輕，就已經了解現實的殘酷了。」

「但至少山邊眞琴應該屬於那一小撮。」

「我沒有才華和運氣。」

「妳在國際鋼琴賽上贏得那麼多獎項。」

本來還在開心吵鬧的一年級生、片桐社長、春太、馬倫及成島，每個人都看著兩人嚴肅的對話，連大氣都不敢喘一下。

「現在我要說的，是很重要的事，你們好好聽著。對於想成為音樂家的人來說，我成長的環境太過得天獨厚了。世上沒有與生俱來的才華。若是有，那也只是與生俱來的環境。不管是任何領域，只要從小苦練個十幾年，就一定能從身邊的人當中脫穎而出。只要認真去做，就能實力與實績兼備。但能否靠它養活自己一輩子，就音樂這個世界來說，必須抓住時代脈動，並等待運氣這樣的順風幫助……我想往後妳就會知道這件事，可是就讀音樂大學的學生幾乎都沒有發現，他們在學習的其實是文化。所以讀到四年級，面臨出社會後理想的軌道中斷，都會倉皇慌張不知所措。演奏技巧不用說，能夠成為演奏家賺錢養活自己的，只有英俊貌美的人，或是不怕誤解地說，只有弱者。其他絕大多數的人只能成為教師，教導下一世代進入音樂大學。過去接受指導的人，這回變成指導他人的人，以某些角度來看是令人欽佩的。但是過去向一流音樂家學習的人，現在只知道教導對現實一無所知的孩子音樂，也可以說是一種惡性循環。學音樂是為了什麼？然而如果不這麼做，就無法糊口。由於成為演奏家的目標一清二楚，這條路也就更為殘酷。」

不知不覺間，我把長笛盒緊緊抱在胸口，屏氣聆聽。

芹澤還維持著冷靜。阿金繼續說下去，那聲音聽起來也有些透著疲憊。

「能夠讓人暫時忘掉這個惡性循環的伊甸園裡，有著許許多多的音樂家志願生。即使如此，妳還是喜歡音樂，想要成爲職業演奏家嗎？若是如此，對妳來說，音樂就像是毒品，可以麻痺往後出社會正常生活的感覺。我已經聽說妳右耳的事情了。我們非常脆弱，遇上困難時，一定會歸咎於失去的事物。即使妳的演奏技巧能夠恢復到原來的水準，妳也無法承受永遠如影隨形的評價，『以一個有缺陷的人來說，吹得很棒了』。」

太過分了。我終於忍無可忍，大聲插嘴：

「等一下！」

眾人朝我望來，完了……羞恥心讓我垂下頭喃喃說，「有些人即使身體有缺陷，還是成爲了不起的鋼琴家或大提琴家啊。大家都努力克服了困難，不是嗎？」

「怎麼，原來妳要說的是這種陳腔濫調？」

被阿金如此一口否定，我嚇得臉色發青。

「……不管是鼓掌還是跺腳都有兩種，充滿同情與溫情的，以及感動到說不出話、只能以身體來表現的。妳因爲經驗過後者，所以才會選擇職業演奏家之路。對嗎？」

芹澤用力閉上眼睛，沒有否定也沒有肯定。這回是春太插嘴了：

「妳講話眞的好直接。」

「是爺爺訓練出來的。再說，既然都說出口了，就沒什麼好忌諱的吧？」阿金輕鬆反駁，表情柔和了幾分說，「欸，不要誤會了，我不是說她不能成爲職業演奏家，也不是勸她放棄。不只是芹澤同學，還有認眞學習管樂的你們，有些事情是我可以跟信二郎一起教給你們的。」

芹澤慢慢抬頭，以堅毅的眼神注視著阿金。音樂教室的拉門打開了，我們全都望向那裡。草壁老師一手拿著樂譜站在那裡，他好像在走廊默默聽著。接著在體育館自行練習的界雄和後藤等人把打擊樂器搬了進來，我知道已經到了開始練習的上午十點了。

我回想起剛才的話，交互看著草壁老師和阿金。

這個人以後要……

和老師一起教我們？

「眞琴。」草壁老師的語氣有著責備。

「我只是幫你把你不好跟這女孩說的話告訴她而已。」阿金滿不在乎地靜靜微笑，「你當老師之後，變得有點太過溫柔了。」

她扛起背包，準備收拾回去，手摸索著克拉比耶塔。

「妳眞的要跟老師一起教我們？」

芹澤把克拉比耶塔緊抱在懷裡不肯放開。不是被抓了人質，而是被抓了克拉比耶塔質的阿金吁了一聲，「哈哈哈」地笑了。

「照這樣下去，感覺會正中信二郎的下懷。眞令人不爽。」

接著她彎身大大地嘆了一口氣，想了一下後開口：

「欸，妳沒有忘記昨天欠我的吧？要練習到下午的話，中午休息時間來幫我一下吧。有件事我無論如何想確定一下。」

我和春太悄悄對望。她說的昨天欠她的，不是指彈琴比賽，而是在校長室偷聽的事。她需要幫忙的事，或許是關於貝森朵夫的鑰匙。

5

午休時間。

儘管是星期天，校舍卻有許多到校準備文化祭的學生。或許就像日野原說的，由於預估會有大量來自市內外的參加者，連平常不參加文化祭的回家社學生都參與其中。到處都是敲敲打打的鐵槌聲，製作出與往年相較誇張許多的紀念碑與裝飾品。

今年南高的文化祭究竟會變得如何？

最關鍵的阿金與芹澤兩個人關在會客室裡不出來。

「她們在做什麼？」

跟上來的我在門前走來走去，終於耐不住性子，在春太耳邊小聲問。

「唔唔唔。唔唔唔唔唔。（不曉得。也沒聽見話聲。）」

塞了滿口麵包的春太小聲回道。他正在吃的是他最喜歡的「俗擱大碗的俄羅斯麵包」。麵包哽在喉嚨裡，春太痛苦彎身，我拍拍他的背，看著會客室的門。比起困惑，我更感到不安。若是昨天的事，我們也有責任。

一會兒後，門內隱約傳出芹澤的聲音，「……呃，沒有耶。」

「……沒有？」門內阿金的聲音也很小。

「都……沒有……」

「不應該……沒有……漏掉？」

「沒有……就是沒有……」

「我覺得不……沒有……」

沒有來沒有去的，到底是在打什麼啞謎？我和春太疑惑不已，這時一道振奮的聲音響起，「請等我一下！」接著會客室的門突然打開。出現在我們視線前方的是芹澤。

「啊！」她驚呼，然後說「省得我去找人了。」不由分說地抓住我們的手，把我們拖進會客室裡。

「是昨天的上条和穗村，讓他們來看看就知道了。」

芹澤用力推我們的背，把我們推到深坐在沙發上的阿金面前。

看到玻璃桌上的東西，我大吃一驚，是徹底拆解開來的的克拉比耶塔。拆下來的螺絲一絲不苟地收在小瓶子裡。

我看著一個個零件問：

「這、這是怎麼了？」

「上条同學和穗村同學，是吧？金色的細長零件不要直接用手摸，拿的時候要隔著布。」

阿金嚴厲地說，我急忙拿起玻璃桌上的布。「呃，我一頭霧水……」

「不懂嗎？妳們昨天不是全部偷聽到了嗎？」阿金說。

「才沒有。」都到了這步田地，我還想撒謊。

「貝森朵夫的鑰匙所在之處。」

「……哦，那個啊。」立刻就穿幫了。

「我爺爺山邊富士彥在遺囑中說他已經把貝森朵夫的鑰匙所在之處告訴我了，但我從來沒聽他提起過，也沒有收過裝著東西的郵件。爺爺留給我的，只有他在臨死前給我的這個克拉比耶塔。」

我懂了。所以才會把它拆開，檢查看看有沒有留下某些文字，或是藏了什麼東西。想到這裡，我忽然覺得哪裡怪怪的。

我重新觀察一一陳列在玻璃桌上的零件。結構似乎比想像中的更要單純，可以看出大致上是以四個零件所構成。宛如古董的外殼、與空氣通道融爲一體的鍵盤底座、排列著每一個音階金屬簧片的零件、以及熟悉的管狀吹管。

「這個琴鍵是象牙的嗎？」春太蹲下來湊上去說。

「怎麼可能？你怎麼會這麼想？」阿金受不了地反問。

「琴鍵上的污漬歷史悠久，別有韻味，有一種薰銀的質感……」

春太慌張地這麼回答，阿金嘆了口氣說明：

「即使是號稱口風琴元祖的義大利製克拉比耶塔，也不可能使用珍貴的象牙做琴鍵。剛才我也跟芹澤同學說明過，這是爲我量身改造的特製品。是爺爺施捨給我的遺產。」

「施捨給妳的遺產？什麼意思？」春太問。

「我這輩子只向爺爺要過一次任性，埋怨他爲什麼只讓信二郎摸貝森朵夫？爺爺大概是記得這件事，所以把這台克拉比耶塔換成了象牙替代品的琴鍵。還有堅固的皮革帶，以及外殼背面的止滑點。」

「這是替代品？」

春太感動地觀察琴鍵，阿金的側臉露出落寞的表情。

「是天然酪蛋白。華盛頓公約以後，象牙變得珍貴，開始流行起這種新材質。意思是我用這種替代品就夠了。天然酪蛋白跟象牙一樣，吸收汗水後會髒掉變色，所以維護起來滿累人的。」

春太靈巧地使用我遞過去的布，一個個仔細檢查克拉比耶塔的零件。

我也一起張大眼睛仔細看，準備不放過再怎麼細小的文字，或提示鑰匙所在的線索。已經檢查過的芹澤也一起看著。

琴鍵的零件、金屬簧片的零件、吹管、最後外殼也仔仔細細地查看過每一個角落，卻都沒看見疑似的文字或蛛絲馬跡。

春太再一次仔細檢查，交抱起手臂深思，然後抬起頭來說：

「……在解謎之前，我想到三個問題。」

「三個？」阿金苦笑，「還眞不少。問吧。」

「第一個問題，爲什麼不找草壁老師幫忙？」

這麼說來確實如此。阿金的表情略略一沉，看似整理完想法後開口：

「……是啊。現在的信二郎，變得比我認識他的時候溫柔太多了。要是爺爺在克拉比耶塔裡面寫下某些不好的內容，難保他會隱瞞不念給我聽。」

這有些奇妙的說法令我納悶。怎麼回事？從昨天開始，就有哪些地方讓我覺得不太對勁。但我太笨了，想不出是什麼東西不對勁。

「第二個問題，是關於山邊富士彥留下的貝森朵夫帝王琴。鋼琴的象牙琴鍵眞的那麼好嗎？」

「嚴格來說，並沒有根據能證明使用象牙音色會更好……不過……」

「不過？」

「這只是一種感覺，音色會更冶豔。而且象牙有一種蠱惑的魅力，具備吸住手指的觸感與自然的重量，手指一旦接觸過那種感覺，就再也無法彈奏象牙以外的琴鍵了。象牙琴鍵愈是使用，愈會與演奏者一同累積經驗。」

「這克拉比耶塔的琴鍵無法滿足妳嗎？」

阿金停頓了一下，像是在猶豫該如何回答。

「沒這回事。我覺得象牙琴鍵必須用在匹配得上的鋼琴上才行。這支改造克拉比耶塔也不壞，它讓我有些了解為什麼爺爺甚至不肯讓自己的親生兒子碰琴鍵了。」

「那第三個問題——」

春太站起來，突然在她面前左右揮手。

「妳的視力是從什麼時候惡化到無法矯正的？」

原來如此，一直以來對阿金的種種疑問總算冰釋了。芹澤驚慌地看著阿金，而春太謹慎地繼續說下去：

「妳在音樂教室給了芹澤那麼嚴厲的忠告，是不是因為妳把自己重疊在她身上了？一般來說，對於將近初次見面、而且身體功能有障礙的高中女生，應該沒辦法說得這麼不客氣。」

阿金當時關於掌聲的忠告，有著過來人的重量，所以才令人無法反駁。

「妳對芹澤應該有一種近似同類相斥的感情。」

聽到春太的話，阿金像個外國人似地聳了聳肩：

「……不是同類相斥，再說，我也沒有刻意隱瞞視力的事。」

「妳有。從昨天開始，妳就不停地做出不依賴視力的行動。自以爲不會露餡，這樣是不對的。名片也是，會把其中一角斜裁，也是爲了不搞錯正反面，對吧？」

阿金靠到沙發椅背上，就這樣擺出仰望會客室天花板的姿勢。

「別看我這樣，我也是經過相當的訓練，自以爲順利融入周圍的……」

「其實在體育館第一次見面的時候，妳第一句話就露出馬腳了，後來我就一直耿耿於懷。南高體育館的隔音做得很好，籃球反彈的聲音格外響亮。光靠耳朵聽，方向感會錯亂，所以妳才誤會了。」

聽到春太的指摘，阿金露出錯愕的表情。

「片桐社長和芹澤並不是在舞台上吵架。」

一會兒後，傳來一道又長又響的嘆息。

「我不太想告訴別人，我大一的時候，貝賽特氏症發病，變成極度的弱視。東西拿到眼睛前面，是勉強可以判別，但基本上是一片模糊。沒辦法讀字，也再也無法讀樂譜了。醫生說，或許有一天會完全失明。」

阿金的聲音沒有一絲悲愴。我覺得那是在這當中的歲月裡，被過濾、稀釋而消失的感情。她表情淡然，滿不在乎地述說事實，目光注視著虛空。

「……發現得了這種病時，家人和好友都爲我哭泣，他們也希望我不要放棄音樂。他們鼓勵我，說有些失明的人持續在音樂界耕耘，也有些人闖出一番成就。還邀我說趁著現在還看得到，一起去旅行多看些美景。」

阿金不斷搖著頭。

「只有爺爺和信二郎不一樣。他們都叫我放棄音樂，叫我趁著還看得見，學點字、用拐杖進行步行訓練，有空就多看書。他們眞的很殘忍，可是我也發現，他們是眞心爲我著想。託他們的福，我總算能夠從漫長的夢中醒來，也總算從音樂家擺脫不掉的無間地獄解脫了。肩上的重擔卸了下來，目的變成了手段。這不是妥協，所以口風琴成了我活下去不可或缺的東西。」

我和春太都默默聆聽。從昨天開始，她就一直字斟句酌地告訴我們這個世代重要的事。

「芹澤同學？我知道妳的耳朵的事。我不覺得可憐。因爲這對現在的妳來說，是天經地義的事實，對吧？如果成爲職業演奏家是妳的目的，我認爲那是無法實現的。可是如果成爲職業演奏家是手段，而妳的目的在於更往後的人生，那麼或許妳多少能搆得著妳的夢想。遇到困難時，會歸咎失去的事物的不只是當事人而已，第三者也會齊聲這樣說。聽好了，絕對不能被那些話牽著走。決定幸或不幸的，只有妳自己。」

芹澤沒有對視力不好的阿金點頭，而是回以眞誠的聲音，「好……」她一次又一次地說著「好。」

阿金不停彈著綁在脖子上的黃色領巾。

「現在我總算可以跳出音樂家教育音樂家的輪迴，在全國的特殊教育學校擔任自由音樂講師。我用口風琴教導我的學生接觸音樂的快樂，並告訴他們，不能因為身體的一部分殘缺，就連心都殘廢了。色彩花俏、渾圓的這身穿扮，方便弱視的學生識別，我自己一個人出門的時候也很有幫助。」

她雙手拿布，開始將玻璃桌上的零件蒐集起來。動作很流暢，也許是憑摸索分解、保養過許多次。

春太卻溫柔地從上方按住了她的手。

「怎麼了？結果克拉比耶塔上面找不到任何端倪，不是嗎？最後的希望落空了，不過這是沒辦法的事。」

「要放棄還太早。妳不想知道山邊富士彥最後留下了什麼話嗎？」

聽到這話，阿金露出喉嚨噎住的表情。我覺得瞬間看到了她拋在遙遠過去的少女的一面。

「……怎麼可能不想知道？要是能透過爺爺留下來的話聽到他的聲音，我還想聽他說話。」

春太拿起她手上的外殼部分，翻到背面，上面是皮革帶和一排止滑用的細小突起物。

春太慎重地問：

「外殼背面的突起，作用不只是止滑而已吧？」

「是啊，這是有意義的。像薩克斯風那樣直拿著用雙手彈奏時，可以用來以左手辨識黑鍵的位置。是爺爺特地幫我弄上去的。」

「剛才妳說保養起來很累人。」

「基本保養和其他的吹奏樂器一樣，但這個克拉比耶塔在金屬簧片的清洗和鍵盤的漂白上很費工夫。」

「漂白？」

「雖然是象牙的替代品，但持續使用，還是會漸漸變黃，爲了讓它保持美觀，必須定期進行特殊漂白。雖然我接受過多汗症手術，但也不是就完全不流汗了。」

「只會漂白琴鍵嗎？」

「除了琴鍵以外，還有哪裡需要漂白？」阿金困惑地說，「爲什麼這麼問？」

我和芹澤一起注視外殼背面的止滑點。

直徑約三公厘的圓形疣狀突起物總共直十四排，橫三列地排列著。有些地方已經泛黃變色了，但沒有變色的突起物又顯得過於乾淨亮白。

難道……

春太把阿金的右手拉過來，把她的指頭放在外殼後方的止滑點上。

「平常都用拇指碰，所以或許摸不太出來，但妳用食指仔細摸摸看。有些地方的觸感或許不一樣。聽到妳剛才的話，我覺得這些止滑點，有部分使用了跟琴鍵一樣的材質。」

她焦急地開口：

「還有別的地方用了跟琴鍵一樣的材質？什麼意思？」

「我想山邊富士彥是用點字給自己的寶貝孫女留下了訊息。摸得出來嗎？」

阿金用右手食指一顆顆摸索泛黃的突起物確定。她聽從祖父的話，學了點字，上面確實有祖父爲孫女留下的最後遺言。

而它現在即將重見天日——

我激動萬分地守望著這一幕。

彷彿時間停止般的靜默之後，阿金瞪著半空中開口了：

鑰……匙……弄……丟……了。

什麼？

我和春太還有芹澤都呆掉了，一陣尷尬的沉默。

阿金忍俊不禁，出聲笑了起來。「噗哈哈！」笑聲愈來愈大，她彎下腰來「噫噫」呻吟，看起來很痛苦。

「可惡……直到最後，都要我幫他說出難以啓齒的話……這確實是爺爺會說的話。讚透了。」

她用手背迅速揩拭淚溼的眼角，挺直上身站了起來。

「就幫混帳老頭收拾最後一次爛攤子吧。我去叫信二郎。」

她苦笑道，離開會客室。開門後她回過頭來。我看見赤紅的眼睛，以及豁然開朗的表情。

「……謝謝，我欠你們一次。」

門「砰」地一聲關上，芹澤忽然忍耐不住爆笑出來，我也跟著笑了。

對於克拉比耶塔變色的止滑點，或許會有人感到疑問。

這裡記下兩件後來的事。

這是草壁老師告訴我們的，後來老師和阿金一起去山邊家，被逐出家門的女兒和父親再次見面了。

阿金已經在事前通知過家裡山邊富士彥弄丟貝森多夫鑰匙的事，結果雖然必須拆掉整副鎖才行，但以現代的技術，似乎可以複製出接近眞貨的鎖。

保管的貝森朵夫鋼琴雖然非常巨大而且古老，卻具有壓倒性的存在感，威嚴十足，實在不像是百年前製作的物品。

草壁老師和阿金站在貝森朵夫前，靜靜打開拆掉整副鎖的琴鍵蓋。

黑白相間的九十七個琴鍵，彷彿散發出光輝似地閃耀著。

閃耀著？

草壁老師發現它的眞面目，陷入驚愕。

鍵盤整個換成陶磁製的全新琴鍵了。

這究竟意味著什麼？

約百年前的象牙琴鍵到哪裡去了？

草壁老師凝視著陶磁琴鍵好半晌，悟出了某個眞相，轉向坐在鋼琴椅上的阿金。

阿金正珍惜地抱著克拉比耶塔坐在那裡。「怎麼會……太可惜了……」她溫柔地以指頭撫摸**脫胎換骨後的貝森朵夫**，深深地垂下頭去。她也發現山邊富士彥留給自己的遺物眞相了。

山邊富士彥毫不惋惜地將貝森朵夫的象牙琴鍵移植到克拉比耶塔身上了。將最巔峰的鋼琴琴鍵，放到鍵盤口風琴上——

一般的音樂家絕對不可能會有這種念頭。格局相差太遠了。他以近乎奇蹟的形式，滿足了視力缺損的孫女唯一一次的任性。

也因此貝森朵夫的估價比預期少了一半，山邊家不得不變賣房產，不過據說這也算是浴火重生的好機會。

還有另一件事。

一個月後，阿金成了管樂社的教練。對於沒有畢業校友頻繁到校指導的我們來說，她這個第一號教練可以說是天上掉下來的禮物。她有空的時候，或是草壁老師不在的時候，就會跑來幫忙指導。

然後沒有多久，她就在居酒屋結識了春太的姊姊們，因爲姊姊們非常喜歡她，她搬進了春太的老家。

看來春太的女人劫還沒結束……

失蹤重搖滾樂手

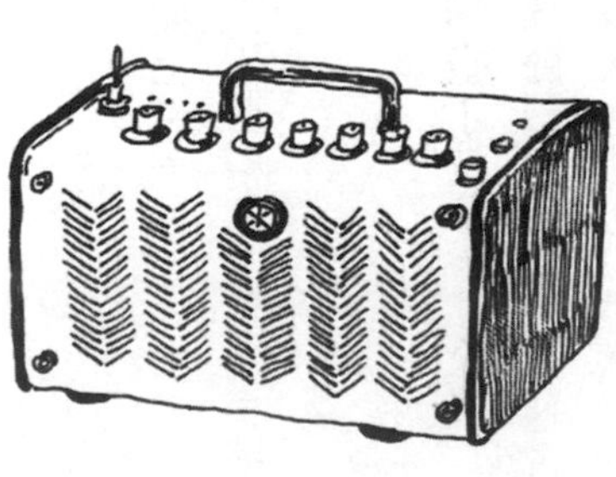

失蹤路線 一

「青少年……內心的黑暗啊……」
我咂了一下舌頭，把折起來的報紙扔到生財工具的引擎蓋上。
根本就不懂嘛。可怕的不是黑暗，好嗎？也不只是青少年而已。不管是小孩還是大人，每個人的內心本來就有著黑暗的一面，不是嗎？
是想要棲息在黑暗中的人才可怕。
那黑暗……認爲那黑暗與原始的記憶有關，是我想得太誇張了嗎？
黑暗可以把那裡的人、發生的事、不想被看到的東西全部隱藏起來。所以遠古的人類才學會躲在漆黑的洞穴裡。因爲黑暗，才能夠袒露出眞正的樣貌，也可以隱藏身形，吐露眞心話。這麼一想，坊間年輕人流行的網路與推特上的交流，眞教人弄不清楚是現代還是原始了。
可是呢，接下來是重點，要仔細聽唷——我有一種想要對什麼人說教的欲望。
人總有一天非得離開黑暗不可。
文明與文化這些是由能夠離開黑暗的人所建立起來的。我認爲人與動物的差別就在於這裡。放眼動物世界，築巢躲在裡頭的動物，大部分都害怕天敵，對吧？都是些只有求生的小聰明、卻沒有力量的小動物。
存在本身就構成威脅的大象、站在食物鏈頂端的獅子，牠們憑恃著牠們的強大生活，因此不需要伴隨著黑暗的巢穴。若有例外，還請指點我一下。

弱者永遠只能棲息在黑暗的動物社會，只能是一個弱肉強食的世界。

我們的祖先藉由主動離開黑暗，成功地找到了弱肉強食以外的世界。卻有太多的年輕人和阿宅不明白這一點，又退化回去了。

………………

………

……咦？我剛才是不是說了什麼名言？

……搞不好我其實很適合媒體工作喔？

在隱約嗅得到潮香的城市開了二十年以上計程車的我露出苦笑。點燃嘴上叼的七星，吐出白煙，就像要掩飾那肥大的妄想。

我結了婚，有個兒子，但他國一開始拒絕上學，已經過了三年。一個消極無力的繭居族的父親，在這裡神氣兮兮地說什麼大話？

看到兒子，我就會想起安部公房（註）的小說《箱男》。計程車車窗玻璃倒映出我疲倦的臉，和泛著油光的額頭。隨著兒子的「人類力」低迷，我的髮際也後退了不少。

今早我經過那傢伙的房間前面，又感到一陣厭煩。老婆幫他擺在門前的晚飯托盤上，碗盤全掃空了。那傢伙根本就是糞便製造機，而且還是純國產的優良產品。

註：安部公房（一九二四—一九九三），小說家，擅於描寫當代人的孤獨。《箱男》的內容為一個藏身於紙箱中，透過紙箱窺孔觀察外界的男子所寫的記錄。

看看手表，時間過正午了。

我把變短的七星揉熄在攜帶菸灰缸裡，拿起引擎蓋上的報紙，打開駕駛座車門。把車用吸塵器的插頭從點菸器拔起來，嘆了口氣。上午載的老夫婦小費給得超大方，我正覺得幸運，結果卻把我的後車座搞得全是沙子。很多拜訪三保松原的高齡觀光客會在沙灘上遙拜富士山。我迅速拆解車用吸塵器，坐上駕駛座。

新裝的導航也玩膩了，我煩惱著該如何打發這沒什麼生意的中午時段。今天也不吃午飯，就沿著平常的路線找客人嗎？依固定的順序逛過固定的目的地。空車特別多的時間帶，就該這麼幹。

我插進車鑰匙想了，又是想兒子。

要怎麼樣才能把那傢伙從黑暗的巢穴裡拉出來？到底要怎麼做才好？

「——司機先生，方便嗎？」

讓他從遁入黑暗的國中一年級重來，就能解決問題了嗎？我需要時光機嗎？叫我變成哆啦A夢嗎？

「……哈囉？司機先生？」

有人輕敲駕駛座車窗，轉頭一看，外面是一頭百獸之王。

給我冷靜一下啊。

正確地說，是一個頂著衝天金色長髮、臉化白妝、塗黑色口紅的少年仔。他背著一個粗獷的吉他盒，應該是玩樂團的。今天一早就烏雲密布，氣溫寒冷，許多婦人穿起長袖，國高中生罩著薄夾克，這個少年仔卻光著上半身，直接套上短袖騎士夾克。白得不健康的手臂布滿了雞皮疙瘩。而且輕敲車窗的手指上，戴著許多凹凸骷髏頭戒指。

我詫異地稍微打開車窗，「什麼事？」

「請問從這裡到清水南高中要多少？」

要多少？我評估少年的年紀，思考這句話的意思。大概是在問計程車車資吧。到那所沿海的高中的話……

「應該不到兩千圓。」

「那麻煩你。」

獅子少年低了一下尖高的頭。

我按下車內的按鈕，幫他打開後車座的車門和行李廂，正要下車幫他把東西搬進後車箱，他已經先把一個大紙箱放進車內，滑進後車座了。除了吉他盒以外，還有類似四方型吉他音箱的東西。他好像用行李車把東西疊在一起搬運，東西塞得滿滿的，讓他在後車座難以動彈。

「不用放後車廂嗎？」

我稍微調高空調溫度，爲了愼重起見，這麼向他確認。

「是貴重物品，放這裡就好。」

這樣唷？下了計程車的我靜靜關上後車廂。都是因爲沉浸在古怪的妄想，煩惱兒子的問題，才會載到這種怪客吧……

不過這名少年雖然外表招搖，遣詞用句卻很正經。我回到駕駛座，放開手煞車，慢慢踩下油門。

獅子少年從後車座伸長脖子，正仔細觀察著什麼，我瞄了他一眼。他似乎對插在點菸器上的ＤＶ變壓器很感興趣。

「很稀奇嗎？」

「對，原來在車子裡面也可以插插頭啊。」

「用吸塵器的時候很方便，或許也可以插你的吉他音箱。」

「吉他音箱？硬插或許可以……不過大概撐不到十分鐘。」

從後照鏡上那張天眞無邪的笑容來看，若是卸掉化妝，應該是個不錯的青少年。出發地點是日本平原中央附近，所以到清水南高大概要二十分鐘。

那處神社停車場幾乎沒有行人，我總是在那裡摸魚打發時間，卻突然有人招呼，所以一開始我嚇了一跳。不過這名獅子少年在那種遠離住宅區的地方做些什麼？

我很好奇，決定主動攀談。

少年說他是高三生，今天是文化祭的第一天，有重要的演唱會。演唱會在體育館下午一點開場，所以他想要在三十分鐘前抵達。原來如此。從他的外表，我猜想應該是所謂的重金屬樂，便詢問他，他卻強而有力地否定，「不，是重搖滾。」對我來說沒有什麼不同，對他而言，卻似乎是天差地遠。

好清澈的眼神，我想。最近都沒有機會跟這個年紀的年輕人交談。外表似乎會引起誤會，但也許他是個聰明的好孩子。他不怕生，好像也能拿捏對人應有的距離。最重要的是，即使只有外表，他的存在本身就能帶給別人某些影響，這一點不容忽視。

獅子少年從後照鏡看向這裡。計程車司機當久了，就會對後座變得敏感。他露出有什麼問題想問的表情。

「……呃，司機先生。」

「什麼？」

「電視跟電影裡面，常有乘客上了計程車，要求追趕前面的車子的橋段，對吧？」

「老套公式呢。」

「眞的會有那種事嗎？」

「才沒有呢。」

我搖晃肩膀笑道。這座城市的每一條大街小巷，我都不曉得開過多少遍了，我說的絕對錯不了。雖然是遇過叫我跟上前面車子的乘客，但追趕前方車輛的要求，除非有相當深厚的信賴關係，否則是不可能答應的。更何況馬路會遇上塞車或紅燈等無法預期的障礙，害怕違規的我們不可能答應這種要求，乘客也是，除非眞的太白目，否則不會對計程車司機做出這種胡來的指示。就連警方都不會這麼做。會問這種問題，讓我覺得他果然還是個小孩子。

「……呃，司機先生。」

「這次又怎麼了？」

「應該會有上車的乘客說『有人在追我，總之快逃』吧？」

獅子少年有些得寸進尺地問。我內心直呼吃不消，對著後照鏡回答說，你也知道，清水這地方是個非常和平寧靜的城市。至少我從來沒碰過那種事。

「說的也是呢。這個地方不可能發生那種事呢……」

「跟電視電影上演的不一樣，對我們來說，違反交通規則吃罰單更可怕。要是做生意最重要的駕照被吊銷，連明天的飯都沒得吃啦。」

「不好意思問這麼奇怪的問題。」

「沒關係，別介意。」

「……是，謝謝你讓我學到很多。」

獅子少年恢復正經的表情。這時手機響了，他對著後照鏡連連行禮，客氣地接了電話。他好像是顧慮到駕駛中的我，把手圍在口邊小聲說話。這麼懂禮貌啊。

因此我得以專注在前方。

計程車駛進住宅區巷弄，兩旁並列著爬牆虎纏繞的古老磚房，建築物外觀懷舊。就快到清水南高的校門了。我想像他在文化祭大出鋒頭的模樣，希望他度過徹底燃燒的高中生活。

看到米色的校舍了，我放慢速度，馬路十幾公尺前方處，有塊一看就是手工製作的禁止車輛通行看板。

上面寫著「清水南高校南陵祭　攤位大街」。

稱它爲步行者天國是太誇張了，不過這裡本來就是沒什麼行車的校門前通學道路，因此應該很容易申請路權。馬路前方有許多攤位，有許多同遊的一家人和學生，熱鬧滾滾。甚至豎起了炒麵和雞蛋糕的旗子。好像有不少賣吃的攤位。有事先獲得保健所核可嗎？看來很正式。

也許是躡手躡腳靠近的計程車很稀罕，一名咬著熱狗的制服女高中生訝異地看著這裡。我忍不住和她對望了。話說回來，最近的女高中生腿眞是修長啊……

時間是中午十二點二十分，比他要求的時間提早十分鐘抵達了。不賴吧？

然而與外頭的熱鬧氣氛截然相反，車內彌漫著危險的沉默。我打起警示燈，停下車子，望向後照鏡。

「到嘍。」

後車座沒反應。

回頭一看，握著手機的獅子少年面色蒼白。他本來就化著白色的妝，這樣比喻或許很怪，但那張表情就好像突然被宣告世界末日降臨一般。

到底是怎麼了？我以爲他身體不舒服，就要開口——

「……請倒車。」

「咦？」

「……掉頭。」

「咦？咦？」

他突然探出上半身，一把抓住駕駛座的椅背，驚慌失措地叫道：

「——喂，老頭，就這樣遵守限速，在我說好之前，在市區裡繞圈！」

等待的人們　其一

我叫穗村千夏，正單相思著管樂社顧問草壁老師，同時也希望受到長笛之神所關愛、所癒療、所眷顧，是個貪婪的高二女生。剛剛我在攤位拿到了免費熱狗，正覺得開心。

我看見校門口的攤位大街前方，有輛計程車慢慢駛來，卻又突然掉頭折返。是海鷗標記的「海鷗計程車」。後車座的車門本來就要自動打開，卻傳來一道「哇！住手！」的叫聲，車門隨即「砰」地一聲關上，沒有人下車，車子掉頭離去。後車窗裡頭的衝天金髮頭我有印象。車子裡似乎一片慌亂……是怎麼了？

算了。

我啃著熱狗，折回正門。空氣涼爽到令人質疑「殘暑跑哪去了？」的今天，各處傳來其他學校的學生和帶小孩的家長聲音，充滿了小祭典氣氛。

正門前的簽到處形成長龍，飄浮著文化祭實行委員學生吹出來的泡泡球。入場人數計數器在第一天中午的階段就已經超過一千兩百人。也因爲受到暑假結束後的痲疹風波影響，盛況超乎預期，甚至有地方新聞記者帶著攝影機來採訪。

南高學生拿著告示板站立，或四處分發手冊，忙碌萬分。除了制服以外，還有人穿著明天要表演的戲服、原創戰隊英雄服裝、戴著老虎面具的運動服等，五花八門。

今年的文化祭是週末兩天，全程對外開放。

開放活動分爲「義賣」、「舞台表演」和「攤位」等部分，往年的重頭戲是「舞台表演」。第一天是音樂社團，明天最後一天則是戲劇社和班級發表會，在新校舍體育館舉行。這些表演都以海報盛大宣傳。

換句話說，我們管樂社要在今天登台亮相，很快的，各社團就會依照節目表上台演奏。

原本我現在應該正在準備。

然而管樂社成員除了片桐社長和馬倫以外，每個人都拿著免費券在逛攤位。今天早上每個人都領到了一張。去年沒有，一般學生也拿不到。

我會拿著這寶貴的免費券，在體育館開場前打發時間，是有深刻理由的。

管樂社本來是第一棒上台表演，順序卻突然被調到後面去了。

你說到底是哪個社團突然插隊？

要解釋這一點，就必須回溯到昨天的開幕式……

文化祭的準備工作在星期五下午三點結束後，全校師生便在新校舍的體育館舉行開幕式。

不是什麼盛大豪華的開幕典禮，因爲時間很晚了，只有學生和教職員參加。副校長和文化祭執行委員長古板的致辭之後，是又臭又長的當天禁止事項和災害時的避難場所說明。很多學生都因爲連日來的準備累癱了，像呆瓜似地徹底放空。

然而到了後半，大家都清醒過來了。因爲各班各社團都得到兩分鐘的時間來介紹自己的企劃活動。

也就是活動宣傳時間，算是前哨戰，眾人頓時鼓足了勁。

接下來的時間是自由參加。不能把要準備大考的三年級生留下來。剛好碰上大賽的橄欖球社和足球社社員也因爲練習不在，老師也把活動交給學生自主籌備，回去職員室處理雜務了。

老師一離開，參加的學生除了各班級外，也分成各社團聚在一起。在一片吵鬧混亂當中，學生會執行部成員吹起哨子。以哨聲爲信號，一張彷彿從大型垃圾放置場撿來的皮革大沙發被畢恭畢敬地抬了進來。學生宛如摩西過紅海般分開來，大沙發被擺在可以一眼看遍舞台的位置。坐在上面的人是誰，不用說也知道。

「好像宇宙戰艦的司令台。」打擊樂演奏者界雄苦笑說。

「怎麼不乾脆也幫他準備一只排球大的紅酒杯呢？」雙簧管演奏者成島冷眼看著。

不出所料，深陷在大沙發裡的是學生會長日野原。由於連日來的準備等事務，他似乎疲憊不堪，麥克風傳出來的聲音少了霸氣。

「用你們的表演治癒我吧……」

雖然沒什麼勁，態度倒是很蠻橫。

由於時間有限，舞台上馬不停蹄地展開活動宣傳。

有些班級只用一支麥克風說明，也有社團以搞笑相聲風格滑稽有趣地說明。即使是飲料店，也不只是說明主題，還強調他們進行了待客訓練等服務方面的用心，令人佩服。日野原也深深點頭。

推出餐飲攤位的班級，在舞台上公開菜單。

其中幾個一年級女生利用預先插電熱好的電烤盤，迅速烤出蕎麥粉做的可麗餅，引發矚目。體育館充滿了誘人的香味，光是看著，肚子就餓起來了。她們即使超過預定的兩分鐘，學生會執行部也沒有叫停。

「確實是有宣傳效果，但以實作宣傳來說，不會有點過頭嗎？」站在我旁邊的法國號演奏者春太悄聲說。他貪婪地盯著半生不熟的可麗餅。蕎麥粉做的可麗餅確實是未知的領域，眞想嚐個一口。

「才不會呢。我覺得這招很厲害啊。」

「唔……像那樣在台上煎可麗餅，的確讓人垂涎三尺呢。」

「不是啦，我是說日野原學長。你看那邊。」

我轉向春太指的方向，舞台顯眼的地方擺著滅火器。這麼說來，那些滅火器排在即使不願意也會看到的位置。我從剛才就覺得很好奇。

「……就算是電烤盤，也會鬧火災嗎？」

「校內的插頭數量有限，會引發爭奪戰。」

「你說章魚電源插座？我在家也都用那個，也沒怎樣啊。」

「我可是出事了。我在之前住的公寓，用延長線插了電暖爐和吹風機，只是這兩樣就讓插座燒掉了。從此以後，我對於加熱類的電器就特別小心。」

春太嘆了一口氣說，我悄悄淌下冷汗。春太不愧是自力更生的獨居高中生，說起這話特別有說服力。

這是在給眾人留下印象，即使發生火災，也有滅火器可以滅火。開幕式前半老師在注意事項中已經提過了，但耳朵聽到和親眼看到，印象截然不同。學生會事前應該也會檢查，但當天不曉得會出什麼狀況。

有人從背後戳了戳我。

「……欸，我們要在這場餘興表演做什麼？」

是芹澤。她是我的同班同學，立志成爲單簧管職業演奏家，在經歷一段迂迴曲折後，終於答應加入我們管樂社。她說了「我們」兩個字，令人感慨萬分。再多說幾次吧！

我正要回答，旁邊的片桐社長插嘴說：

「我會上台說明明天發表會的曲目。」

「就只有這樣？」芹澤面露不滿。

「只有兩分鐘耶。」片桐社長指著手表，大聲對著芹澤的左耳說。

「騙人，我聽說了，管樂社和合唱團特別拿到五分鐘。」

眞的嗎？管樂社成員全都往片桐社長看去。

「等、等一下，因爲一些理由，五分鐘又變成兩分鐘了。」接著片桐社長的聲音突然變小了，「搞不好還會縮到一分鐘……」

「五分鐘變成兩分鐘，又變成一分鐘？到底是怎樣才會縮水那麼多？」

芹澤追問，片桐社長支吾起來。

「不可以吵架唷。」馬倫插進兩人之間仲裁，似乎只有他了解片桐社長隱瞞的內情。

「是我們決定把今天的場子交給社長一個人處理的，就想想有限的時間內可以做什麼吧。」

「那，明天表演的曲子有動畫『海賊王』的主題曲，就吹一段副歌怎麼樣？」界雄做出要鼓棒的動作。

「現在要把打擊樂器搬過來？」成島問。

「怎麼可能？不過小號的話，立刻就可以拿來，讓片桐社長上台吹個一段，應該滿吸引人的。」

「這點子是不錯，可是只有小號，聽起來很寒酸……」

成島微微交抱雙手，一臉嚴肅地沉默下去。說的沒錯，我們是管樂，應該要以大家的合奏上台決勝負。

「就是說吧？所以就交給我一個人吧。我也精心擬好講稿了。」片桐社長舉起一張活頁紙，上頭擠滿了蠅頭小字。丟下念書搞這個，熱忱確實值得肯定。

只有芹澤一個人滿臉凝重，瞪著舞台。

「這個機會浪費掉太可惜了。」

「咦？」我詫異。

芹澤瞥了在後面聚成一團的一年級社員。

「……社裡有學弟妹正覺得管樂太不起眼，沒面子呢。」

她留下這句話，穿過人牆，離開體育館了。她到底打算做什麼？

體育館內響起熱烈的掌聲，眾人的注意力回到舞台上。

是魔術同好會正在表演舞台魔術。雖然電視上經常看到，不過這是我第一次在現場看到鴿子飛起。「有意思，有意思。」日原野拍手笑道。

我跟著眾人鼓掌，鼻子抽動起來。因爲有股濃烈的髮雕香味掠過鼻子，把剛才的蕎麥粉可麗餅香氣都蓋過去了。味道很刺鼻，每個人都東張西望尋找來源。

「片桐……我不會忘記這份恩情的。」

人牆之中忽然冒出一個髮型像獅子的男學生。

他染成金髮的長髮怒髮沖冠，全白的短袖騎士外套底下是袒露的胸膛。校規禁止染髮，所以應該是在上台前一刻用染髮噴霧劑噴出來的。胸口貼著疑似佛陀的刺青貼紙，手腕上戴著念珠，脖子上掛著十字架項鍊，根本是宗教生死鬥。

他冷不防一把抱住片桐社長。被男人擁抱，片桐社長露出厭煩的表情。而且騎士外套上有鉚釘，感覺很痛。

「拜，我上去了。」

感覺不像是片桐社長會打交道的珍奇學生高高揚起一隻手，往舞台走去。在管樂社成員責怪的眼神注視中，片桐社長焦急地解釋說：

「那、那傢伙叫甲田。甲乙丙的甲，田地的田。聽到這名字，應該就有人知道是誰了吧？」

「甲田、甲田……」春太仰著頭反芻，「難道他就是那個甲田學長？他就是甲田學長？真的就是那個甲田學長？」

「沒錯，他就是那個甲田。」

春太露出難以置信的表情，盯著逐漸遠離的騎士外套。

「……從一年級開始就一直保持全校第一名，理組模擬考也一定都名列前茅。」

我們也都露出難掩驚訝的表情，望向逐漸淹沒在人牆中的騎士外套。

整理片桐社長的說明重點，甲田是美國民謠社的社長。美國民謠社簡稱「美民」，活動內容是重搖滾與重金屬的演奏表演，與美國民謠半點關係也沒有，但它仍是延續了二十二年歷史的老牌社團。

「喏。」片桐社長亮出明天活動的「舞台表演」節目表。

表演順序是管樂社、合唱社、輕音樂社、美國民謠社。管樂社因爲創下打入東海大會的佳績，分到了充裕的表演時間，並負責最多參觀者入場的下午一點三十分起的第一棒。

相反地，美國民謠社從下午四點半開始演奏，而文化祭第一天五點就結束了，待遇相差懸殊。

「所以今天的演說延長時間就送給甲田學長領軍的美民了嗎？」成島目瞪口呆。

「他跑來拜託我，說如果有五分鐘，就可以唱上一首歌。」

「爛好人……」成島喃喃，輕嘆了一口氣。

「他國中的時候體弱多病，很少可以來上學。現在卻變了一個人……我也覺得欣慰……」

「豈止是變了一個人，根本是媲美昆蟲的變態了。」

春太多嘴了一句，一年級的後藤被戳中笑點，強忍笑意。

「他那副打扮，又經常做出驚人之舉，所以招不到社員，又被日野原盯上，拿不到預算。這種時候做個人情也不會死吧？」

片桐社長如此對眾人辯解。被日野原盯上——這句話令我有股不好的預感。

界雄歪頭提出疑問，「眞奇怪，說招不到社員，可是我們學校不是有輕音樂社嗎？同樣是輕音樂，爲什麼不統一？」

「他們說他們鑽研的不是輕薄的音樂，所以不可能跟輕音社相容。」

好囉嗦的社團。

「不過甲田比別人吃過更多的苦，所以特別重情義。雖然表演方式有些問題，但美民的演奏水準是超一流的。高中最後一次文化祭，我想至少讓他出個鋒頭。」

片桐社長捲起制服衣袖，看看手表，「啊，也快輪到我了。我去排隊。」他往舞台跑去。

舞台旁邊，美民——甲田和三名小獅子般的成員正迅速組裝音箱和鼓組等等。他們好像認眞要進行五分鐘現場演奏。五分鐘確實很充裕，也會是很棒的宣傳，如果能夠，可以現場表演是最好的。看到甲田那認眞的神情，我總覺得可以理解片桐社長想要支持他的理由。

咦？我一陣詫異。因爲馬倫不知不覺間移動到舞台下面，和另一個小獅子親暱交談起來。我因爲好奇，穿過學生人牆靠上去，春太也興致勃勃地跟上來。

和馬倫說話的小獅子注意到我們兩個，恭敬地行禮說：

「……不好意思，都是我們社長任性。」

馬倫介紹小獅子叫清春潤。這麼說來，我在馬倫的教室看過他幾次。他有著令人印象深刻的淡褐色眼瞳，稍短的頭髮全往後梳。膚色白皙，身體線條纖細，領口鈕釦解開，稍微耍壞的學生服穿法帥氣極了。學生服底下露出來的內衣像便宜貨，但還是很有型。

長到十幾歲的尾聲，我也漸漸領悟了，世上有些人不必費盡辛苦，輕輕鬆鬆就是顯得時尚，我把他們稱爲「那邊的人」。分隔那邊跟這邊的界線，是「素材」這條個性的大河。憑著穗村家血統的小舟，有辦法渡過這條大河嗎？

「接下來要演奏的是重金屬嗎？」

那邊的人物代表春太親暱地詢問應該從未交談過的清春。沒錯，那邊的人不知道什麼叫怕生。

「不是的，社長演唱的是重搖滾，我們則是走重金屬路線。」

想要加入對話的我客氣地插嘴：

「……請問，重搖滾和重金屬有什麼不一樣？」

雖然距離有點遠，但清春仍面露柔和的笑，轉向我問，「妳知道搖滾樂嗎？」

我心想體育館吵成這樣，他聽力眞好，接著回答，「搖滾樂就是有鼓、吉他、貝斯演奏，然後有主唱的音樂？」聽起來或許像門外漢的意見，但除了我以外的一般女生應該也都是這麼想的。

清春沒有否定，點了點頭說：

「大致上就是這樣沒錯。重搖滾是追求快節奏、激烈演奏的一種音樂類型。」

這樣啊？我抬頭仰望舞台旁邊。其他社團在介紹活動內容的時候，甲田和小獅子拿著樂器在預演。因爲沒接音箱，沒有聲音出來，但手指動作十分熱情，震得就像被青春電到了一樣。

清春繼續說：

「重金屬也是又快又激烈的演奏，但其中帶有戲劇性，並納入了誇大的固定儀式。比方說，從古典樂截取一段樂句，來到某一個點的時候，全員齊力演奏這樣。」

「我懂了。」春太說，「在搖滾樂裡加上樣式之美這個要素，就變成重金屬。」

「你理解得很快，眞開心。說得極端點，我覺得重金屬就是使用電氣扭曲的音色來演唱的歌劇。」

清春用一種找到長年追尋的知己般的眼神，向春太要求握手。

「等一下，我還是不懂你們跟輕音樂社有什麼不一樣……」

對於我的理解不足，清春一點都沒有厭煩的樣子。

「我認爲輕音樂社演奏的龐克和流行樂也是很棒的音樂類型。這些類型不在歌唱或演奏技巧當中尋找意義，因此才會產生出意料之外的和弦進程及名曲。可是美民演奏的重搖滾和重金屬，若是沒有超群的演奏力是沒辦法勝任的。以這個意義來說，和你們的管樂滿像的。」

也許是三番兩次被我這種門外漢詢問同樣的問題，清春解釋得淺白易懂。

春太應和，「原來如此……有保守的不利因素呢。難怪跟我們一樣，人口難以增加。」

「上条，你要不要兼美民社？」

「不行不行！」我插進春太和清春之間。結果清春嘆了一口氣說：

「……明天要登上舞台的是重搖滾路線的三年級學長，他們引退的話，美民就只剩下我們重金屬路線的四個二年級生了。」

咦？這樣嗎？那如果明年沒有新生入社，就不會被承認是社團了。如此一來，美民就要廢社了。

「今年沒有新生加入嗎？」我擔心地問。

「零，完全沒有。」清春寂寞地說。

我也明白，一旦出現沒有半個社員加入的年度，社團就難以維繫下去。

「這也是宿命，我們已經有所覺悟了。甲田學長雖然外表那副模樣，但還是爲只知道唱高調、腦袋古板的我們保住了地盤，所以我們想在最後讓他好好出一下鋒頭。」

他說了和片桐社長一樣的話。我似乎理解了一點甲田的人望。話題人物甲田正在舞台旁邊直豎著V字型吉他，痙攣似地揮舞著彈片。他對著清春拉長舌頭。要是現在打雷，擊中體育館，眞希望他直接擔任一下避雷針。

管樂社比美民先上台。

片桐社長一手拿著講稿，一臉緊張地走到舞台中央。另一方面，從觸電到痙攣，感覺只剩下昏厥的甲田正在準備裝了某種液體的水桶。桶子上寫著「豬血」。那要幹麻？該不要會像史蒂芬金的知名恐怖小說那樣——

「……要在演奏的最後潑到身上。要是沒有那些，我就可以更尊敬甲田學長了……」

清春嘆了口氣喃喃自語，被我猜對了。

「在日野原學長面前淋豬血有什麼好處嗎？」我暫且冷靜下來問。

「反體制也是搖滾精神之一啊。裡面裝的是番茄汁（根據甲田的說法，在觀眾看來，水性顏料缺乏衝擊性，因此假血非要使用質地黏稠的番茄汁不可。）在潑之前會先關燈，周圍蓋上塑膠布，所以不會弄髒舞台。問題是明天還能不能上台表演。」

這問題超嚴重的欸！

「重搖滾也有剎那的意義在裡頭呢……」

春太深表同情地說，清春再次要求握手，「你懂！」

舞台上，片桐社長抓著麥克風咳了幾下，準備爲明天的演奏進行宣傳。

等一下！

芹澤一隻手拿著單簧管，從舞台旁邊闖了進來。她的另一手拉著打扮宛如稻草人的年輕女子的手。皺巴巴的短大衣、黃色領巾……令人驚訝，居然是阿金登場了。這麼說來，她的確是今天下午把要捐贈義賣的口風琴送來學校。她一隻手還拿著吃到一半的罐裝關東煮。

「讓開！」芹澤一把推開片桐社長。

像是被硬拖來的阿金滿臉困窘，但還是觸摸平台鋼琴，坐到椅子上打開琴鍵蓋。芹澤從跌個四腳著天、整個人啞然的片桐社長手中搶過麥克風。

「管樂社的宣傳內容臨時變更，接下來我們要進行一段即興表演。」

舞台旁邊，正用手指沾了紅色果汁舔舐的甲田張大了嘴巴。

芹澤與阿金合奏的單簧管與鋼琴奏鳴曲開始了。

是即興演奏。原本一片吵鬧的體育館內突然安靜了下來，連天黑準備回家的學生都緊盯著舞台不放。只是悅耳的音樂或感動的曲子，絕對沒辦法讓我們安靜、停下動作。

我們只會對從未聽過的音做出這種反應。我們在東海大會上體驗到，世上有一種音能夠掌握全場主導權，甚至支配空氣的流動，而那絕非什麼珍奇的音。

「好厲害。是德布西的單簧管與管弦樂的《第一號狂想曲》。」清春感嘆地喃喃。

「你很內行呢。」春太小聲回道。

「……嗯，大部分的古典樂我都聽過，所以知道。不過這是第一次聽到單簧管和鋼琴合奏。」

原來清春爲了自己追求的音樂、爲了遵守樣式之美，眞的很努力地鑽研過古典樂。

「這本來好像是爲了單簧管和鋼琴而寫的曲子。」

原本把對話交給春太的馬倫加入，興奮的清春連點了好幾下頭。我也目不轉睛地看著舞台上。

體育館裡，連平常只聽流行歌曲、對古典樂毫無興趣的學生，眼睛和耳朵也都被兩人的演奏給迷住了。這是隨身聽裡絕對聽不到的音。是樂器穠纖合度、活生生的現場音。芹澤一個人在上百隻眼睛注視下大方演奏，可愛地點腰打節拍。

演奏時間超過兩分鐘了，但沒有人喊停，沒有人能喊停。一年級社員都以憧憬的眼神注視著芹澤，成島和界雄也專注地凝視舞台。

日野原對主持會場的文化祭實行委員會成員打了某些信號，似乎是在指示延長時間。正覺得還想再聽下去時，阿金的鋼琴演奏慢慢轉入尾聲。雖然是臨時上台的改編，卻完美無缺地著陸，體育館內瞬間落入寂靜，緊接著立刻籠罩了熱烈的掌聲。

清春也戀戀不捨地鼓掌。

「眞想跟那個吹單簧管的女生聊聊。」

「可是不太妙吧？」鼓掌的春太望向舞台旁邊。

「……大概。」清春點點頭，接著說，「我們社長雖然那副外表，其實有著一顆超易碎的玻璃心。」

完全忘記了。舞台旁邊，甲田因爲震驚過度，番茄汁都潑到地上了。他就像即將缺氧的金魚般嘴巴一開一合。觸電、痙攣、動搖，這人眞的很忙。

「社長！沒事的！還有機會的！」

清春雙手圍在口邊用力吶喊，但聲音顯得空虛。

日野原從大沙發站起來，仍不停地鼓掌，打開麥克風說：

「管樂社的餘興表演太精彩了！……啊，時間緊迫，閉館時間的七點迫在眉睫。下一個美民，請三十秒宣傳結束。」

「怎麼這樣！」

清春抗議，體育館裡的學生紛紛收拾準備回家。

甲田在舞台上抱著寫有「豬血」二字的水桶和吉他，被電線絆倒，全身散發出哀愁。

「求求你們，讓我們的社長成爲男子漢！」

清春一大清早就不停四處鞠躬拜託，分發攤位免費券，那模樣令人印象深刻。聽到變更下午表演順序這個前所未聞的要求，管樂社的成員都傻住了。

「請讓美民第一個上台表演。演奏時間可以縮短，十五分鐘就好了。十五分鐘的話，應該也不會給到場的家長添麻煩。」

不只是管樂社，清春甚至準備了送給合唱社和輕音樂社的攤位免費券。雖然不曉得他是以什麼樣的手段弄到的，但可以說是滴水不漏。他還精明地打聽到日野原從下午一點半開始有三十分鐘不在學校的情報，全力疏通。從這個場面，可以一清二楚地看出美民是由他在支撐的事實。

至於結果，副校長聽到昨天的事，似乎大爲同情，同意了清春的請求。罪魁禍首的芹澤噘著嘴反省。昨天她被片桐社長狠狠罵了一頓，說她完全沒考慮到美民的立場。

「敬請各位期待。美民的甲田已經復活了。今天應該會展現出令聽眾嚇破膽的重搖滾演奏及表演。我保證美民一定會完美達成打頭陣的任務，將會場的氣氛炒到最高點！」

清春嘔血般的吶喊還在耳底迴繞。我覺得他好辛苦。

芹澤出現在攤位大街上。她垂頭喪氣，一臉消沉，正在用免費券玩投環。沒投中。領到一顆糖果，淚眼汪汪。

「打起精神來嘛。」

我摟住芹澤的肩膀，硬把吃剩的熱狗塞進她的手裡。

其他攤位前，春太正站著吃去掉海苔的炒麵。他叼著看起來沒什麼肉的麵，呆呆地看著校門口。因爲有個受到攜家帶眷參加者矚目的集團，突然一下子吵鬧起來。

還沒到嗎？

說還在計程車上。

出了什麼事？

是美民的社員。他們今天以更為搶眼的服裝和銀飾精心打扮。以黑色和銀色為基調的造型，幾乎可以用「鋼鐵神」來形容了。

當然，清春也在其中。「甲田學長……」不知為何，緊握著手機的他，臉色蒼白得像張紙。

失蹤路線　其二

「追上前面那台車！」

——這種情節只有電視跟電影裡面才有。就連警察，也不會對計程車提出這種要求。司機不會做出讓營生工具的駕照被吊銷的行為，所以絕對不可能答應。

「我被人追殺，總之快逃！」

——我們也是生意人，不想跟有問題的人做買賣。再說，我們可不想被捲入麻煩，一定會報警。

「就這樣遵守限速，在我說好之前，在市區裡繞圈！」

——太、太出人意料了，居然來這招！意思是叫我繞到變成奶油為止嗎（註一）？

在第一個十字路口左轉後，校舍從後照鏡裡消失了。

掉頭後的計程車穿過住宅區，逐漸遠離獅子少年的學校。雖然他只是高中生，但載到怪客了。我握著方向盤，盡量保持平常心，對著後照鏡問：

「你、你期待的演唱會時間快到了耶？沒關係嗎？」

「……我知道。」

對方用低沉沙啞到令人全身發抖的聲音應道。你是《化身博士》裡的雙重人格，傑克博士和海德先生嗎？

獅子少年被吉他盒、紙箱及行李車包夾，感覺動彈不得，卻把手伸向後車座的車門開關。那危險的行爲令我驚慌起來。

「等一下，行車中車門是打不開的。」

「只是確定有沒有鎖啦！」

少年凶巴巴地吼回來。

「啊，嗯，好。那你想下車的話，我隨時可以停車。」

「……Don't stop me now.」

這回少年低沉地說，聲音有如生病的野獸。啊，青少年，你到底要前往何方？啊，對了。我望向計費表。金額超過兩千圓了。爲了愼重起見，確定一下好了。

「車資沒問題嗎？」

結果後照鏡倒映出兩個福澤諭吉（註二）。

註一：出自知名英國童話《小黑人桑波》（*Little Black Sambo*）。故事中，四隻老虎繞著樹木彼此追逐，愈跑愈快，最後化成奶油的橋段。

註二：日本一萬圓鈔票上的肖像人物，明治時代的思想家、教育家。

「我為了今天的慶功宴一點一滴存下來的。當做預付金，拿去吧！」

少年粗魯地把兩萬圓丟在駕駛座與副駕駛座之間的扶手箱上。喂，難道你要把慶功用的寶貴資金用在這裡？

我打起方向燈，在紅燈十字路口右轉。幹線道路適度壅塞，但兩車線都以四十公里左右的時速流動。我依照獅子少年的指示，留意限速，朝著高中的反方向踩下油門。他沒有要求我違規，所以我只能聽從他的要求。這一點教人懊惱。

獅子少年的手機響起跟剛才不同的鈴聲。

「──就快到了。」

「──清春，拜託，你、你要設法拖住。」

「──緊、緊緊緊、緊急狀……」

應該是高中的樂團成員打來的電話。

我留意著前方，目光移動到後照鏡，上面是他掛掉手機後的臉。不僅是蒼白而已，表情還變得像面具一樣僵硬。這麼說來，他本來要說什麼？緊急狀……難道是要說緊急狀況？我再次望向後照鏡，少年正激烈地咳嗽。

「呃，喂，你不舒服嗎？覺得冷嗎？」

獅子少年不理我，舉起一手掩住了臉。

我有了不好的預感。搞不好這個高中生是個毒蟲？所以才會做出這種無法理解的行動？你這種年紀要冒險迷幻世界還太早吧？

不，我立刻否定。

開了這麼多年計程車，我的眼力還沒退化到那種地步。在這個和平的清水小鎮，不可能有毒品在高中生之間散播。可是……雖然也許是我的偏見，但我不了解音樂家這種生物，姑且牽制一下好了。

「喂，我可不能惹上麻煩事。要是出了什麼問題，我會立刻報警唷？」

我瞥了後照鏡一眼，獅子少年把手放開，雙眼暴睜。截至目前，我和計程車並沒有受到損害，他也沒有逼我違反交通規則，所以說這種話或許是有些過分了。

「身、身體的話，這十八年來，我從來沒有這麼生龍活虎過。」

他的聲音似乎恢復了一點平靜，事實上他正不停深呼吸。

「要把空調溫度調高一點嗎？」

「好的，好像還是有點冷。不好意思給你添麻煩了。」

駛入幹道右轉線的我，暫時停下計程車，轉動空調溫度調整鈕。

獅子少年不停地挪動屁股，視線似乎游移不定。接下來他做出奇怪的行動。他在後車座再三抱起膝蓋，最後露出下定決心的表情，把腳放下，重新坐好。他全身激烈顫抖，閉上眼睛，就像個已經做好切腹準備的武士。這是在做什麼？

對向車道沒有來車了，我打方向燈，車子右轉。

「如果你不想回答就算了，你不是很期待高中最後一次演唱會嗎？」

「我把我的青春都賭在上面了。」

聲音很誠懇。我覺得他總算恢復成原本那個直率的青少年，鬆了一口氣。

「那你爲什麼要做出這種根本是遠離青春的事？」

「這、這就是重搖滾。」

「叔叔完全聽不懂。」

「這是達成理想進化的搖滾。我賭上我的人生，想要理解它。我想司機先生……一定也能……理解……」

「是嗎？那你跟我解釋看看。」

獅子少年用一種「雖然現在不是搞這個的時候」的態度，卻又一副無可奈何的樣子，從吉他盒側袋抽出CD片。喂喂喂，立場反了吧？你言行矛盾。

獅子少年的手機再次響了。咦？我訝異。那是他變了個人以前的來電鈴聲。獅子少年介意著後照鏡裡我的視線，用手摀著嘴巴，不讓我聽見對話。

看來有兩個人打電話給他。

我等他講完電話，將CD片插進播放器，但最重要的音樂卻一直沒有播放出來。CD盒是透明的，CD片是全白的，或許裡面錄的是獅子少年樂團的曲子。這是常有的事。我也曾經有樣學樣地把音樂錄進CD裡，但沒有成功。我留意著前方車況，傻傻地反覆退出CD片再插進去。

「老伯，把車窗打開！」

獅子少年的嗓音不變。

我有了不好的預感。

「咦？咦？」

「全部打開。這車子裡面都是電磁波！」

「電、電、電磁波？我第一次聽到這種事！」

「在這樣的密室裡，CD都被手機的電磁波影響了！」

獅子少年轉過身體，自行打開後車座的車窗。兩邊都打開了。我沒辦法，也將駕駛座和副駕駛座的窗戶打開，結果寒風伴隨著驚人的風切聲一口氣灌進車子裡，把暖氣全吹光了。夠了吧？我忍不住把車窗關上。外頭的刺耳噪音再次從密封的空間隔絕出去。

「這、這樣CD就可以聽了吧？」

「殘留值還很高，不知道能不能聽……不過……」

獅子少年搖著頭，折收起手機。你的手機到底有什麼鬼功能？

「熱死了。我熱到全身的血液都快沸騰了。把空調轉成冷氣！」

咦？他說什麼？

「沒聽見嗎？叫你放冷氣！」

「放冷氣……你剛才不是說冷……」

「開到最強！」

隔著後照鏡，我看見異常的景象。獅子少年拉下騎士外套拉鍊，變成半裸狀態。明明全身都起了雞皮疙瘩，他卻用左手搧著臉直呼熱。

「不要把開冷氣到最強啦！」

我發出近乎慘叫的聲音說。

「你不是想要我告訴你嗎？」

「告、告訴我什麼？」

我忍不住用敬語說話。

「這還用說嗎？當然是重搖滾精神！」

聽到那不容拒絕的語氣，我把「請用音樂告訴我」這句話吞了回去，勉爲其難地把車內的冷氣開到最強。

等待的人們　其二

我在洗手台仔細刷過牙，回到社團教室上了鎖，換上日野原會長分配的發表會服裝。我想這應該是爲了那些因痲疹風波，文化祭被迫中止或延期的市內國高中，總之會長下令，要盛大熱鬧一場。

因此裝著衣服的紙箱裡，有水藍色條紋襯衫、褐色皮帶、附金屬釦環的粗皮帶、附假辮子的頭巾、帽子、假鬍子、眼帶、鉤爪、西洋劍，不知爲何還有麥桿帽……諸如此類。

南高管樂社煥然一新，化身成南高海盜團出海啦！

一開始我感到抗拒，但我轉換了一下觀點。

參加人數預估會是去年的兩倍以上，其中當然也包括了明年要進入南高的次世代。對於社員人數不多，無法報名大賽A部門的我們來說，獲得新生是攸關生死的問題。希望能引起更多人對管樂的興趣。

還有另一點。今年的夏季大賽時，有個自由記者大放厥詞地批判管樂。他說日本古板土氣的制服不適合上舞台，這句話一直令我耿耿於懷。

海盜裝扮或許是有些過頭了，但高中生活期間，我希望至少穿上誇張的服裝登上舞台一次。再說萬聖節的時候，其他社團應該也會用到，這些衣服不會浪費。今天的演目除了東海大會的自由曲外，還有動畫《海賊王》的主題曲、電影《神鬼奇航》的管樂版、文化祭不可或缺的迪士尼變奏曲、一樣是不能缺席的爵士名曲〈*Sing, Sing, Sing*〉。

我挑了有骷髏圖案的黑色背心、酒紅色褲子，頭上綁了紅色頭巾，前往體育館。我沒有從走廊直接去，而是走出樓梯口，因為我想看看參加者的狀況。

一走出外面我就後悔了，穿成這樣有點冷耶。

若是依照紅筆修正過的節目表，管樂社的表演在約一個小時以後。全曲練習和樂器搬運都在上午結束了，因此時間上綽綽有餘。

體育館旁邊的停車場有海盜的手下。那個人穿起立領襯衫和褐色長背心，模樣稱頭到近乎詭異……是春太。停車場停著一輛陌生的卡車，他正在看那輛車子。

我也靠上去看。卡車的車體上寫著「甲田工務店（有限公司）」。那有些熟悉的名字令我納悶。

「甲田是那個甲田嗎？」春太喃喃自語。

「應該是……」

我和春太一起走到體育館門口的報到處，受到等待開場的家長和大小朋友矚目。是在看我們嗎？我正感到害臊，結果原來是在看我背後的美民集團。他們臉上的妝濃到幾乎可以聽見凶狠的咆哮，「壞孩子在哪裡～」感覺小孩子會被嚇到哭出來。

「上条，穗村。」清春叫住我們。

「咦？主角甲田學長呢？」春太轉頭問。

清春正要回答又哽住，像是猶豫要不要說，停頓了一陣，然後湊近我們耳邊說，

「……其實他還沒有到。」

春太望向剛才看到的卡車。

「那停在那裡的卡車是？」

「是甲田學長家的工務店店車。」

「工務店？」

「對。」清春把聲音壓得更低了，「託重搖滾的福，甲田學長變得外向許多，這全要歸功於他父親的支持。今天的舞台搭建，也全是工務店的人來幫忙的。他們會迅速撤除舞台並收拾，所以我才能向管樂社的各位提出那樣的不情之請。」

聽起來好厲害。

「你們到底打算做出多勁爆的表演？」我充滿興趣地這麼問。

「其實昨天才剛決定，甲田學長也還沒有告訴我們。對了，可以請你們來看一下嗎？」

「我們嗎？」

「我聽說去年文化祭發生的硫酸銅遺失事件是穗村解決的。我們不明白的事，或許妳看得出來，所以想要拜託妳。」

那是這傢伙——我正想伸手指春太，但清春已經抓住我的手，而我也拉住春太的手，就像剪紙娃娃那樣手拉著手移動過去。

報到處前面擺了大量的訪客用拖鞋，我們在那裡換了鞋子，前往帷幕降下的舞台。

我爬上旁邊的樓梯，提心吊膽地往布幕裡面一看，大吃一驚。舞台居然被高兩公尺左右的鐵絲網四四方方地包圍了。竟然趁著日野原不在，做出這麼放肆的事來。

「要在鐵絲網舞台上跟庫巴大魔王（註一）決鬥嗎？」

我牛頭不對馬嘴地這麼推理，清春的側臉卻是一本正經。

「我猜是摔角。演唱會與鐵絲網死亡對決（註二）的完美融合……被逼到狗急跳牆的甲田學長，很有可能做出這種事來。」

很有可能？眞的嗎？

「……網目很細，很難爬，這樣不可能摔角吧？」

春太仰望鐵絲網說。

「工務店的人說爲了可以迅速設置並拆除，採用了折疊式的立式鐵絲網……」清春也站在旁邊一起仰望鐵絲網。

「立式鐵絲網的話，那目的就不是在裡面發飆嘍？」春太說。

「是啊，不夠穩固。」清春抓住鐵絲網搖了搖。

「請問……」我好奇地插嘴，「甲田學長平常在演唱會上都做些什麼樣的表演？」

註一：電玩瑪利歐系列的大魔王。

註二：摔角中有一種將規則改變得更加危險的比賽方式「死亡對決」（Death Match），其中一種即是將擂台完全用鐵絲網包圍起來，在其中進行生死鬥。

這個啊——清春為我說明。

「甲田學長受到他所崇拜的重搖滾音樂家影響，本人稱之為休克搖滾，極端的舞台表演也是賣點之一。『豬血淋頭』和『吉他☆劈西瓜』算是小兒科，使用大道具的有把女觀眾請上台執行的『暫停斷頭台』、自己坐上去的『青春電椅』、還有因為感受到生命危險而被打入冷宮的『鱔魚假髮』。」

鱔魚假髮？那是什麼……我咬著指甲，苦惱地想像。

春太想起來似地說，「這麼說來，昨天片桐社長說甲原學長被日野原會長盯上，難道那是……」

「原來你們知道？」清春露出尷尬的表情垂下頭，「學長被列入學生會執行部的黑名單。」

果然。我深深覺得日野原眞是太辛苦了。

「呃，請不要誤會了，甲田學長的舞台表演當然不是他的本性。他本來是那種連對學弟說話都會用敬語的人，所以才會透過化妝，努力與原本的自己切割開來。所以一興奮起來，反而會入戲過頭……」

「你說鱔魚假髮嗎？」春太說。

「對，我從剛才就對那個好奇得要死！」我無法忍耐，抓住清春用力搖晃他的脖子。

「等、等一下，你們兩個還是誤會了。學長會被學生會長盯上，是為了更不同的理由。」

「——不同的理由？」我這才發現自己的誤會，紅著臉放開清春。

「是的。學生會長也沒那麼閒，會只因爲重搖滾表演就把人當成眼中釘，而且演唱會都是校外活動。」

這麼說來，或許是吧。

清春指著鐵絲網另一頭的四方形箱子。大小約是三十公分的立方體，正面是音箱，上方有看起來很牢固的把手。

「那是眞空管吉他音箱，是美民的鎭社之寶。」

「眞空管？」春太興致勃勃地把臉貼在鐵絲網上，壓出「嘰嘎」聲響。

清春看我，「妳知道吉他音箱嗎？」

即使我搖頭，清春也沒有露出半點厭煩的樣子說：

「簡而言之，妳可以把它想像成控制音量和音調的機器。與一般電晶體音箱比起來，使用起來要複雜許多，但眞空管音箱的音色非常棒。很柔軟，卻又很扎實，低音也輪廓鮮明，因此是職業重搖滾及重金屬音樂家不可或缺的音箱。」

「……那應該很貴吧？」

春太把額頭用力貼在鐵絲網上，感覺都要印出痕跡了。

「很貴。循正常管道購買，要十萬圓以上，不是高中生買得起的；然而甲田學長卻自己做了眞空管吉他音箱。」

春太把臉從鐵絲網移開，瞪大了眼睛。我似乎可以了解爲什麼美民會堂而皇之地宣稱在追求的事物上，他們與輕音樂社不同了。就像清春說的，重搖滾與重金屬的演奏技術必須出類拔萃。

「這可以自己做唷？」春太問。

「需要具備某程度的電氣知識，但只要想，是做得出來的。因爲都有人認爲與其掏出十萬圓以上去買，倒不如自己做了。甲田學長本來就是理組的，又聰明，再加上有溺愛他的父親全面支持。當然沒辦法做到和市面商品一樣的水準，但甲田學長做出來的音箱音質非常棒。不過眞空管吉他音箱在結構上本來就容易發熱，又不易冷卻，所以很麻煩……經常冒出一堆白煙，在這所學校，也好幾次驚動消防車趕來。」

所以才會被列入黑名單嗎？我再次了解到日野原的辛苦。

「你們還記得昨天的開幕式嗎？滅火器放在舞台上很顯眼的位置，對吧？那也是擺給我們美民看的。」

我總算恍然大悟，順帶脫力了。

清春露出嚴肅的表情，看著我們兩人說：

「……一年前的我，應該是個滿腦子偏頗音樂思想、教人退避三舍的傢伙。是甲田學長熱心拉攏我加入美民的。坦白說，一開始我很瞧不起甲田學長。但他從來不否定別人，也沒有熱愛搖滾樂的十幾歲青少年特有的那種不懂裝懂，他和我一起做出了我一直超想要的眞空管吉他音箱。我從來沒有想過高中生可以做出這種東西，驚訝極了。教別人不是一件很難的事嗎？尤其當對方完全無知，必須花很多時間解釋的時候，更是令人不耐煩。我忘不了甲田學長那時候的耐心和謙虛。」

我和春太默默聆聽。我問清春問題的時候，他沒有任何「怎麼問這種蠢問題？」的反應，而是不厭其煩地詳細說明。就連我提出完全離題的問題時也是。這種謙虛，或許是從甲田那裡繼承來的。

在管樂比賽縣大會遇到的清新女子高中管樂社的成員也是這樣。若非實際見面、交談，是不會了解一個人的本質的。

清春！有人呼喚，我們三個人一起撩起沉重的布幕。美民的成員穿過會場觀眾席過來了。他們跳上舞台，從布幕底下鑽進來。

「大事不妙，甲田學長還沒有聯絡。」

一個美民社員喊道，清春焦急地按下手機撥號鈕。電話好像沒接通，他咒罵一聲，用拳頭毆打布幕內側。天花板垂下來的布幕激出漣漪搖晃。

時鐘指針已經來到下午一點十分。距離美民的演唱會還有二十分鐘——

「他遲到了？」

我問，清春用力搖頭，以強烈的語氣否定：

「甲田學長從來沒有遲到過。他也從來不會找藉口或撒謊，一定是出了什麼嚴重的事。」

「出了什麼嚴重的事……」

春太低聲重複。他從條紋長褲口袋掏出節目表。確實，演奏順序突然變更，最重要的主角卻沒出現，肯定出了某些大事。

「現在也來不及換回演奏順序了。」

春太強調說，清春一臉凝重地點點頭：

「我知道。我們只能相信甲田學長，繼續等他。甲田學長好像在計程車上，可是聲音聽起來有些反常……」

「計程車？」

怎麼回事？我好像想到什麼。清春接著說：

「海鷗計程車。一個半小時前，他打電話說攔到空車了，現在就坐計程車過來，要我們十二點半在大門前集合。」

海鷗……海鷗圖案的計程車？

啊，那個啊。

「我好像看過，大概十二點半以前，在攤位大街那裡。」

我喃喃說，美民成員全都緊張地圍住我。

「可是那台車又掉頭走掉了。」我漸漸想起那時候的情景，比手畫腳地告訴眾人，「這麼說來，車子本來停下來了，後車門打開，裡面傳來一聲『哇！住手！』結果沒人下車。我覺得那聲音和衝天金髮頭是甲田學長。」

「妳視力多少？」春太突然問。

「二．〇。再好也測不出來了吧？」我乾脆地回答。

「各位，除了運動神經與視力以外一無可取的女生這麼表示。」

「……怎麼會……」清春抱住頭，「甲田學長到底怎麼會……」

「會不會是忘了什麼東西回去拿？」我狠踩春太的腳問，接下來要用全身的重量壓斷它。

「那他應該會告訴我才對。」

我轉念心想確實如此。只為了拿忘記的東西就讓重要的舞台開天窗，這太荒謬了。

春太眼眶泛淚地忍著痛，整理狀況。

「如果小千看到的計程車上坐的是甲田學長，那他就是在約定的時間抵達了學校，卻不知為何沒有下車，掉頭繼續開走。就像清春說的，出了某些嚴重的事——雖然不知道是什麼事，但他應該是被捲入某些意料之外的麻煩了。」

動搖與不安在美民成員間擴散開來，只有清春一個人咬緊牙關，露出不肯放棄的表情。

失蹤路線　其三

「老伯，把車窗打開！全部打開。這車子裡面都是電磁波！」

——我才不信什麼電磁波那套。

「熱死了。我熱到全身的血液都快沸騰了。把空調轉成冷氣！開到最強！」

——喂喂喂，你都冷到起雞皮疙瘩了，不是嗎？太莫名其妙了吧？

前方十字路口變成了紅燈，我右腳踩上煞車踏板，慢慢減速。出於職業習慣，車子沒超出停止線，令我鬆了口氣。即使是這點小事，若是運氣不好，也有可能吃上罰單。話說回來，眼前的紅燈能不能幫我攔下獅子少年的怪異舉動呢……

等待綠燈的期間，我的腦中湧出一個疑問。

獅子少年上計程車的時候，把所有的東西都放上後車座了。就算我請他放行李廂，他也拒絕說「是貴重物品，沒關係。」他的東西裡面如果有什麼可疑物品，就是那個大紙箱。

妄想有時會超越想像，化成劇毒……這是誰說的話去了？啊，我想起來了。是一個小時前自詡爲媒體人的我說的話。嘿嘿。

預測一下最糟糕的狀況吧。獅子少年不想讓我碰的紙箱裡，會不會裝著他擄走的幼兒屍體，或是一部分的人體？事實上從剛才開始，車子裡就隱約彌漫著一股腥臭味。像水發臭的味道，不是心理作用。

號誌轉綠，我的臉也綠掉了，讓計程車前進。

這行幹久了，就可以從乘客上車時的避震器震動大概估出體重。獅子少年上車的時候，除了他以外，我還感覺到約一名幼兒的重量。不不不，他還帶了看起來很重的吉他跟音箱。我漸漸對自己的職業直覺沒了自信。

再重新冷靜一下吧。

拿電磁波這種騙小孩的藉口要求把車窗全部打開，是爲了什麼？答案很明顯。依常識來看，把車窗全部打開，是爲了讓車內換氣，也就是意圖掩蓋那股腥臭，或者說近似腐臭的氣味。

那爲什麼要把車內的冷氣開到最強？

這是推測，但應該是爲了延緩氣味來源的物體腐敗……

是不是不太妙？眞的是那樣嗎？我從後照鏡細看，覺得紙箱有一部分溼溼的。那是——血——？

青少年心靈的黑暗……

這名獅子少年也是黑暗中的居民嗎？是那種會犯下轟動報紙社會版、大人無法理解的荒唐犯罪的年輕人嗎？

「——喂？我已經依照指示做了。接下來該怎麼做？」

獅子少年不理會我危險的妄想，小聲對著手機聯絡。從剛才開始，他便頻繁地打電話或接到電話。從他的語氣來看，對方似乎是年紀更大的學長。

「——什麼怎麼辦，我才想問你咧！所以你才會重考三年還考不上！」

獅子少年對重考三年的學長凶狠地罵道。他的態度有時會變得非常凶狠，很恐怖。這就是傳聞中的失控青少年（註）嗎？

但他的一下句話讓我驚到心臟幾乎快停了。

「……被……發現的話……我可能就完蛋了。」

他果然在運屍？叔叔的不安已經到達巔峰了！

「呃，請問一下，你的那個紙箱裡面……裝了什麼？」

我的心聲化成了現實的聲音，從我口中像轉蛋一樣滾了出來。聲音都走調了，真丟臉。明明應該聽見了，獅子少年卻露出苦惱的表情，沉默不語。重要的事，他什麼都不肯告訴我。我面朝前方，忽然想起持續無言的抵抗、關在房間裡不肯出來的兒子，嘆了一口氣。

車子即將進入漫長的直線道路，可以不必全神貫注在方向盤上了。鬆懈下來的瞬間，我聽見車子裡面有細微的聲響。是紙箱裡面傳來的嗎？該不會是幼童復活，正在求救吧？

註：二〇〇〇年左右，日本陸續發生多起青少年凶惡犯罪，凶手多為十七歲左右的少年，因此媒體對此一世代冠上「失控的青少年」、「失控的十七歲世代」、「無故犯罪世代」等名稱。

我坐立不安起來，「剛、剛剛是不是有聲音？」

「沒有。」

獅子少年打算裝傻到底。儘管車內冷氣開到最強，他卻整臉冒汗，就像被噴霧器噴中，妝都快花了。好，來套話看看。

「看，我好像又聽到聲音了！」

「也許……是我火熱的心跳。」

獅子少年用拇指抵著自己的胸口，伸長了舌頭。要是可以，叔叔也想給你捧場笑一笑，可是不行了。

「紙箱裡面是不是裝了什麼不可告人的東西？」

「裡面裝的是休克搖滾需要的東西！」

「呃……什麼是休克搖滾？」

聽到意外的答案，我困惑地反問。

「是在視覺上也引人入勝的搖滾樂。紙箱裡面裝著它的小道具。」

我看向後照鏡，鏡中獅子少年的視線立刻閃開，我十分確定他果然有什麼心虛之處。

「客人，我不能再繼續……」我聲音發顫地說到一半，這時車內突然被一道「嘰因因因因因」的刺耳吉他爆音給包圍了。我嚇一大跳看向一旁，不知不覺間，點菸器上的ＤＣ變壓器竟被插上了吉他音箱的插頭。

「你不是想要知道嗎？」

後照鏡裡，獅子少年就像吃糖果似地舔著彈片說。

「知、知道什麼？」

我覺得剛才的場景好像再次上演。

「這還用說嗎？當然是休克搖滾的精髓啊！」

可以請你用嘴巴說明嗎……我把這話吞了進去，泫然欲泣地身陷車中的爆音漩渦。

等待的人們　其三

文化祭第一天的「舞台表演」，是以海報盛大宣傳的活動。

各社團在登台前有二十到三十分鐘的準備時間，還有調音時間。開始來到體育館報到處的參加者數目顯然比去年更多，甚至讓人擔心椅子可能不夠，綁上附假辮子頭巾的芹澤拿著擴音器，告知參加者演奏順序變更，水藍色條紋打扮的成島和後藤也幫忙宣傳。目前還沒有人對於第一棒變成美國民謠社表達不滿或抗議。

我進入體育館，看看時鐘，下午一點十四分。這個時間，美民的演奏成員必須要全員到齊才行。

最重要的甲田不在，美民的成員、合唱社和輕音樂社等社員，以及肩上放著鸚鵡布偶的片桐社長，一群人聚在體育館角落召開緊急會議。目前能夠預估到的最糟糕的狀況，就是在甲田沒有到場的情況下迎接開演。

決定的時刻分秒逼近。

清春終於和不耐煩的輕音社社長吵起來了，片桐社長插進去制止。拜託不要吵架。

「舞台表演」活動由學生自行籌備，所以沒有老師監督。春太跑去叫草壁老師了。

甲田到底出了什麼事？

被捲入了什麼事故嗎？

可以相信他會來，就這樣繼續等下去嗎？

我漸漸不安起來。當碰上我們無法解決的難題時，草壁老師總會給我們建議。我都已經二年級了，都有學弟妹了，不該動不動就依靠老師，然而這種時候，我還是強烈希望老師在身邊。眞是不長進……

「美民裡面沒有人能替甲田上台嗎？」

片桐社長問清春。遭到眾人指責逼問，幾乎半死不活的清春謹愼地沉默之後，小聲回答：

「……甲田學長只有甲田學長可以取代。」

「Only one甲田，世界上唯一的甲田啊？眞教人傷腦筋。」片桐社長仰望體育館的天花板嘆息。

合唱社和輕音樂社的社長尖聲插嘴：

「眞的能開場嗎？」

「對啊，如果要變更演奏順序，什麼時候要做決定？」

清春被兩人的氣勢壓倒，退後半步，望向舞台布幕，就像要尋求逃生之路。片桐社長也仰望同一個方向。

「那東西要拆除感覺很花時間，得現在立刻決定才行。」

那東西指的是四面八方包圍舞台的高約兩公尺的鐵絲網。美民好像要在森嚴的鐵絲網當中進行演奏，然而最重要的主角不來，什麼都無法開始。

「呃，請等一下。」

清春說，和美民的成員與甲田工務店的人拚命討論。他們很快就談好，清春揚起一手，跑到片桐社長旁邊。

「工務店的人說只要五分鐘就可以把鐵絲網和演奏器材全部從舞台上撤除，所以請等待甲田學長到最後一刻吧，拜託！」

「什麼最後一刻……」片桐社長啞然，「已經不能等了啊。」

「甲田學長會來，他絕對會來。不是來不來得及的問題。爲了更巨大的事物……他已經在來到會場的路上了！」

甲田工務店的人和美民的成員排成一排，九十度鞠躬地如此懇求。清春就像在參拜神社似地抬起頭來，眼睛充血。有點恐怖耶。

「那傢伙是梅洛斯（註）嗎？」

片桐社長嘆息，這時草壁老師和春太總算趕來了。

草壁老師穿著宛如《彼得潘》裡的虎克船長的服裝，氣喘吁吁。好像是不小心試穿的時候被春太抓到，也沒時間換下來就被帶來了。他穿著中古的紅色大衣，戴著有羽毛的雙

註：太宰治的短篇小說〈奔跑吧！梅洛斯〉的主角。被判死刑的梅洛斯，讓摯友當人質代替自己，回家參加妹妹的婚禮。故事描述梅洛斯為了在期限內趕回刑場，一路奔波的心境變化。

角帽，臉上貼著黑色假鬍子。我這個海盜嘍囉對船長看得著迷，剛才的緊張整個忘到九霄雲外去了。

草壁老師害羞地伸出有鐵鉤的手，開始指示在場所有的人，「演奏順序就依照今早決定的，由美國民謠社開始，不再變更。」

「可是……」合唱社社長轉頭看體育館的時鐘，一臉不知所措。

「身為領導者，你最好記住，朝令夕改會失去信用。你必須考慮到有些參加者在報到處聽到表演順序變更的消息，到校舍去打發時間了，而且再次變更有可能引發大混亂。」

「我知道，可是美民的社長……」這次是輕音樂社長的社長堅持。

「美國民謠社的狀況，我多少理解。萬一甲田沒有來，你可以代替他嗎？」

草壁老師用鐵鉤指著清春問。眾人都很驚訝。

「重搖滾的演奏或許不是你的專長，但你都陪他練習到很晚，對吧？我聽甲田同學說過，社團裡吉他演奏技術最好的就是你。」

清春用力握緊垂的雙手。

「……清春的話，應該可以代替社長。」

一名美民成員低聲說，清春瞪向他。

草壁老師繼續提議，「如果你可以答應，我就讓演奏時間延到一點四十分。」

「咦？」清春瞪大眼睛。

「請等一下，那整個時程都要往後延嗎？」合唱社社長不滿地說。

「不，接下來管樂社準備和調音的時間是二十分鐘，但我們可以縮短到十分鐘。」

片桐社長「啊」了一聲。我們在一個月內，經歷過三次各校相隔十分鐘上場的比賽，大家的身體都還記得那種節奏，所以辦得到。

「呃，這辦得到嗎？」

「想的話是辦得到啦。」片桐社長表情不甚情願地答應。

「謝謝，謝謝大家！」清春展露歡顏，再三道謝，向美民社員使眼色，彼此點頭。

「我們合音只要三分鐘，所以我們等甲田學長到一點三十七分。就這麼辦吧。」

草壁老師睜圓了眼睛。都到了這種節骨眼，還想要延長等待時間，令人感覺到他們非比尋常的執著。時鐘指針來到一點二十二分。等於是他們從逆境中爭取到了十五分鐘的延長。

今天的節目程序就這麼定下來了。離開體育館的合唱社和輕音樂社社長喃喃說，「既然是爲了甲田，那也沒辦法……」外表和表演雖然令人難以苟同，但看來甲田人德出眾，與其他社團廣結善緣。

我捏住春太身上的長背心拉扯問：

「欸，你覺得甲田學長跑哪去了？」

「其實關於這件事，我和草壁老師的意見大致相同。接下來我會說明，請大家過來。」

美民的成員圍住春太，春太望向清春問：

「電話打得通嗎？」

「……不行。我剛才打過好幾次，但都轉到語音信箱。我請他父親打電話，他還是沒接。」

「在接近音訊不通的狀況下，還要再繼續等下去嗎？」

「坐以待斃不是我的作風。」

「我想準備一下比較好。從清春你們的話聽來，甲田學長遇到的是意外狀況。」

「——意外狀況？」清春重複。

「叫計程車到學校來，表示他寧願花錢，也要趕上集合時間。學長本來責任感就很強，照常理來看，車子都到學校了，還掉頭離開，實在難以想像。」

「會不會眞的是忘了東西？」我插口。

「小千，妳不是看到車門就要打開，卻傳出『哇！住手！』的叫聲嗎？」

我確實聽到了，我覺得應該不會因爲忘了東西而那樣大叫。

「這麼說來……」清春歪頭，露出想到什麼的表情，「有一次電話接通，甲田學長說『緊急狀……』說到一半就斷了。」

「緊急狀況嗎？」春太說。

「……我也這麼覺得。」

「甲田學長在電話上說『馬上就到了』、『設法拖住』，卻坐計程車坐了將近一個小時。」

「沒錯。現在想想，這舉動太奇怪了。」

春太望向草壁老師，接著說：

「甲田學長就在學校附近，沒有離開太遠。」

「咦？咦？什麼意思？」我逼近春太問。搭計程車搭了將近一個小時，與人在學校附近，在我的心中無法同時成立。

春太先說了句「他大概……」然後提出令眼前的清春驚愕的假設。

「是沒辦去下計程車。」

失蹤路線　其四

『也許……是我火熱的心跳。』

——等等、等等，這怎麼可能？我確實聽到詭異的聲音了。獅子少年在隱瞞什麼。

嘰因因因！滋康康康！

啾咿咿咿因！

啾啾啾啪碰劈啪啦！

重搖滾！爲什麼被討厭！被批評！我不懂我不明白！

我的甜心是僵屍♪　深情激吻！下一秒腦袋被咬掉♪

後照鏡裡的獅子少年對我眨起一邊眼睛，用渾厚低沉的嗓音唱著爛到家的歌詞。怎麼聽都是即興亂唱欸。而且還臉色蒼白，流淌著多到非比尋常的冷汗。

在冷氣過強的車子裡，我開始發起抖來。

「客、客人！不可以隨便使用車子裡的電源！」

「你不是想了解休克搖滾嗎？我只是在回答你的問題啊！」

對不起，我不該頂嘴。是叔叔錯了。可是這聞所未聞。在遠離住宅區的地方載到高中生，沒想到即將抵達目的地時，他卻突然要求我「掉頭」、「在市區繞行」現在更是演奏著吉他，嘶吼著詭異的歌詞「惡魔萬歲！♪」——而且還說也不說一聲，就任意使用點菸器的電源。被這樣亂搞，汽車的電池一下子就會沒電了。

我轉著方向盤思考。一開始載到他時，感覺是個聰明而乖巧的青少年。到底是從哪裡開始變成這樣的？原因是什麼？……對了，是第一通電話。講完電話以後，他變得一臉蒼白。對方是誰？到底跟他說了什麼？後來他們就頻繁地聯絡。

我整理獅子少年在車子裡說過的話。

（喂？我已經依照指示做了。接下來該怎麼做？）

指示……？什麼指示？

（老伯，把車窗打開！）

（把冷氣開到最強！）

說到指示，就只有這兩項。我以爲把車窗全部打開是爲了換氣，但也許還有除了消除味道以外的其他目的。如果是這樣，那就是不惜把車子裡的暖氣統統吹走，也要立刻讓車子裡的冷氣效力發揮到最強。

爲了什麼？

就如同我最糟糕的想像，是爲了延緩紙箱裡的幼兒屍體腐敗？載到屍體的我會怎麼樣？會觸犯協助棄屍罪嗎？不，等等。搞不好屍體在紙箱裡還活著呢。

（——什麼怎麼辦，我才想問你咧！所以你才會重考三年還考不上！）

講電話的對象年紀似乎比他大。感覺是個很糟糕的學長……

噹啷叮隆啷啷啷。

獅子少年開始速彈吉他。爆音充塞我的耳朵，我幾乎要停止思考了。難不成獅子少年彈吉他，就是爲了這個目的？爲了不讓我思考多餘的問題——

雖然想要暫時停下車子，但計程車繞過市區一圈，進入通往獅子少年高中的海濱道路了。路肩沒有可以停車的空間，即使想要放慢速度，後方也有好幾台卡車跟著。

對向車道駛來一輛閃著警示燈的警車，擦身而過。吉他演奏聲冷不防停止了。

「怎、怎麼回事？難、難道你報警了？」

獅子少年臉色大變，抓住駕駛座。只是剛好有警車經過，卻把他嚇壞了。我壓低聲音牽制說：

「你做了什麼會驚動警察的事嗎？」

「警察……？怎麼可能？我爸媽會傷心的。」

這實在不是嘶吼著「惡魔萬歲！」的少年該說的話。他突然恢復正常，搞得我不知所措。

等待的人們　其四

只剩下十二分了。

詢問海鷗計程車的事就交給草壁老師，我和春太還有清春三個人，像三顆子彈似地衝過擠滿了參觀校慶人潮的校園。

目的地是舊校舍一樓的美民社辦。春太說他想去看社辦，要求借鑰匙，清春堅持說他要帶路。

春太推測甲田沒辦法下計程車的理由，與今天的舞台表演內容有關。

我們抵達舊校舍的樓梯口，也沒換上拖鞋，便直接前往社辦。襪子很滑，幾乎跌倒。走廊盡頭算過來第三間就是美民的社辦，隔壁是初戀研究社。

用鑰匙打開卡卡的拉門，社辦裡四處散亂著樂譜、剪下來的音樂雜誌、皺巴巴的活頁紙，還堆積著好幾個尚未完成的音箱。我覺得那音箱看起來很像倉鼠或天竺鼠的窩。

「這就是眞空管吉他音箱啊……」

氣喘吁吁的春太一屁股坐到地上，清春也四肢跪地，大聲喘氣。或許是因爲全速奔跑，兩人臉色都很糟。

我以前是排球社的，鍛練過身體，最近又開始慢跑，所以沒那麼容易就喘氣。

「欸，你的金屬樂樂團今天不上場嗎？」

「……今天的表演時間十五分……全、全部……給甲田學長表演重搖滾……」

清春邊喘邊回答。美民的演奏時間本來是三十分鐘。因爲變更上場順序，縮短成十五分鐘，但我這才知道原來是清春把他們樂團的表演機會讓出來了。

「我總是黏在甲田學長旁邊聽他演奏，就像老師說的，我可以代替學長彈吉他唱歌。可是……甲田學長的樂團是屬於甲田學長的。我實在……沒辦法取代他。」

我默默看著他，拉扯春太的手臂硬要他站起來，用力推他的背。有我陪著，你快點找出解決的線索吧！

疲憊不堪的春太搖搖晃晃地走進社辦深處，東張西望。接著他的視線凝固在某一點。是貼了一張海報的置物櫃。好像是甲田的置物櫃，從我站的方向，被春太擋住看不見。

「……貼這種東西不恐怖嗎？」春太看著海報喃喃說，我正要跑過去看個究竟，春太卻不知爲何伸出一手擋住我說，「啊，妳最好不要看。」

「……埃利斯．庫珀（Alice Cooper）嗎？他是重搖滾宗師，也是甲田學長崇拜的音樂家……那張照片很有名。」

清春調整呼吸回答說。崇拜的重搖滾音樂家——這麼說來，我在體育館聽過。休克滾搖，還有極端的舞台表演……

「不是不是。」春太搖頭，「我不是說埃利斯．庫珀，而是跟他在一起的生物……」

「那……會恐怖嗎？我覺得……很帥啊？」清春回答。

「……哪裡帥了？」春太露出難以置信的表情。

「是啊……因爲世人的偏見……牠吃了不少虧……但原本牠可以說是位於食物鏈頂點的生物……不是在太陽底下活動，而是棲息在無光的黑暗中……這一點也帥爆了。」

「棲息在黑暗的生物……」春太反芻這句話。

「也許牠可以說是……因爲外表和習性……而受到歧視的王者……」

春太輕輕把手伸向海報，「光明與黑暗……黑暗的王者……搖滾的反體制……原來如此，甲田學長的理念一以貫之。」

「……嗯，應該是。」清春說。

棲息在黑暗的生物。

黑暗的王者是什麼？

我好奇起來，繞到春太後面看海報。看到纏在埃利斯．庫珀脖子上的生物，忍不住尖叫一聲，一屁股跌坐在地。

春太打開甲田的置物櫃，瞬間刺青貼紙和花俏的店家名片如雪崩般灑了出來。

「搞什麼啊！」

我蹲下來撿拾。春太皺起鼻頭，像在深思什麼。清春好奇地伸脖子過來。

「怎麼了嗎？」

「這次的失蹤，我們忘了一項重要的前提。」春太低聲說。

「咦？忘了什麼？」

「甲田學長爲什麼要搭計程車？」

清春眨眨眼，「因爲東西很多？」

「今天的話，他可以坐自家工務店的車啊。」

「啊！」

「換句話說，今天他必須一個人悄悄先去別的地方。」

聽到春太的話，清春納悶地說：

「……先去某個地方，然後爲了趕上集合時間，搭了計程車？」

「一般我們學生是不會坐計程車的。我們不是手頭寬裕的社會人士，就算東西有點多，要是能坐電車或公車，還是會利用公共交通工具。」

清春好像發現了。

「那甲田學長去的地方，是附近沒有電車站或公車站的地方？」

「以此爲前提，應該可以看出甲田學長今天的行動範圍。」

清春一下子沉默了，春太接著說：

「甲田學長是在正午過後上了計程車的，他本來在十二點半以前抵達了學校，所以車程約二十分鐘，假設時速四十公里，就是距離學校約十三公里的地方。附近沒有電車站也沒有公車站的地方。」

正雙手撿拾刺青貼紙的我仰望兩人。原來甲田學長跑到那麼遠的地方去啊……

清春忽然蹲下來，撿起地上的店家名片。他一張張瀏覽，查看地址。

「你發現什麼了嗎？」我問。

「昨天甲田學長聯絡過美民的畢業學長。是個重考三年的學長，每年都來參加我們的集訓，但他已經放棄升學，和朋友開一家個人進口的雜貨店還是飾品店，總之是一家莫名其妙的店。」

「重考生怎麼有錢開店？」春太提出疑問。

「那個地方地點很差，而且是一家租金形同免費的空民宅。因爲是個人進口，所以不需要太多庫存，好像網拍生意做得不錯。」

「那個畢業學長也是專玩重搖滾的？」

「對。」清春緊盯著一張店家名片，「就是這個。」他掏出手機，按下店家號碼。耐心聆聽鈴聲的他眉毛一跳，我和春太都豎起了耳朵。

「……喂？啊，這聲音是學長嗎？太好了，幸好你接了電話。我是二年級的清春，暑假集訓受學長照顧了。對，我們現在在文化祭。不好意思突然打電話過去，我想向學長確認一件事，今天我們三年級的甲田學長有沒有過去找你？」

一陣短暫的沉默之後，清春重新握好手機。

「甲田學長確定十二點以前離開店裡了？是，我知道了。其實他還沒有到學校。學長知道他會去哪裡嗎？」清春瞇起眼睛，手機用力按在耳朵上，「爲什麼你這麼驚慌？」

我和春太靠了過去。聽不出電話另一頭的美民學長在說什麼。

「跟眞空管音箱交換？甲田學長換了什麼東西？」一陣停頓之後，清春狼狽失色，「等一下，那是活的嗎？還是死的？」

聽起來很恐怖，我不安起來。

「……啊，這樣啊，是跟實物一模一樣的進口玩具，是吧。嚇我一跳。那就好。不好意思，那……」

這時，在一旁聆聽的春太搶過清春的手機。確定電話還在通話，他對美民的學長開口說：

「我是清春的同學。」春太表明身分，隨即加重了語氣說，「你是不是在隱瞞什麼？」

我懂了。**先前甲田學長的手機打不通，有可能是在講電話**。而春太懷疑通話的對象，就是這名畢業學長。

失蹤路線　其五

各位聽過美國的都市傳說「床底下的男人」嗎？

一名獨居女子邀朋友到家裡來玩。夜深以後，該上床睡覺了，朋友卻突然叫她跟她一起去超商買東西。因為朋友堅持要去，女子只好跟她一起出門，結果一離開住處，朋友立刻臉色大變地對她說，「妳的床底下躲著一個手裡拿刀的男人！」

很可怕，對吧？很可怕呢。

這個故事，在世界各地有各種不同的版本。

不過現在我也陷入了和故事中的朋友同樣的心情。

爸，媽……我可能已經撐不住了。

請原諒不孝子先一步離開你們了。

獅子少年把吉他直抱在懷裡喃喃說，終於吸起鼻涕啜泣起來。這是某種嶄新的演唱會談話嗎？還以為他總算恢復正常，居然又冒出新招來。變化之大之快，簡直就像在看鏡頭變換宛如雲霄飛車的刺激電影。從剛才開始，叔叔就整個人七上八下，忐忑難安。

車子裡的空調風扇全速運轉，發出刺耳的噪音。好冷。這輛計程車冷得就像雪山。

「大家，對不起……」獅子少年沒有對象地說起洩氣話來。

「怎、怎麼了？」我問，專注於前方，小心駕駛免得出車禍。車子裡冷到牙齒都快打顫了。

我等待回答好半晌，獅子少年卻緊緊閉口不語。

「喂，不說話我怎麼會知道呢？」

剛才的狠勁跑哪去了？盡情發洩之後，竟然是這副孬樣？我克制住想這麼指責的衝動，確定計費表。來到八千兩百圓了。他身上有兩萬圓，還可以照著他的指示開下去。

我煩惱起來。少年看到警車驚慌失措，證明了他確實有某些心虛之處。

但他又不是在搭乘計程車逃亡……

來到海濱道路後，計程車無線電就受到干擾了。計程車使用的應該是不易受到干擾的頻道，但最近發現與地面數位電視的頻率相近，開到某些地區就會出現問題。再前往一段路，或許無線就能用了。

若是遇上緊急情況，再用無線電通報公司就行了。

從一開始就有這個選項，我卻沒有這麼做。因爲我擔心傷害少年的未來嗎？不，不是爲了那種冠冕堂皇的理由。在後照鏡裡看到他那孩子般膽怯的表情，我忍不住想起了自己的兒子。

我完全不了解那傢伙——智之。上了國中，連第一個暑假都還沒到，他就關在自己的房間裡不出來，成了黑暗世界的居民。

一開始我不知所措，也覺得煩躁不堪。但這不是硬是把他從房間裡拖出來就能解決的問題，也不是衝進房間裡熱血演說一番、狠狠痛罵一頓就能收場的簡單事情。問題擱置下來，結果兒子開始在房間裡自言自語起來了。

繭居族這個詞眞方便。就像感冒，給人一種自行感染惡化的語感。

但最近我開始懷疑眞的是這樣嗎？

一旦潛入黑暗，對我們來說，就不知道對方是動物還是人了。要把對方像人一樣從黑暗裡拖出來，不能像對待動物那樣來硬的。也不能像我一直做的那樣，假裝視而不見。沒有立即見效的處理方式。只要還期待會有特效藥，問題就絕對不會解決。

那該怎麼辦才好？

只有一件事很清楚。

那就是至少我兒子是感到愧疚的。

他有心事想要用人類的話，向他的父親——我或大人傾吐。

可是他還不夠成熟，沒辦法好好說出來，所以才把自己關起來了。

而弱者一旦封閉到黑暗裡，就會不斷製造出想像中的強敵，爲了保護自己，再也出不來了。

身爲父親，我不該爲兒子的一舉一動忽喜忽憂，而必須做他的榜樣。在強制干涉兒子以前，我應該立下決心，豐富自己的生活。只要遠離父母心、訓誡這些因爲太理直氣壯，反而令人排斥的高壓事物，兒子一定也能回想起正常的感性……

我赫然回神，望向後照鏡，看見抱著吉他垂頭的獅子少年。

眞沒辦法。在過去的計程車司機生涯中，我因爲是專業人士，所以從來沒有拒絕過乘客的要求。但現在我決定違背一次。

把他送去原本目的地的清水南高吧。

就這樣開進縣道往左彎，不用五分鐘就到了。我要加速衝刺嘍。現在能夠阻止我的，只有紅燈或石原軍團（註）的露天廚房！

等待的人們　其五

只剩下五分鐘可以等了。

「聯絡上甲田學長了！」

清春拿著手機大叫，我衝了過去。

我們從美民的社辦移動到收訊較好的操場。操場正在舉行義賣，今年過度投入心力，變成了接近跳蚤市場的規模。有許多社區居民和家長參加，熱鬧滾滾。爆米花機前面圍滿了小孩。

春太叫來的草壁老師也到了，我們三個人圍住了清春。

「甲田學長，你沒事嗎？」清春第一聲就這麼喊道。

在旁邊聽著眞是緊張。什麼叫沒事？甲田坐的計程車出了什麼事嗎？我還沒有聽到眞相。

「老師，爲了愼重起見，最好安排救護車。」春太小聲對草壁老師說。

「嗯。」草壁老師取出手機，露出煩惱該怎麼通報的表情，「或許會需要抗生素。」

看著兩人的對話，我漸漸不安起來。什麼計程車？什麼抗生素？

「司機也平安無事嗎！太好了……」

清春才剛吐出放心的嘆息，淡淡的眉毛立刻又揚了起來：

「咦咦咦咦！正往學校過來？」

清春把手機按在耳朵上，焦急地東張西望。許多攜家帶眷的人經過，他的表情頓時變得蒼白。

「請立刻掉頭！不行啦，會引發恐慌的！」

他的表情很拚命。都到學校了，爲什麼又要掉頭？先前甲田做出令人費解的掉頭行動，這次卻是清春指示他這麼做。

「給我。」

草壁老師從清春手中搶過電話。春太緊貼在草壁老師旁邊，一起跟甲田說話。清春茫茫然地望著虛空。

「欸，到底是怎麼了嘛？」

我用力搖晃清春的肩膀，他雙手抱頭：

「甲田學長從學長那裡拿到的紙箱有問題。」

有問題？

「你說的紙箱，裡面裝的是玩具蛇，對吧？要纏在身上，然後爲了營造出演唱會的臨場感，才設置了鐵絲網，不是嗎？」

註：指石原製作公司所屬的藝人集團，經常在相關活動中舉辦露天廚房活動，並在各種地震災難時前煮飯賑災。

沒錯。甲田的置物櫃上貼的海報，音樂家埃利斯．庫珀掛在脖子上的生物就是一條大蛇。

「……聽說金柏利跑進裡面了。」

「金柏利？」

「學長養的寵物。牠不知道什麼時候溜出店裡，躲進要交給甲田學長的紙箱裡。因爲牠喜歡又窄又暗的地方。」

「金柏利是什麼啦？」

我有些不耐煩起來，清春一臉痛苦地道出眞相：

「食魚蝮。美國的一種色彩斑斕的蛇。雖然還是小蛇，但脾氣很糟，是一種必須辦理正規手續才能飼養的毒蛇。聽說它現在逃出紙箱，正躲在計程車的副駕駛座底下。」

嗄？我總算理解狀況，差點沒昏倒。那甲田是在不知不覺間拿到了眞正的毒蛇嗎？然後毒蛇逃進計程車裡……

潛伏著毒蛇的計程車立刻就要抵達學校了。萬一牠在開門的瞬間逃出來，文化祭會場將陷入大混亂。

我再次環顧周圍。

下午之後，參加者愈來愈多，義賣、餐飲攤位以及班級展示，每個地方都是人滿爲患的大盛況。而這一切將因爲一隻毒蛇，陷入大恐慌。

有什麼可以平安救助大家的方法嗎？

我害怕起來，望向草壁老師和春太。海盜頭頭和嘍囉的背影正輪流對漩渦中的甲田做出指示。

我只能向這可靠的兩人祈禱了。

失蹤路線　其六

「阿清……對不起……都怪我不小心……」

獅子少年接了手機，正在說話。口吻就像個病人，氣若游絲。冷氣風扇的噪音讓我聽不清楚內容。

爲了減少電池耗電，我摸索著先把音箱電源插頭從點菸器拔起來。

「老師！」

獅子少年突然高聲大喊，嚇了我一跳。看來換成老師接電話了。「對不起，給大家惹麻煩了。連老師都……」他語尾顫抖，用哭腔道歉。

獅子少年的身影忽然從後照鏡消失了。我發現他是屈下身體小聲說話。聽到片斷話聲。

「……不行。絕對不能讓計程車停下來。一停車，車門就會打開。萬一……跑到學校還是路上……事情就不得了了。」

苗頭怎麼愈來愈不對了？什麼東西跑掉就不得了了？

「你是……？上条？在片桐那裡吹法國號的？爲什麼……咦？那、那樣不行。告訴……會陷入恐慌……在開車……我拚命不讓……發現……」

喂喂喂，叔叔還是不安起來嘍？直到剛才的寬容想法開始動搖嘍？

我留意著前方操作方向盤，把耳朵張到最大。

獅子少年開始依序說明他上了計程車以後的怪異行徑。簡明扼要的說明，令人感覺到他原本的聰穎。與壓低嗓音吼唱著「獅子丸（註）僵屍痛恨竹輪♪」時判若兩人。

「……老師……還是……只能殺死金柏利了……」

他語帶苦惱喃喃說。金柏利是誰啦！我眞想大叫。

「被任意帶到日本來……又被殺掉……眞的很可憐。可是……我實在很怕……我不敢抓……要是遭到反擊，我可能會死……而且置之不理，後果不堪設想……我已經不曉得該怎麼辦才好了……」

冰冷的觸感滑過背脊，絕對不是冷氣的關係。再兩、三分鐘就到清水南高了。

我眞的可以就這樣開到學校嗎？

等待的人們　其六

只剩下兩分鐘了。

草壁老師握著手機的手一片汗溼，感覺手機都要滑掉了。

「冷靜下來。你到途中的做法都是對的。你利用了蛇冬眠的習性，對吧？你要有自信。接下來也絕對不要把手伸向車子地板。蛇是變溫動物，會對溫度高的物體起反應而行動。」

老師這麼警告甲田。我拉扯春太的衣袖，以不安的眼神問，「什麼意思？」

春太回頭，依序說明甲田的各種怪異行徑。

把計程車窗戶全部打開，是爲了消除蛇類特有的腥臭味。把車內冷氣開到最強，是爲了讓蛇的行動變得遲鈍。利用眞空管音箱演奏吉他，是爲了轉移起疑的計程車司機注意力。

「計程車裡面可以用眞空管音箱？」清春問春太。

「點菸器好像可以插插頭。」

「……接下來會怎麼樣？」我擔心起來。

「就像草壁老師說的，蛇會對溫度高的物體起反應而行動，所以不能隨便把手伸過去。應該會要計程車開到學校旁邊的空地，聯絡警察，聽說冷氣還是開在最大，應該有逃脫的機會。」

聽到春太的說明，清春的喉嚨深處擠出「咕」的一聲。

「要是兩人都沒事，也不會給會場的人添麻煩就好了。可是……」

「可是？」我問。

清春不甘心地垮下肩膀：

「這種時候說這種話眞的很不莊重，可是甲田學長已經沒辦法上台演出今天的演唱會了……」

我都忘了。對甲田來說，這是高中生涯最後的一場文化祭。

「清春……」

註：藤子不二雄的漫畫作品《忍者哈特利》中的忍者狗，愛吃竹輪。

「……沒關係。我想甲田學長也已經有心理準備了。」

我看著清春深深垂下頭來。我一個人什麼都做不到，但還是湧出想要設法的心情。即使受到重重限制，若是不放手一搏，最後還是會後悔的，然而這種狀況不能隨便發言。我能夠盡情胡說八道的對象只有旁邊這個人。好，就胡說八道一通吧。

「這種時候應該輪到馴獸師春太出馬吧？」

「怎麼會是我？」春太作勢要逃。

「只要想想，應該有一堆絕對不會被咬到、安全地抓到蛇的方法吧？」

「脫下外套纏在手上嗎？」清春抬起頭來加入說，「外行人應該沒辦法。」

我想起以前看到的電視節目。記得是亞洲的某個小國，女性和小孩抓蛇給晚餐加菜的節目。那是怎麼抓的去了……

「對了，設陷阱！」我大叫，「比方說抓小鳥的陷阱，不是有灑上飼料，在地面用棒子撐起籃子的陷阱嗎？有沒有就像那樣，可以避免直接用手摸，把蛇抓住並關起來的方法？」

沉默的春太與清春面面相覷。

失蹤路線　其七

看見清水南高中的校舍了。

隨著車子慢慢駛近，後照鏡裡的獅子少年的臉也逐漸變成了土黃色。這把我嚇得也快去掉半條命了。就強迫把他送到學校，尋找下一個客人吧。

「……清春？怎麼了？」

聽到那聲音，我轉動方向盤，瞥了後照鏡一眼。

「眞的嗎？」

獅子少年眼神嚴肅地聆聽手機另一頭的話聲。

「對，還在副駕駛座底下。只有這個方法了嗎？……沒有別的法子了呢。只要我鼓起勇氣，下定決心就行了，對吧！」

副駕駛座底下？到底是在說什麼？我忍不住踩煞車並拉起手煞車。已經看到清水南高中的校門了。就在這裡結帳，擺脫這件爛事吧。

「客人——」

「不准開門！」

又變回重搖滾樂手的獅子少年發出響遍車內的獅吼，把我嚇了一跳。

「喂，老伯，這台計程車有逃生鎚還是安全帶割刀嗎？」

逃生鎚？噢，意外或災害時，用來從內側打破車窗的緊急破窗鎚嗎？計程車都有的。尤其是大地震以後，更是換了新的。我的視線不小心望向收著逃生鎚的置物盒。

「拿過來！」獅子少年探出身體，搶過鐵鎚。逼近我的那張臉，超級猙獰可怕。

「住、住手！你到底想做什麼？」

「爲了我跟老伯光明的未來，我要打開一個洞！」

叔叔不打算跟你共建明亮的家庭啊啊啊！獅子少年用力揮舞鐵鎚，我大叫「住手！」閉上眼睛抱住頭。

一陣刺耳的聲響，物品遭到破壞的聲音。被打壞的是獅子少年先前使用的吉他音箱。它破碎、開了個洞，裡面是中空的，就像個眞空管。他立刻把開了洞的音箱放到副駕駛座地上。

我目擊到一條詭異的長影子滑進吉他音箱裡，忍不住倒抽了一口氣。在我瞪大眼睛的時候，獅子少年用脫下來的騎士外套緊緊地塞住了洞口。

等待的人們　其七

我和春太還有草壁老師抵達正門時，看見甲田正跪在計程車司機前面。他上半身赤裸，抱著塞了騎士外套的吉他音箱，就像母鳥保護著自己的蛋。

「甲田同學……」

草壁老師停步，甲田累壞了似地抬頭。他從緊張與恐懼中解脫出來，似乎一時發不出聲音。老師向司機鞠躬陪罪，「給您添了極大的麻煩，眞不知道該怎麼道歉才好。」然後從甲田那裡接過塞了騎士外套的吉他音箱。他檢查洞孔確實塞好了，小心抬起來。

「……原來如此，比想像中的還要熱，躲在裡面的蛇似乎也平安無事。」

聽到這話，甲田鬆了一口氣。

「請問，學長會怎麼樣？」

「你說那位校友嗎？根據都道府縣條例規定，飼養毒蛇需要正式的許可。」

「我想學長大概不知道。我會請他找人領養那隻蛇，請不要把事情鬧大。」

草壁老師露出嚴肅的表情，「等到事情結束了，再找你那位學長一起談談吧。」

「……很抱歉。」

「喂。」一直沉默的司機插了進來，狠狠地瞪著草壁老師。

「他是你們的學生吧？」

草壁老師再次深深鞠躬道歉，司機不理他，轉頭俯視甲田說：

「眞是，居然是條毒蛇，咱們都沒事是好狗運，但這麼嚴重的事，你居然想要一個人解決，到底在想什麼？爲什麼不告訴我？只要把情況告訴我，或許我們可以合力更快解決問題。還是因爲我都沒發現，所以你才一個人鑽起牛角尖——」

司機說到這裡，不知爲何露出苦澀的表情。

「……說到自己的痛處了。」

甲田露出不解的樣子，司機努努下巴接著說：

「快去吧。你還有高中最後一場演唱會吧？」

「咦？」

「那是你的團員吧？」

回頭一看，全力跑來，胸口起伏喘氣的清春正站在那裡。他抱著又返回美民的社辦拿來的其他眞空管吉他音箱。

「您願意原諒我嗎？」甲田把頭從地上抬起來。

「都到了學校，卻不讓我開門，要車子掉頭，是因爲你看到外面有家長跟小孩，對吧？」

甲田跪在地上，微微點頭。

「你在計程車裡，好幾次想要把膝蓋抱起來，最後打消了念頭，對吧？你把腳放下來，是為了讓自己先被咬，免得我被咬到嗎？」

甲田一臉僵硬地點點頭。

「眞是個傻瓜。」

甲田深深垂下頭。草壁老師和我們也屏息沉默。我覺得這個人眞的太傻了，是個傻過頭的熱血搖滾樂手。

「雖然為時短暫，但你跟我同生共死一場，就這樣道別太可惜了……」司機說，猶豫似地停頓了一下，「聽完你的表演再走好了，所以你要告訴我。」

甲田抬頭看著司機，提心吊膽地問：

「告訴您什麼？」

「重搖滾用什麼來風靡觀眾？」

甲田站起來拍拍膝蓋，用拇指抵住左胸說：

「用這裡！」

「那就讓我見識一下吧！」

司機用力拍了甲田的背。

往前栽倒的甲田接過吉他盒和眞空管吉他音箱，強而有力地說，「會場在這邊！」春太幫忙搬行李車，往體育館跑了過去。

咦？我納悶，望向清春。不知為何，他沒有一起跟去，而是站在我和草壁老師旁邊目送著。

「這下一定來得及了。」清春露出用盡全力的表情，跪了下去，「太好了。真的太好了。」

「你不用去嗎？」我小聲問。

「……不曉得怎麼搞的，一放下心來，身體就動彈不得了。一定是因爲我的任務已經結束了。」

清春垂頭吸著鼻涕說。

我想起來了。因爲今天的上台順序變更，清春他們的樂團沒有上台的機會了。

重搖滾路線的三年級生引退之後，接下來就只剩下重金屬路線的他們四個二年級生。如果明年沒有新生入社，社團人數就達不到規定，美民必須解散。一整個年級都沒有社員加入的社團會有多辛苦，我已經在去年的生物社見識過了。

一想到爲了今天而奔波，在背後支撐著美民的他們，我胸口痛了起來。

有人走近清春。是草壁老師。

「你們接下來有什麼打算？」

「持續了二十二年的美民的歷史，應該會結束在我這一代。我已經有心理準備了，但現在只有這件事令我遺憾。」

「你還這麼年輕，不可以說什麼結束。」

「咦？」清春抬頭。

「或許只是應急措施，但你們要不要掛籍在管樂社？我們也會招募有興趣的人，掛籍在你們社團。就當成臨時的代打社員吧。這麼一來，美國民謠社暫時就不會結束在你們這一代了。」

清春慢慢地站起來，表情都快哭了：

「……眞的可以嗎？」

「不可以告訴校長和副校長唷。」草壁老師露出調皮的笑容，「你們也可以偶爾接觸一下管樂世界，學習古典音樂。」

清春露出明白了什麼的表情，默默轉頭看我。

「那當然好了！」

我大叫，抓住清春的手，用力把他拖向體育館。不能輕易放棄。不要說什麼結束。在找到願意繼承甲田精神的學弟妹之前，管樂社會全力支持美民社。

再說……或許……

有可能一口氣增加四個有興趣一同打進普門館的重要同志。一點點就好，一下子就可以了，想要和大家一起懷抱著相同的夢想。或許現實沒那麼簡單，但我感覺胸中充滿期待，與清春一起跑了出去。

決鬥劇

名譽無價。

更不是第三者所能決定的。

我們必須承認，現代不論在司法或刑罰上，名譽嚴重受創的人，能夠採取的道德性報復手段都是一片空白。

名譽眞的很棘手，無法透過物質性的補償得到滿足。

賠償金就像貼在傷口上的ＯＫ繃，一下子就掉了，而且處理不好，傷口還會化膿。強烈的恨意會隨著時間愈來愈扭曲。有時透過第三者進行的不完全制裁，會把人更逼上絕路。

事情的眞相，只有敵對的當事人雙方知道。

而不論稱呼爲何，都一定有一名罪人。受辱者、無辜之人，只能直接向罪人要求彌補受損的名譽。該名罪人完全了解眞相。但是當罪人拒絕道歉時，該如何是好？

在過去，唯一的解決之道就是「決鬥」。

決鬥……對現代人來說，或許難得見到這麼古色古香的詞彙了。

應該也有不少人對它抱有野蠻血腥的想像。

事實上，這裡所說的決鬥，就是背對背各往前走上三步，轉身對彼此開槍的方法。若有人疑惑爲何不透過討論來解決問題，請有所自覺，那是你們閱歷太少。你們應該活得更久一點，了解到世上是有不折不扣的惡人的。

那麼，無法決鬥的弱者該怎麼辦？

沒有力量的人、不利的人，就只能忍氣吞聲嗎？

答案是否定的。還有別的路可走。

日本人或許很陌生，不過美國有個家喻戶曉的名人富蘭克林（Benjamin Franklin），現在的百元美鈔上的肖像就是他。他也是個發明家，並且是《美國獨立宣言》的起草人之一，留下了許多名言警句。他在一本叫《窮理查年鑑》（*Poor Richard's Almanack*）的著作中這麼寫道：

世上最難得的事物有三樣：

鋼鐵、
鑽石、
以及自知。

好了。開演已經準備妥當。

接下來觀眾將看到的，是宛如虛構的眞實情節。是儘管「自知」，卻仍被捲入決鬥宿命的可悲一族的故事。是超越一世紀以上的時空，由智慧、勇氣與勝利所構成的敘事詩……

一八九〇年，遠渡西部墾荒時代美國的前藩士（註）「大塚宗之進」。

一九二六年，以日本軍人身分滯留第一次世界大戰後的巴黎的「大塚裕次」。

然後是現代，在清水南高南陵祭的舞台上重現決鬥的「大塚修司」。

他們三個有一個共通點，那就是**因為某些理由，右眼看不見，左手動不了**。

想像一下就知道了。這在轉身開槍的決鬥中，是多麼絕望的狀況。

就形同自行步上絞首台，套上繩套；觀戰的人無一不確信他們必敗無疑。他們沒有一絲勝算——理應沒有勝算。

我的名字是穗村千夏，就讀縣立清水高中二年級，是管樂社的長笛演奏者。

欸欸欸，聽我說，昨天文化祭第一天的到場人數，居、居、居然超過兩千三百人耶！短短一天，就達到去年的約二．四倍。天哪……這麼多的人潮，我從國中去京都校外旅行後就再也沒遇過了。從全市蒐集而來的室內拖鞋不夠用，甚至動用了防災儲備品的紙拖鞋，盛況空前。

如此這般，不管怎麼樣，今天都是最後一天了。

今天與昨天截然不同，是個大好晴天。我要在飄浮著渾圓厚雲朵、蔚藍清爽的天空底下，以普通學生的身分盡情享受！在像這樣鼓足了勁以前，我一大清早就在搬桌子排椅子。是在幫忙「清水南高中南陵祭　攤位大街」的擺設，正門前的馬路上，各個主題獨特的攤位正開始準備。

一大清早到場，就可以聽到一些小道消息，比方說等到下午三點，有些攤位似乎就會開始大拍賣。我一一打聽哪些攤位得意忘形進了太多食材，發現可麗餅店和大阪燒店就是。根據我的預測，三百圓的可麗餅應該會降價到一百圓左右。眞是太讚了！

第一天從開場之前，就有形形色色的團體一整天在演奏音樂，但最後一天的今天，氣氛完全不同。因爲文化祭有「舞台表演」活動，這天的重頭戲是戲劇社和班級發表會。因此穿上舞台服裝的表演者或奇裝異服的學生比昨天更多，在校內魚貫而過。

文化祭期間，學生是自主到校。

管樂社的表演昨天結束了，因此馬倫在屋頂自行練習，成島幫忙班上的活動，芹澤參加慈善義賣，各社員預定各自度過短暫的休息時光。

話說回來……

文化祭。我認爲對於情侶來說，這是個非常重要的活動。如何度過這兩天的行程，可以說決定了戀情的走向。然而得知最重要的草壁老師一早就出差不在，我頓時成了一堆灰燼，只剩下食欲；這時眼前冒出一頭離群的小豬。離群的小豬在中庭的石子地上，以盤腿的背影坐著。

正確地形容，是穿著小豬布偶裝的男生。布偶裝充滿了手工藝社精心縫製的手作感，

註：藩士，江戶時代隸屬於藩的武士。

男生正在比對戲劇社的公演傳單和自己寫的劇本。

是灰燼二號上条春太。昨天是海盜嘍囉，今天是小豬。

「春太，你怎麼穿成那樣？」

我提心吊膽地靠近，春太回頭看我。我這個青梅竹馬天生擁有令身爲女人的我打從心底渴望的所有五官，教人妒恨。臉蛋長得無謂俊俏，即使穿成這副德行，還是會有經過的女生頻頻投以關注的眼神。

「這個嗎？跟戲劇社借的。」

「戲劇社？」

「對。」

「服裝他們今天不是要用嗎？」

我看看手表。時間是上午八點半，戲劇社預定下午登台表演。

「……他們本來預定要演《平成三隻小豬》，但後來更改表演內容，用不到了。」

我把腦中「最好速速忘掉的記憶箱」倒過來搖了搖。記得那是春太跟界雄合力完成的瞎掰劇本名。一想起他們雖然在大會前幫忙搬運樂器，卻在練習空檔像國中女生似地紙條傳來傳去，小小的怒意又滾滾湧上心頭。記得內容是把那知名的童話「三隻小豬」搬到兩個世紀後的日本來，描述三隻小豬各別買到了缺陷住宅、無頭期款的三十五年房貸住宅、二代同堂住宅，全被逼上絕路，而搖身一變爲住宅顧問的大野狼爲他們解決問題。

「那你怎麼會穿上不用的戲服？」

看那個，春太努努下巴指向中庭的樹木說。有套制服掛在衣架上晾在那裡，好像被弄溼了。

「被戲劇社社長名越潑到水了。」

名越是與我們同年級的男生，挽救了瀕臨廢社的戲劇社，正享受著沒有學長姊管束的社團生活。

「……你做了什麼惹他生氣的事嗎？」

我壓低聲音問，春太搖搖頭說：

「才不是，我一早用劇本協助費的名義去跟他要酬勞。雖然在最後關頭沒被採用，但我認爲我和界雄有權利領到稿酬。我打算賴在那邊討債，直到領到一開始說好的一千圓。」

何必偏要挑在今天？我心想。想像在文化祭公演前神經緊繃的名越他們，我忍不住懷疑這傢伙是故意去激怒人家嗎？

可是……我納悶起來，「也不必拿水潑人吧。」

「戲劇社現在殺氣騰騰。」

「因爲就快上台了？」

「不是啦。原因是這個。」

春太說，亮出印刷在Ａ４紙上的今天的公演宣傳單。標題是《決鬥劇》。名譽無價——如此開頭的公演序文，內容頗爲引人入勝。比起什麼《平成三隻小豬》，我覺得這才像正式舞台劇。

右眼看不到，左手不能動……

我閉上右眼，用右手比出手槍形狀，然後裝成決鬥的槍手，左右轉動身體。原來如此。向右轉，視野會出現死角；向左轉，上半身會妨礙開槍。在「拔槍」、「瞄準」和「扣板機」這三個動作裡，瞄準目標的第二個動作，會產生致命的時間差。就連女生的我都明白，這種狀況不可能在槍擊決鬥中獲勝。

我重讀宣傳單。被捲入決鬥的大塚一族還有子孫留到今天，這表示即使條件如此不利，他們也贏得了勝利。到底是用了什麼詭計？

「好像很有趣。」

「那當然了。這份劇本好像是名越的壓箱寶，某個一年級社員寫的。那個學弟在今年暑假的高中生戲劇賽得到了評審特別獎，《決鬥劇》就是爲了文化祭全新撰寫的新作品。」

「眞的唷？」

「然而也許是因爲趕工的關係，劇本最關鍵的地方，解謎的部分還沒有寫出來。」

大概隔了兩次呼吸的空白，我才掌握了狀況。「什麼？」我幾乎要在喉嚨深處擠出呻吟。

「……唔，即使在職業舞台劇圈子，好像也有在公演前三天才完成劇本的例子。」

「現在不是三天前，而是今天就要上台演出了耶？是當天耶？」

「某個知名的職業劇團，好像也有當天一早才完成劇本的情形。」

「現在不是一早，就快九點了耶？」

「瞧妳慌得就像個高中生，很不錯。怎麼說……我覺得隨便啦。」

似乎終於放棄當人類了，小豬躺到草皮上，仰望天空。他呼喊萬歲似地伸展雙手，呻吟著盡情拉長身體。同一時刻，校內某處應該有個一年級生正被殺氣騰騰的戲劇社成員團團包圍——這樣的情景倏地掠過腦際。

「對了，把表演內容改回《平成三隻小豬》不就得了嗎？連服裝都做好了，表示他們一直準備到上演前一刻吧？」

「都印了七百張傳單盛大宣傳了，事到如今不能後退了。」

「不是說這種話的時候啦！」明明是其他社團的事，我卻忍不住激動大喊，「不是退不退的問題，現在變更戲碼，才是勇氣十足的前進，不是嗎？」

「那種廉價演說，妳自己去跟戲劇社的人說。和我沒關係。」

我用力踏住小豬的肚子，硬是拉扯他的手，要他站起來。

「你幹麻那樣自暴自棄啊？名越他們遇到困難，你卻不能勸他一下嗎？去年馬倫入社的時候，他幫了我們那麼多。」

我過度激動，拉扯的布偶裝發出「劈啦」一聲，斜斜地被扯破了。

啊！我一陣驚愕。

「……最後的希望破碎了呢。」

「騙人！是我害的嗎？」

春太點點頭，故意點給我看似地不停地點頭。

「等一下等一下，喏，只要有釘書機，咔咔咔就可以釘回去了，對吧？」

「咱們兩個都這麼薄情。」春太帶著嘆息說，「乖乖去賠罪吧。反正我也有別的事要找戲劇社。」

你要陪我一起去?嗯——我鬆了一口氣,拿著掛在衣架上的春太的制服,跟在他後面。彷彿遭人斜砍一刀的小豬搖搖晃晃地行走的模樣引來眾人注意。我覺得很丟臉,保持一點距離跟在後面。

注意到的時候,春太混進人潮裡面不見了。咦?跑哪去了?我東張西望,尋找應該很醒目的小豬。

發現他的時候,我全身毛骨悚然。他被美國民謠社,簡稱美民的社員給包圍了。美民的活動內容是重搖滾與重金屬的演奏表演,與美國民謠毫無關係。清春站在春太前面,我躲在三合板做的看板後面偷看情況。

「託你的福,昨天的演唱會總算成功了。」

清春笑著抓住春太的手,不肯放開,然後向周圍大叫:

「甲田學長!上条在這裡!你不是想向他道謝嗎!」

很快地,頂著一頭衝天金髮、穿著短袖騎士外套的社長甲田來了。

「……打扮跟昨天一樣呢。」

春太與甲田用力握手,有些目瞪口呆地說。

「我害怕讓昨天的興奮冷卻下來。」

甲田瞇著眼睛說,我按捺住想要抬槓「你幾歲啊?」的衝動。

「不管這個,上条,」甲田端詳著破掉的小豬戲服,「我不曉得發生了什麼事,但現在的我,充滿了將逆境轉化爲前進的力量!」

「……甲田學長手是很巧,但現在身上沒有針線吧?」

清春一臉爲難地插嘴說，沒想到甲田從包包裡取出油性麥克筆和噴罐。

「你現在需要的不是修復，而是如同昆蟲的蛻變！」

咦？躲著偷看的我伸長了脖子。他到底要做什麼？

甲田利用麥克筆和噴罐，畫出虛線分隔出小豬布偶的各個部位，並寫上肩排、五花肉、腩排、排骨、後腿肉、肉腳等豬肉的部位。不愧是從一年級就連續保持全校第一名的成績，下筆毫不猶豫，令人佩服。不，不是佩服的時候。甲田最後在春太的額頭寫上「東京X」（註一），闔上麥克筆的蓋子。

「這下就不輸給薩摩（註二）的黑豬了！」

接著甲田便和拍拍春太的肩膀、抱歉地行禮的清春一行人離開了。只留下一頭頹廢而美味的小豬。我急忙跑過去抱住春太的頭。

「天哪！天哪！這怎麼辦！」

「還能怎麼辦，這是不可抗力，沒辦法。」

意外的是，春太很冷靜。

「……是意外？」我順從地接受了，「是啊，是意外嘛。」

「不幸的意外。快走吧。」

從普通小豬升級爲高級豬肉東京X的春太轉身走去，我抱著他的制服跟上去。這下更

註一：一種日本高級豬肉的品牌。

註二：鹿兒島的古名。

引來路過學生好奇的眼神，我真心覺得幸好草壁老師一早就不在。

「欸，戲劇社的人在哪裡？」

「體育館的舞台不能用，他們在視聽教室排演中。」

視聽教室有遮光窗簾，用來進行上場前的排演最適合不過。

「對了，你說有別的事找戲劇社，是什麼事？」

「我要把酬勞降到五百圓，再談判看看。」

我決定把這解釋爲春太扭曲的關懷表現，雖然嘴上這麼說，其實他還是很擔心戲劇社的。如果不這麼想，誰受得了他啊？

我在新校舍樓梯口換上拖鞋，來到二樓的視聽教室前。桌椅都被搬出走廊了。即使想從窗戶偷看，也被漆黑的遮光簾蓋住，看不出裡面的狀況。「我們完蛋了！」隨著這樣悲觀的叫聲，部分窗簾搖晃了一下，接著是抱頭亂抓般的怪聲。戲劇社沒事嗎？

「裡面怎麼了呢？」

我壓低聲音問。

「那個負責劇本的一年級社員逃走了。」

逃走了？我嚥了口口水，提心吊膽地看手表。距離公演只剩下不到四小時。我抬頭，重新體認到這宛如地獄的境況。

我正和春太爭執誰要先進去，視聽教室的門倏地打開，戲劇社社長名越衝了出來。他狠狠地瞪住在走廊驚慌失措的我們，走近春太說，「啊，上条！我正想去找你。我們可能會緊急上演《平成三隻小豬》，你馬上把戲服還來……」然後伸手抓住從肩膀破到身體並寫著豬肉部位的戲服。名越臉色蒼白，就這樣雙膝跪到走廊上尖叫：

「這是在搞什麼啊！」

「劈哩」一聲，衣服破得更嚴重，春太變成半裸，教人不忍卒睹。

「諸位！快出來！快出來！不得了啦！」

魚貫來到走廊的戲劇社社員看到春太的戲服，全都啞然失聲。

我和春太被拖進視聽教室，在眾人圍繞下跪坐在地。

今天是文化祭最後一天，然而卻見不到草壁老師，也沒有任何浪漫進展，一早就和小豬並排在一起，愧疚地縮著身體。我忍不住哀嘆，怎麼會變成這樣？

「……喂，上条跟穗村，看看你們搞出來的好事。」

戲劇社社長名越雙腿下開站著，惡狠狠瞪著我們。我們被凝視了一段長到不自然的時間。昏暗的視聽教室裡，我和春太在總共將近二十名的戲劇社社員包圍下跪坐著。春太身上的《平成三隻小豬》的小豬服裝嚴重破損，還被胡亂塗鴉，根本不能見人。

「東京X不是很好嗎！既然這樣，剩下的兩隻小豬，服裝就弄成薩摩黑豬跟平田牧場的三元豬，改演《豬排三劍客》如何？」

我拚命訴說，春太帶著嘆息說：

「那主角的鄉下劍客達尼安要怎麼辦？」

「就弄成一隻自以爲是豬的貓就行了嘛。主題是超越種族、切也切不斷的友情與肩排……」

「原來如此，或許可行……」

春太說，名越發自丹田的大吼搶白似地說：

「不是那種問題！你們瞧不起戲劇啊！」

「不敢。」

我喉嚨咕嚕一聲道歉。旁邊的春太則是雙手扶地，頭幾乎要栽進地面地磕頭。那令人讚嘆的完美下跪姿勢，引起戲劇社員的佩服。

「可惡！到底該怎麼辦才好！」

名越伸出一手搔亂了頭髮。他似乎真的走投無路了，部分事發原因的我事到如今才深刻反省。春太，怎麼辦？我瞥過去一看，春太猛地站起來，一副「包在我身上」的神情。

「名越，我可不是空手而來的。」

「——什麼？」

「自從被你潑水之後，我就一直在構思超越《平成三隻小豬》的新劇本。」

「新劇本？都這種時候了耶？」

名越的吐槽天經地義。

「這部分沒問題。練習時間只需要兩小時就夠了。」

春太摸索小豬戲服裡面，掏出顯然是夾在內褲裡的皺巴巴紙張。

「剛才遇到小千之前剛完成的，兩千圓賣給你。」

兩千圓？我幾乎要在喉嚨裡呻吟。我根本沒聽說——倒不如說，你一開始的目的就是這個？這個金錢的奴隸！

「反正又是會觸犯著作權法的問題作品吧？」

名越撇開臉去，擺出不屑一顧的態度。以前春太曾經寫過〈女朋友撞到Gachapin的那一天〉，引發名越震怒。

「是超越前作的原創作品。是以密室爲舞台的情境喜劇。經過我周全的考慮，幾乎不需要任何舞台道具。」

名越瞥了他一眼，「……好像有點意思。」

「才不是有點！」春太比手畫腳，大力推銷起來，「只需要更進一步發揮，將來或許甚至可以拿下岸田國士（註）劇本獎。對我來說，賣你三千圓都嫌便宜。」

都到了這步田地還想坐地起價，我用看人渣的眼神望向春太，怎麼不把那多餘的熱情全部拿來投入管樂練習？

「哦？很大的自信嘛。拿來我看看。」

名越說，接過皺巴巴的紙張。我繞到他背後，跟戲劇社的眾人一起看劇本。

〈他們爭奪香蕉的那一天〉

註：岸田國士（一八九〇—一九五四），劇作家、小說家、翻譯家。曾留法研究戲劇，奠定日本現代戲劇的基礎。

某家大型商場的電梯突然故障，六名顧客被關在電梯裡。發電機也故障，眾人在一片漆黑的狀態中過了幾小時。當每個人都開始餓得受不了的時候，電梯燈亮了起來，一根香蕉掛在繩子上，從天花板上垂了下來！每個人輪流演說為何自己最有資格吃這根香蕉，情境喜劇的終極版！

●疑似上班族的中年男子。

「妻子跟女兒都不理我這個父親，我還被公司裁員了。但我總算明白為什麼了。因為其實我是一隻大猩猩！」

●主婦。

「我和外子第一次的合作……就是切香蕉！」

●自稱警察。

「危險！那不是香蕉……它其實是一把槍！」

●考慮自殺的妄想小學生。

「那是一艘船！上面有好小的船長！這邊這邊！你總算來接我了！」

●IT企業的年輕社長。

「原來……這就是我們公司新推出的手機……多麼大膽的創意！好，我來剝開看看。」

●女高中生。

「（對著香蕉）哥！家裡蹲的哥哥！快點出來吧！一起去上學吧！」

現場一片死寂，部分戲劇社員「呣呣」地憋著笑。

先撇開第一個感覺到的應該不是饑餓而是尿意的吐槽，我很好奇哪一個登場人物順利拿到了香蕉。不不不……我望向春太，喉嚨都快迸出這句話來，「我看你是宇宙霹靂無敵腦殘吧？」

不出所料，名越像尊蠟像般定住了。他的嘴巴浮現絕對乾燥的笑容，把那張紙「唰唰唰」幾聲撕成了碎片。

「啊！我花了三十分鐘構思的智慧與汗水的結晶……！」春太四肢跪地攏起紛飛的碎紙片，這一幕似曾相識。

「好，託上条的福，我徹底拋開猶豫了。能夠拯救我們的，只有我們一路演來的劇本！」

名越鼓舞自己，展現積極的態度，我鬆了一口氣。他招手叫來一個像是一年級的小個子女生。

「還聯絡不上大塚嗎？」

「沒辦法。小修的手機好像關機了，打不通。」

大塚……修？

我在回到旁邊的春太耳邊喃喃問。

「是這次風波的元凶，負責撰寫《決鬥劇》的一年級生。」

「同姓嗎？」

「大塚修司，同名同姓。」

咦，登場人物之一就是原作者的本名啊，電影或小說有時候也會像這樣安排。

「小千，大塚一族是眞實存在的，大塚修司是贏得決鬥的一族子孫。所以這次的戲很有看頭，也富有話題性，戲劇社大力宣傳。」

「眞的假的！」我發出幾乎傳遍整間視聽教室的驚叫聲，引來眾人矚目。

一八九〇年，遠渡西部墾荒時代美國的前藩士「大塚宗之進」。

一九二六年，以日本軍人身分滯留第一次世界大戰後的巴黎的「大塚裕次」。

然後是現代。在清水南高南陵祭的舞台上重現決鬥的「大塚修司」。

他們三個有一個共通點，那就是因爲某些理由，右眼看不見，左手動不了。

我厚臉皮地走近名越，把手搭在他的肩上：

「好厲害唷。那他們是怎麼贏得決鬥的？」

「去問跑掉的大塚啦！」

被噴了滿臉口水，我鬧起彆扭。

「噯，名越，遷怒小千也沒用啊。」

春太插進來說話的瞬間，破破爛爛的小豬裝整個滑落下去。我踹了一腳差點只剩下一條內褲的大傻瓜，把半乾的制服扔過去。春太在小道具後面偷偷摸摸換衣服的時候，我詢問坐在椅子上垂頭喪氣的名越：

「欸，我聽春太說，劇本的關鍵部分還沒有寫好，這是眞的嗎？」

這好像是禁句，視聽教室各處的戲劇社社員的臉都僵了。

名越裝模作樣地深深交抱雙臂，接著露出窮途末路的表情仰望天花板。我從制服口袋掏出糖果，塞進他的嘴巴，他似乎平靜一些了。

「爲什麼要做這種跟賭博沒兩樣的事，都到最後一天了都還在等劇本？」

名越用舌頭滾著清爽檸檬味的糖果，閉上眼睛開口說：

「這是大塚的壞毛病。」

「你沒有回答我啊。」

「居然相信大塚，我眞是個白痴。」

「喂……」

「呃……」有個女社員小聲叫我，拉我的制服。是剛才的一年級。她叫逃走的大塚修司「小修」，也知道他的手機，感覺他們關係很親近。

「什麼？」

「呃，我聽說過你們的事。你們是名譽社員穗村學姊跟上条學長，對吧？」

我瞪圓了眼睛，「什麼？」

「我聽說你們是管樂社的人，卻在去年的即興劇對決中，跟名越社長還有頭牌女星彌生學姊同台較勁，毫不遜色，是傳說人物。」

聽到這話，瞬間我的表情醜惡地扭曲了。

「我覺得兩位會在這時候現身，是天上掉下來的禮物。拜託兩位，可以請你們救救小修——挽救戲劇社的危機嗎？」

注意到的時候，大概是一年級的女社員包圍了我們，對我們投以哀求的眼神。人群中心的女生替名越迅速說明來龍去脈。

事情梗概如下——一年D班的大塚修司，名越的祕密王牌、壓箱寶的他，在暑假舉辦的高中生戲劇大賽的劇本部門拿到了評審特別獎。據說他從國一的時候就開始投稿廣播劇的劇本獎，還沒上高中，就被名越看上了。眾人後來才知道，修司的父親是個小有名氣的劇團演員兼導演，但生活並不富裕，活動據點在東京都內，和大塚的母親並未正式登記結婚。

大塚透過母親，了解戲劇世界的酸甜苦辣，對這個世界也沒有絢麗華美的幻想。諷刺的是，他也擁有這方面的才華潛力，國中的時候瞞著母親參加了戲劇社。他把高中生活的三年視爲最後的機會，今天也會有來自縣外的戲劇相關人士前來觀看，是個不可多得的亮相機會。名越意屬大塚擔任下任社長。

大塚選擇的原創劇本題材，是曾祖父留下來的日記。

家譜與傳聞中的決鬥記錄。憑藉著機智克服徹底不利條件的祖先的光榮歷史。決鬥一族——雖然最關鍵的「如何贏得勝利」這部分因爲日記太古老而脫頁佚失了，但這也是劇本上最可以看出他的本領的地方。

「大塚的壞毛病指的是什麼？」

我問那個女生，把糖果發給一年級女社員。

「他經常爽約，不守期限，對時間很隨便。暑假戲劇大賽的時候也是這樣。可是重要關頭都能確實拿出成果來，面臨關鍵抉擇，也都能做出正確的決定，所以名越社長相信他……」

雖然邋遢隨便，卻是一年級社員的矚目之星嗎？從她們的表情，我這麼感覺。

「大塚有幹勁嗎？」

她用力點頭，其他女生也在嘴裡舔著糖果點點頭。

「可是他在最後關頭跑掉了，不是嗎？」

「對不起……」

不管是因為壓力，還是有其他苦衷，自己跑掉留下女生道歉，實在不像個男人。我用力摟住她們的肩膀，轉向名越說：

「實際一點，你打算怎麼做？」

「妳是戲劇社一年級的頭頭嗎！」

口水又迎面噴來，我氣憤極了，「找到大塚之前，你打算就這樣枯等下去嗎？」

「當然不。」名越瞥了我後面一眼，「託懦夫大塚的福，妳們經歷了在正式上場前等劇本出爐的驚險體驗，真恭喜啊。」他對一年級女社員說，口吻滿是挖苦。

我捏住名越的鼻子，「你才是首謀，是負責人吧？」

名越呻吟，左右搖頭甩開我的手，「我當然知道這是一步險棋，但這次無論如何我都想把大塚逼急，讓戲演出。得獎後的第一次公演非常重要，最好不要相隔太久。」

很像名越的作風。身為同年級，我很尊敬他的果斷，可是由於過度躁進，被捲入麻煩這點還是老樣子。然後他會把眾人全拖下水。我環顧聚集在視聽教室裡、被拖下水的可憐戲劇社社員。

「……實際一點，緊急上演《平成三隻小豬》不行嗎？」

名越不停地眨眼，露出嚴肅的表情看我：

「《三隻小豬》我們徹底練習過每一幕，要是真的不行了，還是可以上演。傳單的內容，只要在會場前向觀眾道歉說明，應該也不會太受苛責。」

「那樣的話……」

「妳不好奇嗎？」

我愣住，「好奇什麼？」

「《決鬥劇》的結局。面對逆境，大塚一族到底是怎麼贏得勝利的？」

名越的眼中浮現真誠而純粹的嚮往神色。我對這種最沒轍了。一開始看到傳單時的期待泉湧上來，我坦率地開口：

「……很好奇。我超想知道的。」

「就是說吧？」名越對著天花板感慨地說，「我對超越時空的故事最無法招架了。根據史實和事實的劇本很難寫，只是照實撰寫的話，倒不如直接去看書。我希望大塚寫出只有舞台才能表現出來的劇情與結局。只要舞台上的表演能夠讓觀眾接受，即使結局和史實或事實不同也沒關係。」

「我懂我懂。」春太終於換好衣服回來了。他拿著向戲劇社社員借來的劇本。劇本滿厚的，是以正式劇本格式列印出來的。「名越，說真的，劇本完成到什麼部分了？」

「舞台裝置沒有問題，只有要拿來當背景的圖畫差點來不及在期限內完成。我喜歡簡潔路線，所以不想用背景畫，但大塚這次無論如何都不肯讓步，所以花了很多時間。今天早上才完成的。」

「那最重要的劇本呢？」

「《決鬥劇》是把大塚家代代傳下來的決鬥改編成舞台劇。〈西部拓荒時代篇〉和〈巴黎篇〉是根據祖先的日記改寫，只有〈現代篇〉是大塚的原創。〈現代篇〉還沒有完成，大塚把寫到一半的稿子丟在桌上失蹤了。還留下這樣一張混帳紙條。」

名越說，亮出一張A4活頁紙，上面以潦草的字跡寫著：

部長：

不好意思。

對不起。

很抱歉。

請原諒我。

我醒悟了。

決鬥的真相，只有血統能告訴我。

決鬥的真相只有血統能告訴我？這是某種冷笑話嗎（註）？我納悶起來。

名越憤憤地把大塚的字條揉成一團。

「未完成的劇本中，需要背台詞的只有我和間彌還有大塚。我和間彌的戲分好像只有幾頁而已。」

原來如此，由戲劇社的精英扛起臨陣磨槍上台演出的風險嗎？我發現這麼說來，沒看

註：日文中，「決鬥」與「血統」同音。

見頭牌女星間彌——藤間的人影。

春太指著視聽教室裡面。藤間戴著牛仔帽，穿著連身褲，正咬著拇指指甲埋頭研讀劇本。她眼神空洞，口中念念有詞。看起來好危險，不敢隨便靠近。

「可惡……事到如今間藤可沒辦法變回小豬了。」

我覺得比起小豬，應該叫她快點回到這邊的世界，但怕得不敢說出口。

「那只能在正式上場前的短暫時間內完成劇本了。請自稱南高第一的廣播作家春太協助如何？」

我大誇海口，用力把春太往前推。

「我本來也是這麼想，低頭求他，結果這傢伙滿口就只會錢錢錢。你這人眞的很可悲欸？」

「這個月……我只剩下八十圓了……」

「買得起一張郵票啊！快點寫信吧！寫信給可以指點你如何脫貧的專家吧！」

戲劇社員啪啪啪地鼓掌。我察覺不知不覺間我們竟成了局中人，深陷其中不可自拔。

「我們留在這裡好嗎？還是不要打擾比較好？」

「名譽社員別想逃。」

名越努努下巴打信號，幾名戲劇社員彈起來似地衝出去，堵住視聽教室的拉門。我露出苦不堪言的表情來。

春太從我旁邊消失了。轉頭看看，他正在與一年級的女生閒聊，完全融入其中，我扯著他的耳朵把他拉過來。

「好痛唷，小千。我是好奇當天早上落跑的大塚的爲人，正在向眾人打聽他啊。結果她們給我看這個。」

春太手中拿著一本用釘書針裝訂的再生紙小冊子。

「這是什麼？」

「戲劇社好像每個月都會由社員輪流對古今海內外的戲劇進行評論。名越的評論也很有意思，但大塚每個月都寫，超好笑的。他對金原峰雄的知名戲劇《熱海殺人事件》跟《蒲田進行曲》的評論，簡直是炮火全開。」

名越從春太手中拿過小冊子說明：

「……他的批評雖然辛辣過頭，但讀了以後，都一定會想要看看他批評的戲。而且他批評的戲，全是父親參與過的表演。金原峰雄的劇本是公開的，所以他的父親加以改編，在今年春天和夏天上演過。」

總覺得很複雜，或者說似乎窺見了大塚與分開生活的父親之間的愛恨情仇。

「差不多該開始了。」

名越再次打信號，戲劇社社員開始準備布置舞台。凌亂的腳步聲此起彼落，他們陳設起折疊分割式的板子和平台。我本來以爲會更豪華，原來這麼簡單，布置起來很迅速。這讓我發現高中戲劇的聯合公演和比賽就像管樂一樣，在搬運舞台布景時是有時間限制的。

用紙箱做成的仙人掌擺到春太前面。

「……到底要做什麼？」我覺得奇怪而問名越。

「我剛才在跟間彌討論，要排演整齣戲，並以即興方式完成劇本。去年我們曾經靠這樣克服過一次危機。」

這種漫無計畫的想法令人目瞪口呆，我覺得這不像名越的作風。

「靠排演跟即興就能解決嗎？」

「白痴，妳把我們當成什麼了？我的腦袋裡早就確實地擬定出構思了。」

「怎樣的構思？」

「我做出痛苦的決定，打算把《決鬥劇》改成riddle story。」

Riddle story？那是什麼？春太湊過來對我低語：

「就是不明確告訴讀者謎底，就這樣結束的故事。知名的有史塔頓（Frank R. Stockton）的〈女人還是老虎？〉（*The Lady, or the Tiger?*）。」

我轉向名越，「你這個笨蛋！」

「什麼叫笨蛋！把結局交給觀眾判斷，更像舞台劇的風格吧？」

不行。他剛才還執著於故事的結局，然而現在被逼到絕境，竟自打嘴巴起來了。

一名戲劇社社員在我和春太頭上罩上牛仔帽離開。

「喂，這是做什麼？」

「你們是名譽社員，所以特別分派給你們路人甲、路人乙的戲份。你們不覺得這事和你們有關的話，就無法解決問題。聽好了，我只說一次，仔細聽清楚。劇本分成三個時空，〈西部拓荒篇〉、〈巴黎篇〉和〈現代篇〉。故事描述大塚一族身不由己，被捲入決鬥。而到了〈現代篇〉，才會解開他們贏得勝利的謎團。」

我的本能告訴我，最好快點逃離這裡。我轉身正要拉著春太一起逃，他卻化成了石像一動也不動。我轉頭看他，他就像羅丹的沉思者雕像，坐在椅子上一臉嚴肅地看劇本。

「妳不是說馬倫加入管樂社時，戲劇社幫了我們很多嗎？」

我無法反駁春太這句話。沒辦法，我也草草翻閱劇本，噘起嘴嘀咕：

「不要拔槍決什麼鬥，圍上糯米紙做的圍裙，拿水槍互射不就好了？」

「把妳派去戰亂不斷的地區，世界就能大同了。」名越溫吞地笑了。

「可是〈西部拓荒時代篇〉和〈巴黎篇〉都是外國吧？在孤立的狀況下，右眼和左手不便的日本人怎麼可能贏得了決鬥？」

「難道在妳的認知裡，決鬥只有強者才會獲勝？」

「除此之外，還能有什麼血腥的印象嘛？」

「決鬥就像賭博一樣，具備可以從中鑽漏洞的要素，那就是助手。近代以後，根據夏特布里昂（Chateaubriand）的決鬥法，每個國家的決鬥規則幾乎都變得一樣。」

「——助手？還有決鬥法唷？」

名越叫一名社員取來透明檔案夾。

「這是大塚整理的資料，我要念嘍。」

我和春太探出身子專心聆聽。

「決鬥者可以指定助手。助手是決定決鬥細則的重要角色。他們必須在此發揮機智與智慧。比方說，以劍決鬥的話，要戴一般的手套？還是戴擊劍手套？是否以第一滴血來結束決鬥？如果是以手槍決鬥，決鬥者之間的距離多遠？是否要背對背開始？或是面對面在號令下互擊？決鬥必須在宣告後四十八小時內做出了結。在結果出來以前，決鬥者之間禁止見面。決定細則後，將由助手中挑選出一名負責人，擔任決鬥審判。」

全是我從來都不知道的事，我還以爲決鬥就是兩個無賴一對一對決的簡單活動。

「看來大塚一族有個聰明的幫手。」

春太佩服地說，我點頭同意。浪跡異鄉的日本人有個夥伴，是逆境中不離不棄的寶貴同志……

決鬥法的內容大致如下：

・宣告決鬥後，必須於四十八小時內進行。

・決鬥者皆有助手，決定好助手後，決鬥者之間禁止見面。

・助手的職責是決定決鬥細則，可與決鬥對象談判。

戴起牛仔帽很帥氣的春太翻著劇本確認：

「大塚一族被捲入的決鬥方式，好像都是用手槍互擊。背對背，往前走幾步，然後回頭扣扳機。對於右眼和左手不便的日本人主角來說，這地獄般的處境一直到最後都無法改變嗎？」

「沒錯。」

春太銳利地瞪了劇本一會兒，抬起頭來說：

「這應該算是一種決鬥審判，而非處刑，對吧？主角完全是決鬥者雙方，但因爲有助手的介入，才能夠公平決鬥，是嗎？」

「上条，你理解得眞快。只要想像成黑白棋遊戲就行了。」

「黑白棋？」

「黑白棋的醍醐味，在於故意讓出角落地盤，然後擊敗洋洋得意的對手。關鍵的〈現代篇〉因爲大塚跑掉，尚未完成，但我認爲伏線或線索就在前面的劇本情節當中。」

名越說完，拍拍手要社員集合。

「好，現在開始排演。第七場到第十場、第十五場和二十場跳過。這樣就可以讓六十分鐘的演出時間縮短到四十五分鐘。音響用ＣＤ播放器，照明模擬一下位置。」

淪爲名越手下的戲劇社社員屈指複誦指示。他們是認眞的。要認眞地即興創作結局，正式上場時的慘烈令我幾乎要起雞皮疙瘩了。

「關於時代考證，因爲重視娛樂性，就別太計較了。還有我忘了說，你們的角色也有一點台詞，所以要帶著緊張感上場啊。」

我和春太慌忙讀劇本準備。我努力將劇本上饒舌的舞台指示在腦中化爲影像。

這裡不是學校……是西部劇的舞台……

是西部拓荒時代的荒野……我看不到視聽教室的黑板和螢光燈……

昂首闊步的保安官、騎兵隊、神槍手……

看、看到了！

「妳吵死了！」名越怒吼。

第一幕　西部拓荒時代篇

咻、咻、咻咻咻咻咻！

咻咻咻咻咻！

放眼所及只有泥炭、牧草和岩山的土地上，荒涼的風呼嘯著。

沙塵另一頭浮現男人的影子。

影子有兩個。一大一小。大人與少年。

大人右手拿著鏟子，左手似乎失去功能，無力地垂在身側，右眼被一刀劈下的疤痕給貼住了。他正在挖洞。吃了滿沙子的嘴巴不停地「呸、呸」吐口水。

穿著骯髒連身褲的少年也幫忙挖洞。

……師父死了。

我把師父的遺體放入木桶，和仰慕我的流浪兒維拉一起埋葬他。師父直到最後都自稱威廉．湯普森，不知道這是否是他的眞名。師父的名字包括別人說的在內，這是第十九個。

阿拉斯加大地刺眼的朝陽意圖使我閉上剩下的左眼。

維拉是移民，遭受到比我更淒慘的迫害。才九歲的維拉徒手拚命挖土，想要代替我廢掉的左手。他不是美國人，但是個好人。

挖的洞還不夠深，放不下裝了師父遺體的木桶。兩人都吐出疲勞的嘆息。維拉喃喃說，會不會師父其實還活著，用刀子刺進這桶子，師父就會痛得跳出來？想想師父的這一生，這也不是不可能的事。

維拉拍我的背，說要是做出這樣的玩具，帶回日本，一定可以賺到比淘金更多的錢。我說驕傲的日本人才沒那麼傻，兩人一起抱著肚子哈哈大笑。

◇　◇　◇

我和春太在薄薄的三合板做成的窗框布景後面，看著飾演「大塚宗之進」的名越，以及飾演「維拉」的間彌。

用紙做成的一團枯草滾了過去，我納悶哪來的風，原來是後台的社員用電風扇強力吹動。

……千鈞一髮海盜桶？少瞧不起日本人了。我鼓起腮幫子。

「開頭就改編得很有意思。」春太悄聲說。

「哪裡有意思啊？」

春太打開大塚準備的資料說明：

「登場人物好像是依據史實。威廉．湯普森好像是史上第一個詐騙師，而維拉（Pancho Villa）是拓荒時代後期知名的盜賊，後來成爲墨西哥移民的革命家。」

聽到把帽簷壓得低低的春太這麼說，我差點驚叫「眞的嗎？」急忙摀住嘴巴。

「而且雖然是排演，但好像盡可能使用正式上場時的布景。」

不過分割式立板和平台等等，看起來頗爲廉價簡陋。

「這是西部劇吧？怎麼不弄點更有荒野氣氛的布景呢？」

「這已經算是講究的了。名越提倡簡單卻印象十足的舞台裝置。比方說床鋪的話，就把教室椅子排在一起，鋪上白色床單充數。正式上場時，會巧妙地利用照明效果。」

我們背後，後台社員圍著有我的身高那麼高的圓形木板，正在討論什麼。我發現那塊塗成橘色的圓木板是傍晚的夕陽，此外還準備了形狀一樣，但塗成藍白色的東西。

「……看來演出好像有變更。」

跑去探聽情報回來的春太說。

「變更？」

「大塚逃跑之前，曾指示變更舞台裝置。這可能是解謎的線索，而且我還有另一個重大發現。」

我瞪大眼睛，「什麼重大發現？」

「大塚到了昨天，才請美術社的朋友重畫了背景要用的畫紙。他好像也一路陪著幫忙畫。」

我想起名越的話——布景畫一直到今天早上才完成——換句話說，大塚是今天早上才消失的。

雖然覺得似乎有什麼令人在意的點，卻想不出是哪裡。

我用指頭戳戳感覺頗爲牢固的窗框。我猜這是本來要用的《平成三隻小豬》的布景。雖然不會拿來用在這場戲，但感覺它就像是連接超越時空的舞台與現實的窺孔，令我沉迷在戲劇世界裡。

◇　◇　◇

「宗之，快走吧。」

提著行李的維拉催促，我從紙袋裡抓出瓶子，就口喝下裡頭的液體。剩下一半的玉米威士忌灼燒著喉嚨流過體內。這是我在舊金山港愛上的味道，比日本酒更烈、更甜。

「宗之，你生病了嗎？」

「為什麼這麼問？」

我把瓶子裝回紙袋，跨步出發。維拉都親暱地叫我宗之。宗之進三個字好像不太好發音。

「今天又不冷，你的手卻在發抖。」

我苦笑：

「這是大人的病。喝酒就會好了。」

我和維拉準備去投靠據說是師父好友的阿拉斯加牧場主人。

阿拉斯加——被稱為最後的邊境，充斥著移民大軍，紛爭不斷的土地。我清楚淘金潮只是痴人說夢。我會在這塊土地變得如何都無所謂，但希望至少維拉可以在這裡過著平靜的生活。

平靜的生活……

因為兒時的刀傷而失明的右眼，以及手筋被砍斷而再也動不了的左手。是被祖父砍斷的。我的祖父一喝酒就會變了個人。砍了我的手之後，祖父就被家人關進土倉庫，幽禁至死。右眼失明、左手殘廢的地獄，只有我一個人能懂。長大以後，我算術的本領受到賞識，在父親命令下加入幕府使節團，前往美國。我知道是父親塞了大把銀子安排的。父親八成是不想讓留下忌諱傷疤的我繼承家裡。

在船上，我如坐針氈。在抵達的舊金山港，我因爲是東方人而受到歧視。即使沒有我，使節團也能達成任務。嚐到波旁和玉米威士忌滋味的我，成天吐著帶酒臭的呼吸，毫無意義地在街上遊蕩，就這樣過了半年。只要喝酒，或許多少可以理解砍傷我的祖父的心情。右眼看不見、左手不能動，我內心總想爲這毫無道理的命運找到理由。

這時出現了一名老人，他是第一個願意好好對我說話的人。

「……日本武士啊，你願意相信萍水相逢的人，把重要的事物託付給他嗎？」

老人看到我在舊金山港買下的懷表這麼問。他蓄著鬍子，穿著體面的西裝，拄著拐杖。他配合我這個異鄉人，用動作和簡單的英語對我說話。

「你怎麼知道我是日本人，而不是中國人？」

結果老人做出撫摸我右眼刀疤的動作說：

「我見識過日本刀，日本刀是全世界最鋒利的刀。」

我聽懂相信這個單字，用笨拙的英語反問他，要相信一個人，不是應該先建立起信賴關係嗎？老人露出深思的表情。這時馬路另一頭出現一群男人，正在找老人。我見過他們。是總是聚在街上酒館賭博的小混混。

老人叫道，「那麼搭檔，這邊跑！」他的手揮舞到近乎垂直，以年輕人望塵莫及的速度衝刺逃走了。我好像被那夥人當成了老人的夥伴，為了不被捲入麻煩，我拚命追趕老人。這就是我和師父的邂逅，一直到很後來，我才發現經歷過無數次信賴關係（relationship of mutual trust）之後，它被掉包成了相互關係（mutual relationship）。

「……欸，那個時候師父為了被騙光錢的我，向對方挑戰玩撲克牌呢。」前往牧場的維拉想起來說。

「要是耍老千被抓包，可是會血本無歸的。」我無趣地應道。

「欸，你的故鄉沒有老千嗎？」

「沒有。撒謊耍詐的大人，每一個都要切腹。」

「眞的嗎？」

「眞的。」

「宗之，你果然也是武士一族嗎？」

「我不是武士，也不是賭徒。」

「……那你是什麼人？」

我答不出來，望向右手。酒瓶已經空了。我祈禱能在顫抖再度發作之前趕到牧場。牧場旁邊有墾荒地，而墾荒地一定有酒館。不知不覺間，為了當一個正常人，我不能沒有酒。

荒地了。

◇　◇　◇

飾演「大塚宗之進」的名越和飾演「維拉」的間藤似乎穿越阿拉斯加的荒野，抵達墾荒地了。

畫有診療所、帽子店、報社的畫紙從分割式立板垂放下來。「路人甲」的我和「路人乙」春太以水果商和報童青年身分登場。台詞是，「便宜唷！」就跟台詞一樣，很廉價的角色。

「獨白劇編排得很好。」

躲到窗框布景後的春太喃喃說。

「……我第一次看到這樣的戲。」

我也躲起來悄聲說。

「這是戲劇的古典手法。」

「是嗎？」

「雖然向觀眾表現出自言自語的樣子，但因爲旁邊的間彌表演得很好，營造出很棒的氣氛。而且感情十足，保留了足夠的空白，這部分可以看出大塚的戲劇感性。」

你幾時變成戲劇評論家了？我克制想要吐槽的衝動。

分割式立板上的圖畫翻起，變成帳篷馬車和牧場的畫。扮演牛馬的社員慢慢登場。

兩人將師父的遺髮交給地主「吉米」。看來他們似乎成功得到了牧場的工作，我忍不住想爲兩人輕聲鼓掌。

◇　◇　◇

「喂，你的同伴維拉被當成牲畜小偷抓起來了！」

吉米衝進倉庫對我大喊，我的醉意一口氣清醒了。

「眞的嗎？」

「那個白痴，居然跑去向溫德格抗議，結果反過來被誣賴了。」

溫德格是在阿拉斯加拓荒地作威作福的強盜一族。傳聞都說他們四處偷別人的家畜，然後布置成野狼所爲，但每個人都怕死，不敢忤逆他們。家長溫德格冷酷無情，即使是女人或小孩，也會毫不留情地射殺。

維拉萌生的正義感讓他惹禍上身了。維拉在遇到我和師父以前有前科。在遇到我們之前，他過著墮落的生活。要是這次被抓，他再也沒辦法回來這裡了。即使是小孩，只要偷竊移民的牲畜一樣要被吊死。

我急忙趕往溫德格一家開的酒館。這是一家大酒館，外頭有馬用的水桶和飼料桶、用來繫韁繩的粗圓木等等。推開彈簧門，甜膩的酒味撲鼻而來，還有男人下流的笑聲。我一進門，話聲就停了。

我略垂著視線觀察屋內。

房屋結構與日本不同，我怎麼樣都無法習慣。

一樓是挑高酒場，從正面樓梯上去，深處和左右並排著小房間。樓梯面積很大，有粗壯的扶手。我知道那個好女色而雙腿無力的老人就在拓荒地的權威人士當中。

吧台長腳凳上坐著一看就很難搞的四名客人。牆上掛著來福槍、鹿的標本，然後是酒保狐疑的眼神。

「維拉是清白的，他不可能偷牲畜。請把他放回來。」

我大聲說著，走進裡面。

「……墨西哥小鬼跟東方佬說的話能信嗎？」

深處桌位的瘦男子說。態度凶悍，眼神就像猛禽般銳利。我看得出來，那是殺過人的眼神。這傢伙就是溫德格。腰上的槍套就跟刀鞘一樣，隨時可以拔出槍來。子彈頭腰帶上塞滿備用子彈。

在對面座位沉迷於撲克牌的男子是保安官。這傢伙是個胖子，屁股幾乎滿出椅面。他一看到我，就往地板啐了一口，顯然保安官與強盜一家的勾結超乎我想像得深。

◇　◇　◇

分割式立板有深度的圖畫，巧妙地表現出挑高酒館的空間。

正面階梯與左右彎曲擴張的二樓走廊特色十足。要是發生爭吵或亂鬥，感覺扶手會折斷，隨時有人掉下來。

完全就是西部劇酒館的感覺，我和春太一起閱讀他手上的資料，上面說是殖民樣式的裝潢與家具。好像是在殖民地時代發展出來的風格，模仿歐洲的設計，但較爲簡樸。

話說回來，飾演「溫德格」的學生演技相當生硬。

「……我覺得日野原學長來演應該滿適合的。」從窗框偷看的春太悄聲發表感想。

「爲什麼？」我問。

「那個人感覺生來就是要演壞蛋的。」

我莫名地感到同意。

背景的分割式立板後方掛起了滿月，就像時鐘指針般慢慢地升至中天。噢？用這樣來表現夜晚啊。

◇　◇　◇

「喂，大夥，這個人和維拉說的是眞的！」

回頭一看，雇主吉米手持霰彈槍站在那裡。他追著我過來了。吉米是墾荒地的大地主，他的身分讓他能夠暢所欲言，不必畏懼任何人。移民也都是吉米在照顧的。我感到胸口一熱。

保安官不爽地灌光一整瓶酒，朝我腳邊的地板扔過來。

「吉米大爺，溫德格說的也是眞的。牛被偷的那天，我們在這裡玩牌。」

「這表示有一方是卑鄙的騙子。」

我挑釁道。我受夠看見無辜的移民被這群骯髒的傢伙關進牢裡了。

保安官激動地拍桌站起來，溫德格一家也仿傚拔槍。槍口不是對著吉米，全瞄準了我一個人。

現在屋內仍大搖大擺坐在椅子上的，就只有一家之主溫德格。他不耐煩地把手上的牌子扔到桌上。

我用右手握住吉米舉起的霰彈槍，要他放下槍身。這樣下去無法拯救任何人，也無法制裁任何人。我已經在故鄉日本經歷過太多了。

膠著狀態中，傳來彈簧門被人用力推開的聲音。

「——眞相只有一個，罪人也只有一個。爲了雙方的名譽，來進行一場決鬥審判如何？」

每個人都回頭看是誰在說話。

那裡站著應該已經過世的師父——威廉．湯普森。

◇　◇　◇

「……原來如此，現在回想，千鈞一髮海盜桶或許就是在暗示這件事。」

春太一臉嚴肅地分析，我也順從地附和，「是、是啊。」我硬是說服自己——在戲劇的世界裡，編劇就是神。

「小千，妳還記得吧？稀世詐騙師復活了。開始有趣嘍。」

◇　◇　◇

師父一身獎金獵人的打扮：老舊的皮長褲、沾滿沙土的牛仔靴，腰帶上的槍套插著左輪手槍和事佬（Peacemaker）。

我驚嚇得張大嘴巴，下巴都快掉下來了，師父頑皮地對我微笑，「我想差不多該換個生活方式了。」我急忙回頭看雇主吉米，他搖搖頭說，「老樣子了。」搞得我一頭霧水。

師父以和一觸即發的氛圍格格不入的平靜語氣開口說：

「這位武士是懷著與溫德格決鬥的覺悟而來的。」

「……武士？」保安官探出上身，蹙起眉頭。

「武士就是東方的正義騎士。」

溫德格坐在椅子上，一腳踹飛桌子，拔槍指了過來。槍口宛如精密機器般對準了我，文風不動。看得出他的射擊手腕非凡。

「右眼看不見，左手不能用的移民佬……想跟我決鬥？」

結果師父慌張地對著我的耳邊細語問：

「喂，你會用槍吧？」

我是借過別人的手槍開過一兩回，但那算不上經驗。我搖了搖頭，搖到幾乎令火爆的現場空氣整個冷掉。師父看著這樣的我點點頭，瞪著溫德格宣布，「……在武士的國度裡，搖頭表示ＯＫ。他說沒問題。」

我在喉嚨深處發出呻吟，吉米奮勇插入我們之間說：

「看啊，爲了讓無辜的維拉被釋放，這位武士賭上了他的性命。好，這場決鬥就由我主持。決鬥需要助手。我指定威廉・湯普森擔任武士的助手。」

保安官無法對掌控場面的吉米說什麼，證明了在這裡，吉米比保安官權力更大。看樣子來到墾荒地時日尚淺的基層保安官，要跟大地主吉米作對還嫌太早。

「……喂，東方來的移民佬，你就這麼不要命嗎？」

溫德格警告。我窮於回答，慢慢望向右手。今晚手沒有發抖。我忽然開始覺得，爲了年紀尚小、沒有力量的維拉、爲了還有未來的維拉，賭上這條不成才的命也不算壞。

「我要求與溫德格決鬥，並委託師父——威廉・湯普森擔任我的決鬥助手。」

「準備好棺材吧。」溫德格怒氣沖沖地說，「我接受。我的助手由你來當。」他指名保安官。

「那就這麼說定了。」師父走上前去，和保安官面對面，「決鬥方法怎麼辦？」

「只要那個東方來的移民佬磕頭求我，使用號令方式也行。」保安官煩躁地應道，「他右眼左手都廢了吧？反正他的腦袋已經注定要像西瓜一樣爆掉了。」

聽到師父和保安官的對話，我皺起眉頭。原來規定不是決鬥的當事人，而是由助手來決定嗎？我聽說過號令方式。是決鬥者面對面，一聲令下，拔槍互射的方法。這種方法的話，我也有那麼一絲一毫的勝算。我準備要後退一步，磕頭懇求。

「不行。走在正途的騎士，絕不會向人低頭。要是維拉知道他這麼做，會傷心難過的。」

師父傲慢地笑著阻止我，水平舉起手來接著說：

「只能塡一發子彈，彼此背對背站立，各自往前走五步，然後回頭開槍，我要求這樣的決鬥方式。」

整間酒館一片譁然，我倒抽了一口氣看向師父。這根本就是對弱者進行私刑。就連溫德格也瀕臨忍耐的極限了。原來惡徒也有自尊心，他發出野獸般低沉的嗓音說：

「……簡直把我給瞧扁了。」

「尊貴的決鬥者，請不要誤會了。」師父不爲所動地回道，「即使是號令方式，對武士來說也一樣壓倒性不利。爲了避免他陷入絕望，我想將規則變更成更有策略性一些。」

「更有策略性？」這回是保安官有了反應。

「沒錯。武士的右眼和左手不便，不管怎麼想，瞄準起來都比較費事。若是依照一般規則，武士的勝算是零。而我想把那零勝算提升到百分之一的勝算。」

「——什麼？百分之一的勝算？」保安官問。

「如果溫德格射偏，沒有傷到武士，決鬥就算武士勝利。」

「太荒唐了。彼此只距離五步遠，連小孩子都不可能射偏，毫髮無傷的可能性連百分之一都不到。難不成……你不曉得溫德格的射擊本領？」

「Even Homer sometimes nods.（即使是哲學家荷馬，也有打瞌睡的時候。）」

保安官一臉茫然地頻頻眨眼，看溫德格的反應。

「這老頭的意思是，人有失手，馬有失蹄。」

溫德格努努下巴催促下文。面對師父的挑釁，這個人卻能不動如山，反而令我感到戰慄。

「我說的一步，指的是右腳或左腳往前進。兩名決鬥者不能離開直線。」

「廢話。」保安官恢復了粗魯的口氣，「努力大步逃得遠遠的吧。」

「武士要在這異鄉之地，賭上名譽進行決鬥。所以我希望讓武士在指定的地點，面朝祖國的方向進行決鬥。」

「不管在哪裡決鬥，都要在往前走五步的地方互射，不是嗎？那個東方來的移民佬死定了。」保安冷酷地笑著說，「想要要死在哪，是他的自由。說下去。」

「決鬥時間就訂在接下來四十八小時後。」

「四十八小時後？」保安官露出驚訝的表情，「兩天後的現在是晚上啊。」

「沒必要讓敗者的髒血污穢了美麗的阿拉斯加大地。兩名決鬥者就在這初次見面的酒館決鬥，站立位置由武士來決定。這裡的話，加上二樓，可以容納許多見證的觀眾。」

「四十八小時後？眞會想。」溫德格把槍收進槍套裡，站了起來。

「什麼意思？」保安官轉頭看他。

「決鬥必須在宣告後四十八小時以內進行。那個老頭指定在四十八小時後決鬥，是打算不給我們重來的機會。」

「重來……」

「簡而言之，只能依他們的條件，一次決勝負。」

保安官吸氣沉默。他似乎正拚命思考，四十八小時後進行決鬥的這個規則怎麼會令他們不利？

「你仔細聽好內容。」溫德格對保安官說，「不過他們指定了室內——在這家酒館內進行決鬥。就算外頭狂風暴雨，也和決鬥無關。他們自己拋棄了可能對他們有利的天候變化因素。這等於是保證決鬥一定會進行。」

師父滿意地用力點頭說：

「理解得很快。這才是正義的騎士精神。當然，可能妨礙決鬥的桌椅都要事先收起來，確保彼此可以前進五步的空間。」

「……好，四十八小時後，就在這家酒館。」保安官頗不情願地同意了。

溫德格背過身去，「在那之前，我不想看到移民佬的臉，咱們換個地方喝吧。」然後他率領一家徒眾，就要推開彈簧門。

「等等，溫德格。」

師父叫住他，溫德格停下腳步，沒有轉身。

「你的惡行之所以會被放過，是因爲你是個絕對信守承諾的人。若你連這唯一的美德都捨棄，將再也沒辦法在這塊拓荒地混下去。」

「……你的意思是，我會反悔剛才承諾的決鬥內容，還是落跑？」

「我知道你不是那種膽小鬼或笨蛋。我指的是萬一武士贏得這場決鬥以後的事。如果你對他或他身邊的人採取報復行動，全國的惡徒都會瞧你不起。」

溫德格聳肩笑道：

「我發誓，我絕對會信守承諾，我也會約束我的家人。不過……」

「——不過？」師父追問。

「我擔心毀約的反而會是嚇壞的你們。」

這話語帶嘲笑，師父皺起了眉頭。或許是自尊心受創了。

「我們絕對會守約。東方的武士如果撒謊，是要切腹的。」

溫德格再次聳肩笑了，這回喉嚨深處還發出「咕咕」的笑聲。師父似乎漸漸發現自己失言了。

「好，老頭，你也要發誓。」

「我、我發誓。」

溫德格回頭。那是一張魔鬼的臉。我第一次目睹何謂眞正狡猾惡徒的表情。「喂，老頭，或許你自以爲高明地唬過了我，但你那可笑的詐騙花招對我沒用的。」

「詐騙？」師父面露意外地否定，卻仍免不了一絲動搖。

溫德格粗暴地抓起一盞燈罩，吹熄裡頭的火焰，室內變暗了一些。四十八小時後的晚上——酒館裡的人都發現了。

「你打算在決鬥的第五步，讓酒館裡整個黑掉，對吧？」

我發現原來是這麼一回事，周圍也一片譁然。若是事前得知，確實我也有勝算，但溫德格已經識破了。師父露出困窘的表情，勉強反駁：

「兩名決鬥者必須站在同一條直線上。只要筆直開槍，就一定會擊中！」

不反駁黑暗這部分，令人感受到將在四十八小時後成爲敗者的哀傷。溫德格嘴角浮現賊笑，使出致命一擊：

「你打算要他蹲下來，對吧？但走在正途的騎士不會向人低頭，這話可是你說的。」

師父發現自掘墳墓，愕然跪倒在地。

「喂，老闆，爲了愼重起見，你得預先準備好，別讓燈在四十八小時後熄了啊。」

溫德格斬斷我們最後的希望，帶著一家徒眾和保安官，悠然離去。被留下的師父與吉米不甘地沉默著。我注視著自己的右手。只剩下四十八小時的命。不可思議的是，我並不感到恐懼。我靜靜思考，要怎麼樣才能利用師父給我的決鬥規則贏得勝利？

……最糟糕的情況就是我切腹，來換取維拉的性命就是了。

從酒館回到牧場的途中，從頭到尾低垂著頭的師父嘴角一揚，露出笑容，低聲喃喃：

「宗之，這場決鬥你贏定了。」

〈西部拓荒時代篇　完〉

咦？這樣就結束了？

「快！換場是戰爭！最多十秒！超過十秒，舞台上的世界就死了！」

名越大叫。爲了準備接下來的〈巴黎篇〉，視聽教室裡一片兵荒馬亂，充滿戲劇社社員的腳步聲。計時人員在一旁倒數計時。

名越扯下戲服，只剩下內褲，連內褲都要脫下來，被一年級女社員制止，「今天有名譽社員穗村學姊在……」「我貼起來了。」「不是那種問題！」「那是什麼問題？」「我受夠這種社團了……」「混帳東西！十秒都過去了！」他們持續著這種毫無生產性的對話。

戲劇社社員東奔西跑，慌亂準備當中，我聽見旁邊的春太在自言自語。

「從阿拉斯加看過來，日本在西南西，幾乎是面西而立……」

聽到這話，我想起師父威廉·湯普森令人印象深刻的一句話：

（我希望讓武士在指定的地點，面朝祖國的方向進行決鬥——）

那是什麼意思呢？

不管在哪裡舉行、不管指定面朝哪個方向，只要決鬥者背對背筆直走上五步，這中間就一定沒有任何障礙物。換句話說，沒有地方可以逃躲。

此外，決鬥在夜晚舉行，而且是室內，因此也不能藉由面西站立，以夕陽的逆光製造有利條件。

意外的黑暗這張最後的王牌被揭穿，「大塚宗之進」感覺已經沒有必勝的方法了。

「好，開始接下來的〈巴黎篇〉！」

名越吵死人的聲音在背後響起，我和春太不知爲何被分到「爛醉的畫家甲」和「爛醉的畫家乙」的戲服，一陣茫然。

第二幕　巴黎篇

汪嗚嗚嗚！

汪嗚嗚嗚……嗚嗚嗚……汪汪！

野狗競相號叫的夜晚八點。

巴黎的蒙帕納斯車站。

一身軍服的我正獨自趕回家，卻被一名說日語的男子叫住了。我就像個軍人，抬頭挺胸地回頭一看，只見一名渾身髒兮兮的畫家抱著畫板，腳步東倒西歪地走了過來。

畫家身高約一百六十公分，駝背，滿臉鬍碴，相貌一眼就可以看出是日本人。他對我沒有他鄉遇同鄉的喜悅，有的似乎是對軍服的憎恨。他冷不防想要對我腰上的軍刀吐口水，對我糾纏不休。我想用右拳教訓他一頓，但對方好像喝得爛醉，我怕弄髒軍服，打消了念頭。沒有酒臭味，和一般的醉態有些不同。看他的眼神，感覺理智的神經已經斷了好幾條。這傢伙怎麼搞的？

「喂，放開我！」

「你知道我的名字嗎？嘿嘿，我叫小島。信賴與忠誠！愛情！」

「喂，不要碰我！」

「我呢，爲了得到祖國的愛，曾經在青島的前線拚命作戰！」

我的不耐減少了幾分。原來他是在青島上過戰場的退伍士兵嗎？那場戰爭中，我軍與英軍聯手擊敗了德軍。即使他落魄成這樣，我是否仍該對他付出敬意？我猶豫起來。

「我在戰場上拿別人的命當了盾牌！」

名叫小島的畫家突然趴倒在地上大哭起來。

「……可惡！比起垂死的同袍，竟然得先救助叼著香菸的軍官……」

我對這個叫小島的畫家的過去沒有興趣。

我害怕引起騷動，丟下他趕回宿舍。

今晚這樣的事並不罕見。

只要走在巴黎街頭，即使不願意，也會遇到來自世界各地的畫家。

在這之前，畫家都聚集在羅馬或佛羅倫斯等義大利都市。因爲文藝復興以後，那些地方是最富視覺性的都市。但十九世紀以後，巴黎成了最多人描繪的都市。不是壯麗的教堂或宮殿，而是街頭的風景強烈地吸引了畫家。

畫家深愛隨著光線搖曳流轉的巴黎都市風景。

由於照片需要長時間曝光，因此街道的照片不會拍到行走的路人。

捕捉街頭上熱鬧的行人，是畫家的特權。

◇　◇　◇

我和春太從窗框布景看著飾演「大塚裕次」的名越和飾演「小島善太郎」的間彌。間彌的演技似乎不分男女老幼和貓狗。只要名越命令，感覺她甚至能默默地演出海天使甚至是粒線體。

看著排演，春太佩服地喃喃：

「世界史的老師說，這個時候的巴黎，來自世界各地的畫家超過十萬人，光是日本畫家，好像就有三百人左右。隨便丟塊石頭都會砸到畫家。」

「這次是怎樣的歷史人物登場？」

春太看著資料說：

「畫家小島善太郎。原本窮困潦倒，但遇到一名陸軍上將，改變了一生。」

我忍不住望向扮演「大塚裕次」的名越。原來他們是這樣邂逅的嗎？不，絕對不是。我深深地覺得這眞是膽大包天的歷史改編。

我望向背景的分割式立板，上面掛著畫了車站的圖畫紙。因爲有星星，因此看得出是夜晚的場面，但沒有沿用〈西部拓荒時代篇〉的圓形滿月，令人納悶。明明同樣是表現夜晚，爲什麼要分成滿月和星星的圖畫呢？

◇　◇　◇

宿舍窗戶可以看見閃耀的巴黎燈火。

（……可惡！比起垂死的同袍，竟然得先救助叼著香菸的軍官……）

我從桌了抽屜取出蘇格蘭威士忌酒瓶。小島在蒙帕納斯站說的話就像詛咒一樣在腦中響起，爲了驅散它，我在杯中倒入威士忌，一口氣喝光。

祖國正從關東大地震中復興起來。雖然很想在故鄉守望，但我被任命爲駐法武官，前來巴黎赴任，已經半年過去了。

在大戰後首次造訪的異鄉之地，我現在仍在迷惘與羈絆中搖擺著。在巴黎，可以忘掉戰爭、窮困、身分，一個不小心，甚至連祖國都會遺忘了。

每個人都爲了自己而活。

我以第一名的成績從比一高、帝大更嚴格的陸軍士官學校畢業。我想要相信，這都是爲了想要爲祖國效力的自己。

但換個說法，就是爲了自己，就是爲了父親。

曾是陸軍中尉的父親對祖父宗之進的人生引以爲恥，總是說「你繼承了我的血統，你要感到驕傲。」母親甚至爲了能與父親結婚感激涕零。

從小開始，我便滿腦子想著該怎麼做才能回應父親的期待。

我從不懷疑，滿足父親的期待，就是自己的幸福這件事。

滿足父親的期待時，那一瞬間的感受，也是我生命的喜悅。

嬰兒是哭著出生的。身爲眾所期盼的長男的我，剛生下來的瞬間，就流下了有意義的淚水。

現在回想，有件有趣的事。

每當我做錯事，或是無法滿足父親的期待時，我就會受到父親懲罰，而當天晚上洗完澡，就一定沒有內褲可以穿。

往旁邊望去，母親裝作忙碌的樣子。不知所措的女傭垂著頭經過。想到隔天上學怎麼辦，我六神無主。這種情況不只一次兩次了。

◇　◇　◇

「『大塚裕次』的父親未免太陰險了吧？」

我把小道具的威士忌空瓶放在地上滾著，小聲對春太說。

「妳說爲了懲罰兒子，把內褲藏起來的事嗎？當時的軍人有道德上的戒律，這應該是滿嚴重的懲罰。」

「是嗎？」

「嗯。」

「你怎麼知道？」

春太說了幾本司馬遼太郎（註）的作品。對不起，我一本都沒讀過。

「而且他也好奇怪。」我說。

「怎麼說？」

「就算受到侮辱，也毫不反抗。他對嚴格的父親唯命是從，或者說依賴著父親。」

「等一下。」春太歪頭，瞪著空中，「說到依賴，〈西部拓荒時代篇〉的『大塚宗之進』好像也有酒癮呢。大塚的父親好像也是這樣，整個人投入戲劇世界，不顧家庭。」

「總地來說，大塚家的男人都很沒用？」

「這樣說也太狠了……」

畢竟世上沒有完人啊——春太露出苦澀的表情說。

◇　◇　◇

巴黎街頭發展出咖啡廳與卡巴萊等休憩場域，來娛樂被稱爲「波希米亞人」或「漫遊

註：司馬遼太郎（一九二三—一九九六），知名歷史小說家。

者」的都市行人。藝術家聚集的咖啡廳周邊形成藝術家村，一般人也爭相前往，形成新的鬧區。

我開始在藝術家村附近看到畫家小島。清醒的時候，他一看到軍服就跑掉，但有一天我埋伏他，出聲叫住他。他總是一副提心吊膽的模樣，但聊過之後，發現他人還不錯。

小島還無法靠賣畫過活，過著甚至沒錢買顏料的生活。

但他靠著鬧區角落盛行的賭牌，賺取勉強每天溫飽的收入。他說是在青島打仗時，同一連的同袍教他的。那個人好像是江戶時代延續至今的賭徒黑道子孫，但是眞是假並不確定。小島從他身上學到了勝負的直覺，那是分辨強勢與魯莽的能力、該收手的時候就收手的能力。雖然僅能賺到勉強糊口的錢，但謙虛的他沒有放棄在異鄉成爲畫家的夢想，這一點令我欣賞。

我在小島邀約下前往一處酒吧，成爲那裡的祕密酒品的俘虜。那是一種叫苦艾酒的禁酒，具有幻覺和興奮作用，似乎是鬧區藝術家熱愛的飲品。

「爲什麼藝術家會喜歡這種毒藥？」

「因爲藝術家有渴望的東西。那不是可以看到的，而是只有自己被賦予的特別的事物。」

「代價是大腦受損，連拿畫筆的指頭都發抖了，對吧？」

「想要得到什麼，當然得獻出相當的代價才行。」

小島在青島的戰爭中拋棄了什麼，又換得了什麼？

祖父宗之進爲何不只是拋棄妻兒，甚至拋棄祖國，奔赴異國？

不明白答案的我，舉起苦艾酒的杯子。

「……你也有想要的東西嗎？」

小島問，我轉動杯子說，「沒有。」

「騙人，都寫在你的臉上了。」

「寫在臉上？」

「對。你有個想要帶回日本的對象，對吧？」

我不禁對自己失笑。我曾經拿小島當藉口，邀她去音樂廳。然而不管我們再怎麼相愛，都不可能結合。我的父親不會接受一個藍眼珠的媳婦。

……我是在赴任巴黎的第一個冬天邂逅艾凡家千金愛琳的。當時昭和時代即將到來，德國、蘇聯、法國以及我國日本，都爲了第二次世界大戰展開激烈的情報戰。

我身心俱疲。

爲了得到蘇聯陸軍的機密，我參加巴黎的吉貝爾・艾凡伯爵主辦的晚餐會，在會上遇到了愛琳。她擁有一頭金髮與宛如糖果般細緻的肌膚。許多法國女人瞧不起東方人，但她不一樣。

我們對望一眼，便靈犀相通。

那是某種無法以愛情解釋的感情。是更特別的共鳴——

儘管我們隱約察覺了那是什麼，卻假裝不知情，受到彼此吸引。

離開音樂廳後，貼心的小島悄悄離開，我們兩個一起踏上夜晚的歸途。我想起了那一晚。

「……裕次，若要伸手抓住想要的東西，就必須放開懷裡的東西，讓它掉到地上。」愛琳說。

「何必讓它掉到地上？先擺到別的地方再伸手就行了啊。」

「兩隻手一定抱不動的。」

「掉到地上的東西或許會碎掉。妳能拋下那碎掉的東西嗎？」

「怎麼可能呢？所以更必須前進才行啊。」

「逃避它嗎？」

「不是逃避，是往前走，全力往前走。我們看不見的時鐘指針，就是像這樣不斷地走下去啊。」

當時，愛琳雙手按在胸膛，一臉幸福地微笑著。

◇　◇　◇

戀愛總是有障礙的。

障礙愈大，就愛得愈熱烈。

啊……我這個「爛醉的畫家甲」吐出難受的嘆息，在酒吧角落舉起威士忌的空杯喝著。「也請我一杯吧！」「爛醉的畫家乙」的肩膀頂過來。又是廉價的角色。

「再後面的劇本我沒看，但我大概可以猜出決鬥的內容。」春太在我的耳畔細語。

「『大塚裕次』決鬥的對象是誰？」我也小聲問。

「『吉貝爾．艾凡伯爵』。要我打賭也行。做父親的不可能允許女兒和東方人交往。」

「等一下，那『大塚裕次』要跟情人的父親廝殺嗎？」

「助手『小島善太郎』的任務，就是避免這樣的悲劇。以時間來看，這一幕差不多該結束了，妳最好專心看著。」

我緊張地看著排演，專心投入戲劇世界。

◇　◇　◇

對蘇聯的諜報活動以失敗告終，日本大使館下令我回國。

就在這樣一個下雪的日子，愛琳獨自來到我的宿舍。正在幫我打包行李的小島驚訝地睜大了眼睛，這也難怪。因爲愛琳也帶了一個大旅行箱，眼神悲壯地站在玄關。

「我不能帶妳走。」

聽到我的話，愛琳哭了。我正要逃離。

逃離法國巴黎、逃離最心愛的她、還有即將覓得的珍貴事物。

就在我要伸手扶住哭倒的愛琳肩膀時，外頭傳來刺耳的汽車喇叭聲。走下車來的，是吉貝爾．艾凡伯爵，以及伯爵決定的愛琳的未婚夫。我記得他是法國陸軍上校。

上校只說了句「在宿舍前不方便。」附耳對伯爵說了些什麼。伯爵憤憤地瞥了我和小島一眼，不屑地說，「你們兩個上後座。」

我們被帶到愛琳家。

天花板極高，從挑高的玄關延續到大廳。

正面的巨大樓梯鋪著紅色的地毯，天花板是豪華的水晶燈，家具氣宇非凡，牆上掛著優雅的畫作，各處花瓶插著美麗的花卉。

屋內的聲音不會傳到外面，用來制裁大日本帝國軍人再適合不過。

「你這個極東暴發戶國家的軍人，接近愛琳有什麼目的！」

伯爵用手杖不停毆打我。上校面露冷笑，抓住愛琳的手腕，我聽見她哭喊的聲音。

我承受著。我已經習慣了。與父親在一起時，這種事是家常便飯。劇痛襲擊全身。手杖擊中我的側臉，我倒下去的時候，左肩結結實實地撞在地上。

「大塚先生！」小島再也忍不住，衝過來護住我，「大塚先生深愛著愛琳小姐，只是這樣而已，爲什麼他必須受到這樣的對待！」

「因爲他這隻黃色的猴子，竟敢拐騙我的未婚妻！」

上校插了進來，一腳踹開小島，伯爵舉起手杖，一次又一次毆打我。

「住手！」

愛琳尖叫，擋到我和伯爵之間。操到幾乎快折斷的手杖把矛頭也轉向了她。

逐漸模糊的視野中，我看見了異常的景象。

伯爵毆打的動作極爲熟練。那些動作，是熟知打哪裡才不會留下傷痕的打法。

愛琳……

自幼便不斷承受父親暴力的愛琳。

想要逃離父親的支配，卻擺脫不了的愛琳。

愛琳就是我。

我用力抱緊愛琳，挺身站到伯爵面前。當我察覺的時候，我已經摘下左手的手套，朝伯爵的臉上擲去。

我以軍人的身分提出了決鬥，爲了得到愛琳的自由。

「大塚先生——」

小島看見我的模樣，啞然失聲。我的左肩骨折，右眼因爲遭手杖重毆而腫了起來，幾乎看不見了。

…………………

…………

爲何那個時候我會要求決鬥？

我知道決鬥雖然違法，但在法國貴族之間是稀鬆平常的事。他們認爲拒絕他人的決鬥要求，是比死還要嚴重的屈辱。對吉貝爾·艾凡伯爵來說，這是可以宰掉玩弄女兒的東方人、昂首闊步的日本軍人的絕佳機會。

爲了不被大使館發現，決定由小島擔任我的助手，於四十八小時內在艾凡家的屋子裡祕密舉行決鬥。

愛琳的未婚夫自告奮勇擔任吉貝爾·艾凡伯爵的助手。

決鬥使用手槍，裡面只裝一顆子彈，彼此背對背，筆直往前走五步，然後回頭互射。

看到左肩骨折，右眼腫起流血的我，愛琳的未婚夫單方面如此決定。這樣的傷勢，實在不可能在四十八小時內復原。

勝負從一開始就擺在眼前了。我必敗無疑。

憑我現在的左肩和右眼，要瞄準太費時間了。擊敗知名獵人吉貝爾·艾凡伯爵的可能性微乎其微。對伯爵來說，一定比瞄準嚇得無法動彈的野兔更容易。

沒錯。我的命運，還有愛琳的命運都已經決定了。

決定……

……………

「大塚先生！大塚先生！振作點！快醒醒！」

我聽到小島的叫聲，勉強睜開左眼皮，模糊地看見宿舍灰黑色的天花板，焦點漸漸對準。對了，等一下要去艾凡家進行決鬥。

我想從床上撐起上半身，小島扶起我。

小島的手上有一本古老的日記，是我的祖父宗之進留下來的。我想了解令父親引以為恥的祖父宗之進究竟過著怎樣的人生，才把它一起帶到了巴黎。我在請小島讀日記給我聽的時候，在床上昏了過去。

小島有些激動地說，「……我看過日記了，這眞是命運的巧合！大塚先生的祖父在與我們完全相同的處境下進行決鬥，並且活下來了。」

「最重要的那一頁破了。」我強忍失望地說。

「請不要放棄。只要研究大塚先生的祖父在日記中寫下的『修改三項規則』，我們也有可能獲勝。」

即使獲勝，我也有可能殺死愛琳的父親。雖說是自己要求決鬥的，但這件事令我痛苦。

「大塚先生，振作點！」

小島的聲音令我回神。

「我一直在想，身爲助手，我可以做什麼？接下來我要一個人去艾凡家，要求修改決鬥規則。」

「你一個人去？」我大吃一驚。

「大塚先生不能見伯爵。我會拜託上校，請他讓伯爵見我。」

我想起決鬥法，懊恨極了。一想到小島要獨自面對那個殘忍的上校，我就擔心得不得了。

「小島，你到底要拜託什麼？」我懷著悲痛的心情問他。

「我要提出談判，將規則改爲若吉貝爾．艾凡伯爵的子彈沒有命中，大塚先生毫髮無傷的話，決鬥就算大塚先生獲勝。只要說明大塚先生的左手和右眼不能用，他們應該會接受。因爲他們似乎自尊心都很強。」

我在床上呆掉了。

「大塚先生，拜託，這樣一來你就不必殺死愛琳小姐的父親了。」

「小島……」

我垂下頭去。即使小島是被祖父宗之進的日記給騙了，但他體諒我不願意殺害情人父親的心情，令我感動。

但吉貝爾・艾凡伯爵不可能射偏。

「日記上說，『只要根據決鬥法修改三項規則，盾牌就會保護我』。依日記來看，**條件之一是地點，再來是方向——**」

小島強而有力地說。他相信祖父宗之進的日記，眼神完全不放棄。

「等一下，小島，你仔細回想決鬥的方式。不管站在任何地點、往哪個方向走，兩人之間的射擊線上都不會有障礙物。除非從空無一物的空間憑空冒出來，否則不可能有什麼盾牌啊！」

「但大塚先生的祖父活下來了。儘管右眼和左手不能用，卻靠著智慧的力量克服了。我們一定也辦得到。」

我想起小島的賭博才能。分辨強勢與魯莽的能力、該收手的時候收手的能力，而小島現在還沒有放棄。

「……你眞的要一個人去艾凡家？」

小島點點頭。

「你要面對的是那個上校。或許無法全身而退。」

我再三挽留。小島抬起頭來，那張臉淚溼了。

「大塚先生都賭上性命了，我也要賭上性命，達成我助手的職責。我一定會找到讓大塚先生贏得勝利的線索，要對方答應修改規則。」

「小島……」

「決鬥的時候，一定會有群眾聚集，成爲見證人。當天我會巧妙引導，讓群眾不會對修改後的規則有疑問。我想大塚先生祖父的助手，一定也完成了一樣的職責。」

「小島、小島……」

我也啜泣起來。小島露出似哭似笑的表情說：

「如果我這雙手能夠平安無事，到時再請你爲我買上一年份的顏料，當做餞別吧……」

別說什麼一年份，讓我永遠資助你，直到你成爲大畫家。

現在我已經不再爲了賭上性命爭取我和愛琳的未來感到後悔。因爲往後我們將要以我們的雙腳往前走，推動看不見的時鐘指針。

〈巴黎篇　完〉

我忍不住用手帕按住眼角。

男人之間的友情令人有些羨慕。

啊啊，我的高中生活終於超越了時空……我正沉浸在感慨裡，但「大塚裕次」使用的床鋪是並排教室的椅子蓋上床單做成的，定睛一瞧，又被拉回了廉價的現實。而且飾演「小島善太郎」的是間彌。我啊，快醒醒吧！

「快啊！不能讓換場拖太久！」

綁上三角巾，戴上眼帶的名越吼道，視聽教室第三次響起戲劇社社員淩亂的腳步聲。〈巴黎篇〉使用的分割式立板和小道具陸續撤走，慌亂得就像連夜潛逃大賽會場。

喧鬧之中，我問春太：

「……欸，接下來的〈現代篇〉是什麼劇情？」

春太翻著劇本說明：

「好像是在自家儲藏室發現日記的現代『大塚修司』，和戲劇社的同伴一起在社辦解開〈西部拓荒篇〉及〈巴黎篇〉的勝利之謎。似乎是寫成懸疑推理劇……」

「怎樣的感覺？」

春太好像也不明白，不曉得該怎麼形容，這時換上制服的名越走過來說：

「這個問題我來回答。是舞台上的討論形式。」

他氣喘吁吁，手上拿著兩把沉沉地反光的模型槍。

「討論可以拿來當成戲演唷？」

我提出單純的疑問。

「這是傳統中的傳統，古典劇裡就有一部《十二怒漢》（*12 Angry Men*），那是法廷劇，但咱們是推理劇。」

「但最關鍵的謎底還沒完成吧？」

名越被戳到痛處，一時語塞。

「……確實，一早就聯絡不到寫劇本的大塚。他是逃避正式演出這場決鬥的孬種，但我們不會逃避。接下來你們兩個名譽社員也要加入，一起演戲。」

我望向與大塚要好的一年級女社員。她面露複雜的表情，垂頭喪氣。我開始同情起來，噘著嘴傾訴：

「說得那麼神氣，什麼我們一起……我跟春太根本就是外人啊。」

「別這麼說嘛，好吧？」

名越以懇求的語氣說，蹭了上來。

第三幕　現代篇

咦？要開始了嗎？等一下，先等一下！

「——間彌呢？」

我轉頭尋找頭牌女星間彌，只見她倒在視聽教室角落，就像條破抹布，也許是在剛才的〈巴黎篇〉用盡全力了。我急忙要跑過去扶起她，但名越左右搖頭制止我說：

「……看來她在正式上場前燃燒殆盡了。」

這劇團沒問題嗎？

春太撇下化為本日第三號灰燼的間彌，用指頭靈巧地轉著模型槍。劇本裡提過那叫做gun spinning。

「〈現代篇〉的『大塚修司』預定由誰來演？」

春太問，名越在眾戲劇社員的注視中深深嘆息。

「當然是大塚本人。總之現在就先不照劇本，以討論形式演下去。只要掌握〈西部拓荒時代篇〉和〈巴黎篇〉的勝利之謎，正式上場時就能設法自圓其說。」

不愧是活在即興的社長，說起這話說服力十足。

但春太卻依舊一臉無法信服地問：

「等一下，那〈現代篇〉的決鬥對手是誰？」

「決鬥對手？」

「〈西部拓荒時代篇〉和〈巴黎篇〉都有決鬥對手登場，如果〈現代篇〉沒有，我覺得不太平衡。〈現代篇〉的未完成部分，名越和間彌的台詞非常少，對吧？我很在意這一點。」

「那他到底打算跟誰決鬥？」

「搞不好大塚會失蹤，就是去找決鬥對手。」

走來走去的春太裝模作樣地說了神祕的話，名越誇張地抱頭跪下。

「我開始不懂那傢伙到底在想什麼了！」

不知是排演帶來的亢奮，還是自暴自棄了，不管是名越還是春太，一舉一動都誇張做作得要命。據說舞台上有神明，不過現在只是彩排而已，拜託晚點再降臨，好嗎？

春太乾咳了一下，迅速走到視聽教室中心，率先發難：

「各位，請你們想想，〈西部開拓時代篇〉與〈巴黎篇〉，決鬥對象是身經百戰的強盜一家首領，以及狩獵高手伯爵。我想大家都明白，除非發生奇蹟，否則右眼和左手殘廢的日本人，絕對不可能獲勝。」

「……你說奇蹟嗎？這部分我想寄望穗村柔軟的腦袋。」

名越朝我望來，我不知所措。咦？幹麻突然問我？

「身體用力往後拱開槍？」

「感覺可以在新體操項目拿金牌。」

「跳到天花板上？」

「蚱蜢投胎嗎？都可以上金氏世界紀錄了。」

「空手奪子彈？」

「如果子彈是爆米花，應該有辦法……」

戲劇社員紛紛輕聲鼓掌。還有聲音說，好柔軟的腦袋，軟到都爛掉了。

我正鬧起彆扭，一名戲劇社社員活力十足地舉手說，「我！」是負責舞台裝置的一年級女生。

「我想大塚應該解謎到一半了。」

「妳是說〈巴黎篇〉日記裡的線索？」春太問。

學妹點了點頭。我也發現這一點，插嘴說：

「對啊，上面說的盾牌到底是什麼？」

只要修改決鬥法的三項規則，似乎就會冒出盾牌來。簡直是奇幻世界。

「確實，這一點令人不解。」

名越附和，他和春太一樣，用指頭轉著模型槍。

「就像〈巴黎篇〉的『大塚裕次』說的，不管站在室內任何地方，指定面朝哪個方向，都是背對背往前走上五步，所以回頭之後，決鬥者之間不會有任何遮蔽物。不可能出現物理性的盾牌。」

「呃……」戲劇社的一年級男生低調舉手，「……會、會、會不是人肉盾牌？」

「人肉盾牌？」

名越轉頭，揚起單眉。

「……就、就是朝觀眾走去。」

我想像那駭人的狀況。但是在互擊之前，觀眾就會先察覺危險，一哄而散了吧？不出所料，名越指出這一點，這回男生旁邊的二年級女生舉手提出別的點子：

「——助手撲上去當擋子彈，這樣的結局如何？」

眾人的視線集中在她身上。

「後來又追加了決鬥的勝利條件，對吧？因爲我方有身體上的不利因素，所以如果對方沒有擊中，而自己毫髮無傷，就算我方勝利。在擠滿觀眾的室內，很容易突然衝上去，我想可能是師父或小島以自己當盾牌，將這場決鬥導向勝利。」

視聽教室一片沉寂。立足在自我犧牲上的勝利方法。助手賭上性命，讓右眼和左手殘廢的挑戰者贏得勝利……可是、可是如果眞的是這樣，實在太令人難過了，我會哭的！

「不可能。」

「不行。」

然而春太和名越齊聲否決了這個意見，兩人難得有志一同。

「那樣的話，用歷史上的人物擔任助手就沒有意義了。」

春太這麼說，名越接著說：

「重讀一下大塚寫的冊子吧。這部戲可是標榜不管身處任何逆境，都不能放棄，掙扎求生，歌頌生命的可貴呢。」

我對名越刮目相看了。再怎麼說，名越果然是最了解大塚的。

「名越，實際演練一下比較快。」

「沒錯，上条。」

兩人拿著模型槍，背對背站立。在春太一聲令下，兩人槍口朝上開始往前走。彼此正確地跨出五步後回頭。以距離來說，約是四、五公尺。槍口對準彼此的兩人之間沒有遮蔽物，只有空間。只要筆直開槍，就會射中……

「在這樣的狀態下，身經百戰的強盜一家首領和狩獵高手伯爵都射偏了。而且師父和小島都以百分之百的機率預測到他們會射偏。」

聽到春太的話，名越露出窮於回答的表情說：

「可是……不管怎麼樣，在這樣的距離下，不管是『大塚宗之進』還是『大塚裕次』，都無望生還啊。」

「所以就輪到師父和小島登場了。他們盡可能召集更多的觀眾擔任見證人，讓對方掉入天大的陷阱。」

「天大的陷阱？」

名越放下槍口，身體往前探。

「這兩場決鬥，溫德格和伯爵面對絕對不可能落敗的對手，都認爲條件對自己有利。即使發現受騙，若是在觀眾面前要求撤回條件，或是決鬥之後偷偷報復，就等於是自降格調。」

春太也放下槍口，把視聽教室角落的白板拉過來。我也幫忙，戲劇社社員都聚集到白板前面來。名越也抱起雙臂觀看。

「要解釋師父和小島設下的陷阱，關鍵在於讓溫德格及伯爵都接受的三項規則修改。」

春太說，拿起白板筆開始寫。

「決鬥法的三項規則修改」：

①勝利條件　因為己方身體有障礙，若對方未擊中，自己毫髮無傷，也算勝利。

②方向　「大塚宗之進」和「大塚裕次」面朝祖國的方向站立。

③地點　？

春太蓋上白板筆蓋，拍了一下白板。

「這三項規則修改中，①的『勝利條件』和②的『方向』，劇本中已經說明。」

「……等一下，怎麼回事？」名越走近白板說，「『勝利條件』也就罷了，『方向』這一點我不懂。」

「大塚已經發現，在劇本中留下了線索。」

「什麼？」

「他透過夜空的背景版展示，讓觀眾可以看出祖國的方向。〈西部拓荒時代篇〉的舞台在阿拉斯加，從世界地圖來看，日本是在西邊。〈巴黎篇〉的舞台是法國，日本在東邊。大塚利用月亮是否從東邊升起，**讓『大塚宗之進』和『大塚裕次』在舞台上，決鬥的時候都一定面對觀眾席**。」

「面對觀眾席……」名越歪頭，扶住下巴，「等一下，以舞台演出來看，這不太可能啊。」

確實如此。要在舞台上重現決鬥，最好讓演員朝觀眾席的左右兩側分頭走去，才清楚明瞭。這樣才能掌握彼此之間的距離，也能展現出緊張的側面表情。

眾人都緊張聆聽，春太繼續解謎：

「沒錯。爲何大塚要刻意做出這種在戲劇演出手法上難以想像的安排？因爲這是有意義的，它就是解謎的伏線。這次大塚到了最後關頭，卻要求美術社的朋友重畫背景畫。」

或許是想到什麼了，名越不停地眨眼，「難道……」

「你猜的沒錯。大塚也打算在劇本中揭露③的『地點』的修改。要拿來當背景的圖畫今天早上完成了，對吧？那麼這表示他在開演當天最後一刻解開了謎團。換句話說，**溫德格和伯爵被要求站在室內某個地點時，就已經確定必敗無疑了。**」

就在名越瞪大眼睛的瞬間——

「啊！」

不知何時恢復過來的間彌發出怪叫。她四肢跪地，翻開捲起來的畫紙，將兩張圖畫並排在一起，目不轉睛地看著。社員也聚集過去，發出驚叫。那兩張圖畫，是〈西部拓荒時代篇〉的酒館，與〈巴黎篇〉的艾凡家大宅。名越推開社員看畫，露出傻住的表情。

「……喂，上条，如果眞的是這樣，這圈套也太驚人了。」

「應該是沒人想得到，就算想到了也說不出口。」

「這麼荒誕的決鬥眞的可以算數嗎？」

「古今海內外，魔術與詐騙的世界不也是如此嗎？」

「什麼？」

「即使是外行人認爲不可能做到、不可能成功的荒誕的事，師父和小島兩人也懷著鋼鐵般的意志，貫徹到底。他們兩名助手賭上性命設下滔天騙局，使出三寸不爛之舌，拉攏觀眾支持自己。」

名越深深吸氣：

「鋼鐵般的意志啊……」

呃。

不好意思。

大家是看到什麼才這麼驚訝？

一個人被拋下而不解眞相的我，在戲劇社社員背後拚命墊腳尖。被大家的頭擋住了。

「等一下！」名越抓住春太的雙肩，口沫橫飛地叫道，「那大塚都徹底解開謎底了，卻跑掉了嗎？」

「沒錯。在開演日當天終於解開謎團的大塚，發現沒有可以說明圈套的舞台裝置，所以才十萬火急，分秒必爭。」

「難道他……」

「如果曾經改編上演過金原峰雄的那部戲，就一定有必要的舞台裝置。如果我猜得沒錯，大塚應該搭上首班車趕往東京了。手機不通，不是因爲急到摔壞了，就是沒電了。」

名越啞然無語。

「原來他去找父親……？」

「沒錯。〈現代篇〉的決鬥對象應該就是他的父親。他可能打算把一直以來拋下自己不顧的父親拖到舞台上，來場第一次也是最後一次的父子爭吵。」

「……確實，父子吵架的話，不需要背台詞。」

春太笑了出來，繼續說：

「把舞台拿來私用，實在不可取。不過這樣一齣戲，也只有高中生才做得到了。」

先前替大塚說話的一年級女社員來到呆掉的名越身邊。她手上的手機震動著，通知來電，是隱藏號碼。

「接吧。」

名越命令她，女社員把手機拿到耳邊，接著破顏微笑，興奮地說話，然後按住麥克風，對戲劇社的成員說：

「是大塚打來的！他沒有逃走！他坐卡車抵達學校後門了，叫大家去幫忙搬器材！」

名越迅速下決定：

「快去！」

戲劇社成員全都一口氣衝出視聽教室。另一方面，春太和名越在地上打開體育館的舞台平面圖，像在決定要設置某樣東西的位置。我扯了扯春太半乾的制服。

「小千，幹麻？」

「呃，不好意思，也可以告訴我『大塚宗之進』和『大塚裕次』的必勝祕訣嗎？」

「與其在這裡揭祕，倒不如直接看下午開始的正式演出。」

「上条說的沒錯。」

連名越都這麼冷漠，我鼓起腮幫子，淚水一下子湧上眼眶，變得像隻被釣出水的河豚。

「你們兩個什麼時候變得那麼絕情了？」

春太大大嘆了一口氣，就像要把全身的空氣都吐光。

「……如果妳無論如何都想要立刻知道，跟大家一起去學校後門就知道了。」

「什麼嘛，我跟戲劇社又無關，還要我出勞力唷？」

我露骨地擺出厭惡的表情抗議，但春太搖搖頭說：

「我想認眞看過排演的妳，一定會在走到後門的途中就發現眞相了。」

啊，是唷？

未免太抬舉我了吧？

我故意用力甩上視聽教室的拉門，前往樓梯口。

什麼嘛，什麼嘛！

我緊緊握住雙拳，拱著肩膀快步走到走廊盡頭，怒火中燒地兩階併做一階跳下去。

一、二、三、四、五——

忽然有股奇妙的感覺，我停下腳步。回頭一看，眼前是我剛走下來的樓梯。記得〈西部拓荒時代篇〉的酒館，還有〈巴黎篇〉的艾凡家大宅，布景畫上都有巨大的正面樓梯……

這麼說來，剛才提到決鬥的時候，「大塚宗之進」和「大塚裕次」都一定會面朝觀眾席站立。也就是會站在下樓梯的方向。

說明詭計的舞台裝置……

不會吧？

大樓梯舞台道具，這太誇張了。

不可能，不可能

可是……

我想起師父當時的台詞。

（站立位置由武士來決定。這裡的話，加上二樓……）

如果兩人背對背站在大樓梯上面，二樓的樓梯口，溫德格和伯爵一定也會啞然失聲。

他們一定會發現自己掉進了天大的陷阱。因爲依據一開始的站立位置，還有如何運用樓梯，對方會從自己的射擊線上消失。

即使是外行人認爲不可能做到、不可能成功的荒誕的事，也懷著鋼鐵般的意志，貫徹到底……

我搖頭打消腦中離譜的想像。

一名中年男子與我擦身而過。他穿著感覺看似三件式的西裝，個子很高，輪廓很深。頭髮色素偏淡，帶點金色。

瞬間我們對望了，他的眼睛……似乎有點藍。

「不好意思，請問視聽教室在前面的二樓嗎？」

被陌生中年男子詢問，我有些緊張起來。

「啊，呃，對，可是現在戲劇社在用……」

「我就是在找戲劇社，許久不見的兒子對我提出胡來的要求。」

他苦笑，表情看起來卻頗爲得意，「而且我也想向關照我兒子的社長道個謝。」

謝謝，男子走上樓梯，前往視聽教室。我忍不住抓住扶手大叫：

「請問！」

他回頭看我，「什麼？」

「如果這個問題太冒昧，請不用理我。請問叔叔的母親還是祖母，是外國人嗎？」

「……我祖母是法國人，她叫安麗耶塔。」

我忍不住激動起來，用力握住扶手。

（——那麼請告訴我。）

耳底彷彿聽見舞台上師父和小島熱情的台詞。

（我們的行動完全符合決鬥法。右眼和左手殘廢的英勇決鬥者，若少了智慧的力量與策略，該如何贏得挑戰？）

助手——逆境中的寶貴同伴，左右了勝負的輸贏。

或許這次的決鬥劇，同時暗喻了「決鬥」與「血統」。

或許大塚是爲了親眼確定、親口詢問，才會去找分開生活的父親。

透過正式上台前的慌亂排演，我理解了了解自己、並面對自己的人得到了什麼。

千年茱麗葉

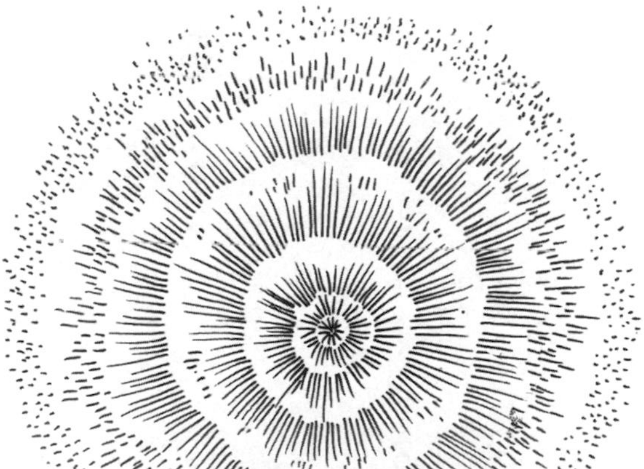

「香惠良姊姊……謝謝妳……一直以來的照顧……」

「小智……」

「我想……請妳……告訴我一件事……」

「什麼事？儘管說。」

「有沒有什麼事物……是不管經過十年、百年……甚至千年……都不會消失的？」

茱麗葉的分家　1

請你和父親斷絕關係，拋棄羅密歐這個名字。
如果辦不到，請發誓你愛我。
如此，我也將拋棄卡帕萊特這個姓氏。

義大利北部維洛那。羅密歐與茱麗葉故事舞台的這座都市，有著茱麗葉原型人物的女性娘家。兩人互訴愛意的陽台以及茱麗葉像前，總是擠滿了觀光客，熱鬧非凡。同時，這戶人家每年收到數以千計來自世界各地寄給茱麗葉的「戀愛煩惱」諮詢信件。這些傾吐煩惱的信件，由稱爲「茱麗葉祕書」的義工來回覆。

我覺得不愧是觀光大國義大利，眞是風雅。不過請等一下。茱麗葉或許是談了段純愛的女人沒錯，但她有資格回答別人的戀愛問題嗎？

因爲她自己的戀愛又沒有圓滿實現，而且還盲目相信勞倫修士漏洞百出的愛情成功法，選擇了喝下毒藥這種危險的計畫，根本是個腦袋少根筋的女人。

我敢於和所有的相關人士爲敵，如此斷定——死亡是無法成就愛情的！

這些自稱茱麗葉祕書的義工必須回覆來自世界各地無數的信件，也眞是辛苦。

香惠良如此熱切地傾訴，引起我強烈的好奇。

地點是大學醫院一隅，溫暖的午後陽光燦爛傾注的午後某刻。這個房間，是長期住院的病患相遇、悄悄聚會聊天的基地，也是維繫我們五個人唯一的一個地方——

房間還有能用的插頭，廉價的午餐墊上擺著眾人打發時間而製作的靠墊、偷偷帶來的電熱水壺、小花瓶，以及相框。

我含了一口利樂包豆漿。這陣子身體不太舒服，只吃得下豆漿、蜂蜜和優格。儘管正值成長期，但我一吃下優格以外的固體食物，就會忍不住吐出來，這樣的情況持續著，令母親非常擔心。

唉……香惠良仰望天花板，長長地嘆息。

「……眞是的，替這個不能拿來當成榜樣的人擔任祕書，義工也眞可憐。」

「香惠良，這話太酸了啦。」

美里在喉間低笑，搭住香惠良的肩膀。美里以前的職業，居然是一名女摔角選手。她從未詳細提起，但她曾寂寞地喃喃說因爲自己隸屬的團體很弱小，所以沒辦法接受健診。

「不不不，才不酸呢。」香惠良搖搖頭說，「但還是能夠橫行於世，我覺得這眞是戀愛世紀末。」

「戀愛世紀末——」

我啞然無語，美里終於忍不住爆笑出來。香惠良似乎頗爲得意。

「我想茱麗葉的祕書一定都快過勞死了。」

「……欸，什麼叫過勞死？」

年紀最小的今日香提出疑問。今日香比我小七歲，就讀醫院內的學校。今日香說她生活的大樓就像荒野叢林，病童會彼此霸凌，護士卻對此視而不見。

「對妳來說，還太早了。」

最年長的靜子摸摸今日香的頭這麼說。靜子不愧曾是繼承父母事業的小公司社長，說起話來總是份量十足，能引起周圍的重視。

「不要把我當小孩！」

今日香這麼頂撞，靜子遞給她一盒草莓口味的牛奶糖說，「只能吃一顆。」對甜食饑渴的今日香搶了三顆，拚命地吃。眾人都溫馨地看著她那副幼童範本的模樣。

香惠良年約二十後半，里美三十五左右，靜子說她幾年前跨過六十大關，而今日香今年八歲——我覺得能聚集到這麼多不同年齡層的女性病患，眞是難得。

沒有人願意表現出來，不過我猜一開始應該都跟我一樣，有許多人來探望，比方說家人、親戚和朋友。但隨著一個月、三個月、半年、一年過去，探望的人數明顯減少了。感覺就像被拋棄在無風也無浪的無人島上。因爲太害羞，沒辦法揮舞ＳＯＳ旗求救，因爲笨拙，也沒辦法升起煙霧希望別人發現自己。一年到頭穿著睡衣的我們，就這樣失去與社會的連繫，失去外面世界的色彩。

「對了，香惠良。」最年長的靜子把裝茶的馬克杯從唇上拿開，「……妳寫在祕密留言板上的提升女子力的祕策是什麼？我從昨天晚上就好奇到睡不著覺呢。」

沒錯，我也非常興奮。大家都是想要知道那是什麼，今天才會在這裡集合。

「要提升女子力的話，這張危險王后決定戰的ＤＶＤ很棒喔。」

美里說著莫名其妙的話。她一手拿著DVD，說明什麼「北斗」、「香取」（註），那是鳥的名字還是什麼？

眾人都看著香惠良。她被默默催促，靦腆地縮起身體，搔了搔後腦說：

「呃，就是，回到剛才的話題，我想了很多……」

「剛才的話題，是指茱麗葉的祕書？」我說。

香惠良的臉一下子脹紅，扭扭捏捏害臊地接著說：

「我在想，不只是義大利……能不能讓我們這裡……也收到信……」

幾秒沉默之後，眾人回以錯愕的表情。

「嗳，妳們看這個。」

香惠良豁了出去，扭過身體，抓起托特包，裡面裝著筆電。她打開螢幕和電源，我們也湊過去看。

「妳什麼時候買了筆電的？」

美里看著慢呑呑開機的OS畫面，羨慕地這麼問。大家平常都使用圖書室裡可以上網的公共電腦，但只有幾台，總是搶來搶去，很難輪到。附帶一提，香惠良偷偷用圖書室的電腦開了一個有密碼的部落格，我們把它拿來當成留言版使用。

香惠良豎起食指立在嘴唇上。

「筆電的事請大家保密唷。上星期我拜託以前的朋友，幫我買了一台中古的。這裡的話，可以用行動上網。」

她說，以熟練的動作敲打鍵盤，叫出一個色彩繽紛的畫面。我悟出她的意圖，瞬間忍不住身子後仰。

香惠良居然擅自開了一個網站「茱麗葉的祕書．羽衣分公司」。

我嚇傻了，兀自驚慌失措地看向年長的靜子有什麼反應。靜子露出半是驚訝半是愣住的表情說，「原來那段開場白是在為這個鋪哏啊……」美里驚訝到合不攏嘴，今日香則是不停地眨眼睛。

「我們這幾個人一起來經營吧，好嗎？」

香惠良探出上身如此呼籲。她的眼睛瞇成一條線，看起來打從心底期待萬分。香惠良姊姊，這再怎麼樣也太跳躍了吧？而且在醫院裡這麼隱密的地方……

「好像很有趣。」

第一個贊成的是美里。她抱起雙臂，露出頗感興趣的表情。等、等一下。連靜子都好像中了魔法，陶醉地盯著網頁畫面。必、必須有人阻止一下才行。

「我要！」

今日香筆直舉起手來，我都快昏了。

「停！停！」

我雙手遮住筆電螢幕，想要讓大家醒來。隔了一拍後，我努力說服：

「大家冷靜下來聽我說。我們怎麼可能回答別人的戀愛煩惱諮詢呢？香惠良姊姊、美里姊還有靜子阿姨都是單身。大家不是整天在這裡喝咖啡牛奶，彼此抱怨沒有男人緣，除

註：指日本知名摔角女選手北斗晶和神取忍。

了工作以外從來沒有跟男人聊過天嗎？」

然後我強忍羞恥繼續說：

「……我也從來沒交過男朋友，今日香甚至還沒有初戀過。大家明白香惠良姊姊的提議門檻有多高了吧？如果要開網站，應該想個大家都能夠駕馭的點子啊。」

「唔……果然……還是有點困難吧。」

難得美里附和我的意見。

「那妳說個具體的替代方案來聽聽。」

香惠良擺出神氣的態度說，我爲了避免戀愛諮詢，努力擠出空洞的腦汁，卻只想得到醫院的七不可思議、急診嚇死人病患排行榜、太平間潛入日記等等，沒一個像樣的。香惠良露出冷笑，就像在說凡人的點子她早就看透了，對我甩了甩手。

我瞥了一眼唯一可以指望的美里。

「不過寄給茱麗葉的信，就該要由戀愛沒能實現的人來回答，才合情合理呢。論到受命運擺布這一點，也許我們更適合擔任茱麗葉的祕書唷。」

美里一下子就投奔敵方，我忍不住在喉嚨深處呻吟。

「沒錯，茱麗葉自己的戀愛也沒有成功，所以我們也做得來。有志者事竟成！」

香惠良愈來愈得意忘形，我望向最有常識的靜子。靜子嘆了一口氣，眼角擠出深深的皺紋說：

「祕書的職位競爭好像很激烈，我當個約聘員工就好了……」

怎、怎麼連靜子阿姨都這樣？獲得大老支持的香惠良露出滿面笑容：

「不必，約聘員工就由我來吧！我在外頭的世界也沒當成正式員工嘛。」這是值得炫耀的事嗎？

「大家都來當茱麗葉吧。反正這個世界是敢開口的人就贏！」

今日香突然說出老成的話來，和香惠良擊了個掌。等一下，大家怎麼這樣……我一個人覺得被排擠，垂下頭支支吾吾起來。

「……小智……」

靜子突然叫我的名字，嚇了我一跳。眾人全都望向一處。

「不覺得年紀相差這麼多的我們會聚在一起，也是一種緣分嗎？確實，關於戀愛，我們的經驗不如一般人，或許沒辦法爲別人的戀愛指點迷津，但只要大家合力，或許能激發出意外的新觀點。小智一定也會助我們一臂之力。」

我默默地吸氣，看著靜子。

「那，就我們五個人合力回信嘍？」美里擦擦眼角，「我們要取什麼名字？只說茱麗葉的祕書，沒辦法區別吧？」

「關於這一點，我也有個提案。我想要弄成五色彩虹。」香惠良轉頭望向眾人徵求同意。

「五色彩虹？」靜子反問。

「對。在德國和法國，彩虹是五色的。是紅、黃、綠、藍、紫這五色。在日本也是，以前是基於中國的五行思想，認爲彩虹是五色。從歷史來看，由於西方思想傳入，彩虹變成七色，是最近的事而已。七在基督教裡是神祕數字，比方說音階是七、行星數目是七、世界有七大洋、一星期有七天。」

「……五色彩虹的茱麗葉，很棒呢！」靜子感動地說，「彩虹不一定要是七色嘛。」

「贊成！贊成！」今日香跳來跳去說。

「那麼……我來頒發祕書徽章給各位。」

香惠良以莊嚴的動作和語氣，從睡衣口袋取出小徽章來。

「妳什麼時候做的？」

美里很驚訝，香惠良微微吐舌回答：

「是以前的作品，稍微改造一下的。以前當派遣人員的時候，我的興趣是做一些手工藝品。這個紅色徽章是我，黃色的是美里姊。」

放在美里大手上的徽章，圖像是一個長髮女性的側臉。眼瞳的部分嵌著類似寶石的東西，閃耀著黃色。

「來，這個綠色的是靜子阿姨。」

收下徽章的靜子張大了眼睛。「這是綠寶石？」她抬起頭問，「很小顆，是便宜貨啦。」香惠良微微聳肩。

「紫色的是今日香，妳的是紫水晶唷。」

今日香接過徽章，歡呼著在房間裡跑來跑去。不可以讓身體太累，靜子制止她。

「然後……這個給小智。」

香惠良舉起藍色眼瞳閃閃發亮的徽章。靜子、美里和安靜下來的今日香都看著它。我垂著頭，沒有伸手。大家都是傻瓜。太傻了。哪裡是管別人戀愛的時候？明明都被宣告幾乎無望痊癒出院了。

「……我放在這裡嘍。」

香惠良輕輕地把徽章放在野餐墊上。看起來很輕，可是對我而言太沉重了。我害怕想像它有多沉重。

「總覺得這種東西不適合我……」

美里在輕快地敲起筆電鍵盤的香惠良旁邊感慨地說。靜子和今日香伸頭看筆電，對著網站首頁的設計說三道四。

「不會有人寫信來的。」

提不起勁的我說。我以為沒人聽見，但香惠良的指頭停了下來，我內心一驚，瞥見她沒梳的頭髮搖晃了一下，側臉浮現落寞的陰影。

「……等一個月吧。如果都沒有來信，就徹底死了這個念頭。」

在眾人一片靜默中，我後悔自己說出口的話。

「茱麗葉的祕書．羽衣分公司」成立以後，沒有收到任何來信，日子就這樣一天天過去。有時昨天還能走，還能讀書和歡笑，卻突然不舒服起來，無法下床。大家都是這樣，所以不是每一天都能在那個房間相聚。

我一早就噁心想吐，高燒不退，不停夢囈，讓照顧我的母親擔心。我已經將近半年沒有看到父親了。我領悟到自己已經完全被拋棄了。

我明白自己的未來一點都不明亮。

不知道從什麼時候開始，「反正」成了我的口頭禪。就算活著，也不會有半點好事。根本不會有什麼好事……

中午過後，我的身體好了一些，在意識朦朧中溜出床鋪。不曉得花了多久的時間。偷看那個房間時，不出所料，沒有人在裡面。窗外射進來的柔軟陽光反射在野餐墊上，讓小花瓶和相框投射出陰影。

不，有人。有一個影子在動。是一個人在舉手歡呼的香惠良。

「萬歲！收到了！收到信了！」

香惠良坐在筆電前，露出感動萬分的表情緊握雙拳。我大吃一驚。這個城市眞的有人發現我們的存在？眞的有那麼古怪的人……

香惠良發出吸鼻涕的聲音，抬起頭來。臉上微微滲出淚水和鼻水。

「啊！好想快點告訴大家。靜子、美里、今日香——讓大家久等了。就要改變了，我們的生活就要改變了。」

香惠良露出溫柔的眼神繼續說：

「小智……妳不必再擔心了。我們也還有好多好多有趣的樂子。」

聽到那刺痛心胸的話，我感到內疚，沉默不語。

今天還是別出聲叫香惠良吧。裝作什麼都不知情，靜靜等待留言版更新。她一定會用「不得了啦！號外！」這種興奮至極的標題召集大家。看到之後，我要裝出吃驚的樣子。

我們在羽衣這個小鎭遇到的，也許是奇蹟。

沒有人知道眞面目的五色彩虹茱麗葉——我由衷地想——誰要向世界上的不幸屈服！

往後我也有了讓我好奇到連晚上都睡不著的期盼了。

啊啊……

接下來究竟會接到怎樣的戀愛煩惱諮詢？

文化祭第一天　上午十一點

我在公車站撞到下車的乘客，弄掉了徽章，拚命尋找。掉落的是紅、黃、綠、紫四個顏色的徽章。香惠良姊姊、美里姊、靜子阿姨和今日香——

我在人行道邊緣找到最後一個，緊緊握住。

望向通往目的地的路途。形成人潮了。對於上國中以後就幾乎沒有上學的我來說，這是第一次參加的文化祭。

海的氣味，潮香掠過鼻子。

道路平緩上升，圍牆和電線桿上貼滿了手繪海報。縣立清水南高中文化祭，南陵祭。

一陣強風吹來，我急忙按住腦袋，擔心假髮是不是歪了，看著手鏡再三確定。因爲不是自己的頭髮，沒辦法。不過長及背部的黑色假髮髮稍有輕微的捲度，非常自然，不仔細看，不會發現是假髮。

我對挑選外出服沒自信，因此選擇了制服。是辛苦弄到的市內女高的制服，配上薄圍巾和內搭褲，搽上香香的唇膏。我不想過於引人注目，所以看到會場比想像中的更熱鬧，放下心來。

我調整呼吸，慢慢往前走，看見前方一幕奇妙的情景。寬闊的馬路旁，一名年輕女子正在吹奏口風琴。她穿著皺巴巴的短大衣，脖子上繫著黃色領巾。像男生的褐色短髮特色十足。尖頂帽子倒過來放在地上，裡面用文鎮壓著。

街頭藝人？我瞥了帽子裡頭一眼。沒有銅板。這樣有辦法糊口嗎？

而且不是彈吉他或電子琴，而是吹口風琴……

我停下來聆聽。和小學的時候吹的口風琴完全不同，音量渾厚，音域也很廣。獨特的模糊音色十分圓潤，舒緩地直達耳朵深處，是那家醫院大廳演奏過的曲子。

演奏忽然停止。我轉頭張望，發現佇足聆聽她的演奏的只剩下我一個人。該付多少錢才好？帽子裡面是空的，我不知所措。回想起剛才的演奏，我從錢包裡掏出一張千圓鈔，蹲下來輕輕放到文鎮底下。

「同學。」

正上方傳來聲音，我嚇了一跳。她撿起帽子，看了看裡面，把我剛放進去的千圓鈔票遞了出來。

「錢要更珍惜點使用。」

「……咦？可是……」我小聲反駁。

「沒關係。」

我不情願地接過鈔票，收回錢包。啊，呃，我用顫抖的聲音說。也許是因爲幾乎都沒有跟別人說話，聲音發不太出來，「我、我在書上看過……可、可以自己放一些零錢在裡面，那、那好像叫秀錢……我、我覺得裡面有錢比較好。」

「只要有一枚零錢在裡面，就永遠只能拿到零錢。」

「……什麼？」

「畫地自限，就會受到拘束。」

我覺得這個人好像詩人。她像是狗嗅聞味道似地湊了過來。

「好像不是南高的制服。妳一個人？」

我沉默不語，她似乎將沉默視爲肯定。

「如果妳對口風琴有興趣，再過去的文化祭會場有義賣。口風琴不挑演奏者唷。」

「……啊，呃……」我垂著頭，壓低聲音問，「……剛、剛才的曲子叫什麼？」

「孟德爾頌的〈乘著歌聲的翅膀〉，難道妳是第一次聽到？」

我搖搖頭，「……我在醫院聽過。」

「醫院？噢，那是這樣的改編嗎？」

她用口風琴重吹剛才的曲子，〈乘著歌聲的翅膀〉的一節。我吃了一驚。因爲完全符合我的記憶。約一分鐘的演奏結束後，我眨著眼睛問，「……妳、妳怎麼……」

「因爲醫院有形形色色的病患，對吧？音樂盒或鋼片琴不適合討厭金屬音的人，銅管樂或打擊樂器這些熱鬧的曲子也不受歡迎。所以會盡量減少感情的幅度，讓演奏單調一些。」

原來如此。

他一定也是……

我想起幾年前，到醫院來進行慰問演奏的薩克斯風手少年。

他一定在青春期長高了，或許長相也改變了一些。

我想見他。

我就是爲了見他而來到這裡的。

「妳大病初癒嗎？」

她唐突地問，我不知所措，「咦……」

「從剛才開始，我看妳說起話來好像很辛苦。這麼說來，妳提到醫院。病了很久嗎？」

我低著頭，按住薄圍巾，再次沉默下去。見我不回話，她嘆了一口氣：

「對不起，我不該問這種問題。」

她說是道歉，遞了一樣東西給我，是罐裝關東煮。和她道別後，我拿著那罐子往前走。裡面裝了鵪鶉蛋、黑色魚板、炸魚餅、圓魚板、蒟蒻卷。我第一次看到這種東西。好厲害……只要活著，也能遇到這樣的小感動。

雖然花了點時間，但我抵達了目的地。

就像夜市一樣，各處豎著炒麵或巧克力香蕉的旗子，道路兩旁的攤位前，擠滿了大人小孩和高中生。

我看著邊吃爆米花邊聊天的女生集團，還有一起逛攤的情侶。我所渴望的高中生活應該就在這裡，卻總覺得哪裡不太對勁。

我站在縣立清水南高中文化祭「南陵祭」的拱門前。

拱門上塡滿了紙做的花飾，我忍不住用指頭戳了戳。好久沒看到這樣輕柔的花飾了。

那是哪間學校的制服？超可愛的。

路過的男學生說，我東張西望。是在說誰呢？

我正要穿過拱門，跌倒了。眞痛恨自己的運動不足。

我站起來拍拍制服，用指頭觸摸口袋裡的五色彩虹徽章。

大家，請給我力量。

線索是這所學校的管樂社。

我一字不漏、從上到下瀏覽在路上拿到的小冊子。下午開始，體育館會有舞台表演，管樂社似乎是第一棒。下午一點半開演，還有時間。

我跟一個咬著熱狗的女高中生擦身而過。她穿著南高的制服，全身散發健康氣息，腿很修長。我忍不住羨慕地看她。

「不好意思！」

一道尖細的聲音追著我過來。回頭一看，兩名戴著臂章的女生氣喘吁吁地追了上來。臂章上寫著「文化祭實行委員會」。

「請出示入場券……」

我望向拱門附近的帳篷。有家長帶小孩，還有像我一樣穿著別校制服的學生正在排隊。隊伍滿長的。我把視線移回她們身上，問：

「要、要入場券嗎？」

兩人點點頭。

「沒有入場券就不能進來嗎？」

「沒有入場券的話，請到那邊簽到。如果是其他學校的學生，也請出示學生證。這是規定。」

我窘了。我沒有學生證，更不想排隊。

「呃，我好像把入場券弄丟了……可以在現場買嗎？」

我牽強地說，兩人對望，搖了搖頭：

「入場券不是用賣的。」

「那、那怎麼辦才好？」

「可以請妳去排隊嗎？畢竟是規定。」

規定、規定，這兩人不肯通融。我咬住嘴唇，東張西望，想要想出個妙計。

「她的入場券在這裡。」

背後伸來一隻拿著票券的男人的手。我反射性地把脖子縮進薄圍巾裡，回頭看去，那裡站著一個高出我一顆頭的高個子男生。頭髮用髮膠梳成油頭，眉毛濃黑，膚色白皙，清爽的臉上浮現大方的笑。

「朝霧學長……」報到處的兩人困惑地齊聲說，「你認識她嗎？」

「她是我們發表會的特別來賓。」

發表會？特別來賓？叫朝霧的男生不理會不知所措的我，突然伸手摟住我的肩膀。

「……眞是個難能可貴的素材。可是會不會打扮過頭了些？媽媽的香水擦太多嘍？」他用指頭梳梳我的頭髮，把鼻子湊上來聞，我忍不住輕叫，「噫！」看看報到處的兩人，她們做出「快逃快逃」的手勢。

一頭霧水當中，我被叫朝霧的男生抓住手臂，帶到離正門稍遠的地方。我用力甩開他的手。

「……你、你到、到底是誰？」

我瞪住既失禮又無禮的朝霧，結果他露出潔白的牙齒，掏出名片。

爲您鑑定您的初戀

清水南高中　初戀研究社代表　初戀品鑑師　朝霧亨

聯絡方式　XXX－XXXX－XXXX

上頭是莫名其妙的字句。我承認我對現代流行和高中生活一無所知，但看來中間的空白仍遠遠超乎想像，令我驚訝。這是新的泡妞技倆嗎？校門那裡，報到處的兩人組還在跳著，不停地做出「快逃！」的手勢。說不定她們其實人滿好的。

「嗅覺是唯一與大腦直接連結的感官，直通邊緣系統這個主宰人類本能與情緒行爲的部分。」

朝霧在我耳邊細語，我全身起了雞皮疙瘩。

「與味道相連的記憶非常強烈。我家開徵信社，我身爲第二代，正在摸索各種新事業的可能性。其中之一就是初戀調查，戀愛與味道的關係。」

「……呃，這、這跟我……有、有什麼關係？」

「其實呢，今年的發表會，我們企劃了盲目聯誼會。只要遮住視覺，就只能透過嗅覺和聽覺來挑選對象。其實我甚至想要連聽覺都塞住，卻被可愛的社員打了回票。」

我仰望恨恨跺腳的朝霧，湧出一股想要盡快逃離這裡的衝動。

「然後，我很擔心企劃迴響不佳，但如果有妳這樣外表無敵可愛的女生參加，狀況就不同了。聯誼的結果令人好奇，而且或許可以成爲一場針對戀愛與性衝動原始體驗的研究。」

「……我、我不要。」

「眞的嗎？這樣下去，妳不能進來學校。我看妳似乎很困擾，所以才伸出援手的，而且妳不必在意假髮的事。每個人都有苦衷。要不然我可以宣傳妳是戰勝末期癌症的奇蹟少女。」

我的臉一口氣熱了起來，用雙手按住頭髮。這個人眞的太沒神經了，我的眼淚都快掉下來了。

「妳身上的制服是市內常葉女高的。那裡的學生很難得到這裡來，妳一個人來的？」

他不理會我的反應，兀自說個不停，我想要把票塞還給他，但他卻溫和地把票推了回來。

「抱歉。我這人天生就很強勢。妳這個年紀很敏感，要是我的話有所冒犯，我向妳道歉。入場券就送給妳，如果妳有興趣，請到舊校舍一樓我們的社辦來看看。晚點我替妳去報到處簽到，告訴我名字也好吧？」

被他以意外紳士的語氣這麼說，我抬起頭來，不知所措，又垂下頭去。

「……謝謝你給我入場券。」

「舊校舍一樓的位置，只要問我們學校的學生說『青少年野生動物園在哪裡？』就知道了。」

「我不想去那種地方。」

「眞沒辦法。那，請教一下芳名總可以吧？」

這個叫朝霧的男生救了我是事實。我猶豫了老半天，用幾乎快聽不見的聲音說，「柏原智子。」

茱麗葉的分家　2

三天後的星期二下午兩點多，大夥再次在那個房間集合。

身體仍十分倦怠，但我第一個抵達等待。

我重新環顧這個祕密房間。靜子說，這裡的正式名稱是舊資料室。這棟大樓的住院病患也會一起企劃年度活動。不光是參加而已，還負責企劃。或許是院方對已經有所覺悟的病患特別寬容。舊資料室保存了這些病患企劃的活動用品，以及圖書室放不下的書籍。大小約是五坪，靠走廊的窗戶玻璃是霧面的，在這家醫院難得一見。換句話說，有不容易被護士抓包的優點。

高達天花板的書架塡滿了整面牆壁，上面擺滿了書，正中央的空間鋪上野餐墊。放著香惠良偷偷帶進來的電熱水壺和零食，可以隨意喝茶吃點心。

大家是怎麼開始聚集在這間閒散的舊資料室的？

因爲想要離開同病房和同大樓的人？或許自私，不過這應該也是理由之一。靜子說過，在這裡生活久了，喜怒哀樂中的喜會變得太大，樂的感情會被刮除掉。喜和樂居然相反，我覺得太匪夷所思了。聽到靜子的話時，我和美里不知道該如何反應才好，但香惠良露出陰鬱的表情，告訴我們說，拿故事的起承轉合來比喻就很好懂了。

此外，舊資料室的書架有許多雖然又舊又髒，但十分奇特的書。我非常愛看推理小說，但這裡擺滿了我從來沒聽過的外國翻譯推理小說，還有《十五少年漂流記》、《金銀島》等冒險小說，甚至是外國的繪本。後來我才知道，這些書都是病房離這裡最近的靜子的私人書籍，是她捐贈的。聽說靜子捐了很多錢給這棟大樓。這麼想想，就算發現我們在這裡聚會，護士也睜隻眼閉雙眼，理由就在這裡。

大家雖然大致察覺彼此的病況，卻都不會更進一步追問詳情。畢竟就算知道了也不能怎麼辦。

我們毫無餘裕。

不可能有餘裕去關心別人。

更別說……

我一個人寂寞地等著，結果眾人依靜子、今日香、美里和香惠良的順序敲門進來了。

「好，全員到齊了。」

香惠良看起來和平常一樣，我的肩膀自然地放鬆下來。

美里和靜子還有今日香一臉緊張，盯著打開電源的筆電螢幕。上面出現「茱麗葉的祕書．羽衣分公司」收到的第一則戀愛煩惱。

「這、這……一開始就碰到這麼困難的問題……」

香惠良手按胸膛，仰天長嘆。

什麼什麼？眾人念出來信的內容。

我很驚訝這裡也有傳說中的茱麗葉的祕書。

我是住在市內的小綠（假名）。

——給茱麗葉的祕書——

不瞞妳說，我也很驚訝。美里提出疑問，「是怎麼宣傳的？」香惠良也歪了歪頭表示納悶。

說來丟臉，我到了二十三歲，才第一次眞心愛上一名男士。

他是公司客戶的員工。我們已經交往兩年了。

「什麼叫丟臉？這是在對我的人生找碴嗎？」

美里一個人激動地說，眾人安撫她，繼續念下去。

其實他有家室，是有婦之夫。

但我無法放棄，我無論如何都想和眞命天子的他結婚。

我該怎麼做，才能讓這段戀情修成正果？

我受到一陣衝擊。有婦之夫，難道、難道難道……

今日香喊著「不得了啦！不得了啦！」跑來跑去。

啊啊，有種偷偷報名參加運動會，結果發現那居然是奧運的感覺。不知是否心理作用，眾人的視線似乎都飄移不定。美里在跟靜子說話，我豎起耳朵。

「……撈金魚的那網子叫什麼去了？」

「……紙網？」

「……我了解金魚的心情了。」

「……什麼意思？」

「……香惠良的眼睛變得好像紙網。」

「……什麼叫眼睛像紙網？」

「……就是像紙網啊！」

才剛起步，美里就要脫隊了。這戀愛諮詢的任務實在前途多難……

「是不倫。」香惠良毫不害臊，一口氣鎖定話題方向。

「什麼叫不倫？」今日香舉手發問。

「妳不知道還在哪裡吵什麼吵？」美里驚愕地問。

「看吧，我們果然無法勝任。」我垂著頭反抗說。

「欸欸欸，什麼是不倫嘛！」

今日香用力搖著美里的手問。

「不倫……就……就是自由吧（註）？」

靜子漂亮地矇混過去，聽到這話，美里拍手，誇張點頭。

「原來如此。摔角的世界裡也有自由契約，可以跨越團體的藩籬來對戰。」

「……是要脫線到哪裡去啦？」香惠良替我吐槽。

「才不是脫線。自由選手不能期望夥伴，只有在擂台上才有存在的價值，必須一個人孤高地活下去。」

我想美里只是暢所欲言，但以某個意義來說，她一語道破了本質，所以才可怕。現場一陣尷尬。

「我聽過不倫的歌！」

今日香元氣十足地打破房間裡的沉默，一副興奮萬分的模樣，向美里和靜子咬耳朵。

「……歌詞裡面跟爸爸談的，原來是不倫的話題嗎？」美里佩服地說。

「確實，我一直很疑惑爲什麼歌詞說爸爸離開了。」靜子蹙起眉頭。

「香惠良，今日香發現了知名歌曲的新詮釋。」

美里推推今日香的背，今日香咳了一下站起來，揮舞雙手唱了起來：

不倫♪　不倫♪　藍天裡♪　小鳥在歌唱♪

註：日語中「不倫」（hurin）與外來語「自由」（free）發音相近。

不倫♪　不倫♪　山丘上♪　啦啦♪　綠意盎然♪（註）

哈哈哈哈！我捧腹大笑，不曉得多少年沒這樣爆笑過了。原來小綠和爸爸談論不倫，然後爲不倫燃燒啊。哇哈哈哈。我急忙閉嘴縮起身體。抱歉這麼不莊重。

「喂，到底要怎麼辦？不克服這個難關，茱麗葉的秘書就沒有明天了。」

聽到香惠良凶狠地這麼說，眾人都挺直了背坐好。香惠良用食指按著太陽穴，一臉嚴肅地接著說：

「我不懂愛上有婦之夫的感覺。」

「是啊……」靜子加入，「沒辦法把自己的感情變換成語言，好好在內心消化。無法化成語言述說的感情，有時會讓人做出難以置信的行動。」

這話讓我的胸口微微刺痛。

靜子雖然清瘦，但氣質出眾，年輕的時候應該是個大美女。然而這樣一個優質女性，怎麼會單身一輩子呢？

「啊，該怎麼回答才好？就是想不到這種時候對方想聽的話，我們才會落得孤家寡人。」

靜子交互看著香惠良和美里，感慨地說。兩人尷尬地垂下頭去。

「我……還是只有在擂台上才能釋放眞正的自我。」美里撫摸著對我來說相當粗壯的手臂說。

「其實我也是……可能只能跟貓心靈交流。」據說以前養了兩隻貓的香惠良也窩囊地說。這兩個人同病相憐。

我覺得這樣下去不是辦法，對大家說：

「欸，大家不覺得靜了阿姨說得沒錯嗎？我覺得小綠就是沒辦法把自己在做的事化成語言說出來，才會痛苦。只要我們合力，一定會有辦法的。我們應該提出只有我們才能想到的回答，回應值得紀念的第一封來信、小綠讀者的期待。」

就算沒有戀愛經驗，只要用我們各自具備的最好的道德觀去回答就行了。我認爲這是羽衣此地的茱麗葉祕書的使命。

「……呵呵……我懂了，我終於明白不倫到底是什麼了！」

今日香怪笑起來，眾人驚嚇地望向她。

「誰、誰告訴妳的？」靜子問，香惠良偷偷摸摸地蜷起背，想要躲起來。

但今日香想到的答案，令我們大受感動。原來如此，愈想愈有道理。我們需要的是純粹，而這正是我們的強項。

今日香所提出的最佳答案，由香惠良敲打鍵盤輸入電腦。

小綠，那叫做「偷竊」。

——茱麗葉祕書的回答——

註：原曲為美國民謠團體The New Christy Minstrels所唱的〈*Green Green*〉，日語歌詞為片岡輝的創作，內容描述父子的對話與離別，被收入學校教材，因此在日本家喻戶曉。日語中的「不倫」（hurin），與green發音相近。

茱麗葉的紫祕書。

請多保重。

文化祭第一天　下午一點三十分

「小智，妳可以……和我交往看看嗎……？」

任意說要帶我參觀校舍，短短三十分鐘就對我告白的朝霧，果然是個不能信任的野獸。被穿著法國服務生風格圍裙的女學生包圍、得知有朝霧受害人自救會、被朝霧指著說「小智眞逗趣。」吃足了苦頭的我，總算發現一間空教室躲進去，不停深呼吸。

浪費了寶貴的時間，我後悔不已。

一團輕快的聲音經過走廊。我伸長脖子偷看，是七、八名看似感情很好的男女生背影。他們穿著同款的防風外套，背上印著海鷗圖案。是同班同學嗎？理所當然地接受理所當然的環境，毫無自覺的笑聲，不知爲何令我感到火大。

明明應該很期待文化祭，甚至興奮到昨天睡不著覺，然而掠過我的胸口的，卻不是雀躍的欣喜，也不是亢奮的心跳，有的只是如同沙丘風紋般擴散開來的粗礪感覺。

他們一定不知道，世上有些可悲的人無論怎麼努力都得不到回報，甚至沒辦法去努力。沒有人支持，人就無法努力。感覺他們會滿不在乎地對無法努力的人高喊「加油！」我對他們感到嫉妒。

我明白，這不是他們的錯。我感覺自己愈來愈不信任人，變得愈來愈討人厭，背貼著拉門，望向窗外的操場。天空一早就烏雲密布。

我想起那棟病房大樓。

種植著各種季節花卉的花圃。以新藝術風格爲基調的白色建築物。據說每個來訪的人，都稱讚它是樂園。不知道是諷刺，還是出自眞心。現實中，建築物二樓以上的房間，窗戶只能打開十公分。聽說曾有病患因爲對自己來日無多感到悲觀，跳樓自殺。

我慢慢地坐到地上，閉上眼睛。

……

我赫然清醒。不是沉浸在感傷的時候。看看教室壁鐘，時針指著下午一點三十分。

我的手表還不到下午一點。怎麼會相差了半小時？

完全沒注意到鐘聲的我衝出空教室。

我握著手冊下樓梯，穿過樓梯口，往體育館走去。胸口難受，我好幾次坐了下來。下午的舞台表演早就開演了。

「——妳不舒服嗎？」

聲音突然從天而降。

咦？

我注意到自己正摀著嘴巴蜷縮成一團，肩膀起伏喘息。這聲音……我視線游移，望向上方，看見一個高個子男生的影子模糊地搖晃著。難道是朝霧？

不是。這個學生個子雖高，但肩膀比較窄，身材清瘦，留著劉海，但沒碰到英挺的眉毛。五官端正，但表情僵硬，感覺面對鏡頭就會笑得很僵。他穿著滿是補丁的咖啡色外套，臉上畫了刀疤，所以應該是這所學校的學生。脖子上掛了塊板子用麥克筆寫著「留意獨腳男。一發現他，立刻通知我。」……是《金銀島》的比利·伯恩斯副船長？

「不要碰我！」

我狠狠推開他，站起來往體育館走去。就算一開始很溫柔，沒多久一定就會暴露出野獸的本性。

「……打扮成這副模樣，果然會引起戒心呢。」

背後傳來他沮喪萬分的聲音，回頭一看，他的左手小指根在流血。地上有破掉的三合板和彎曲的鐵釘，我發現他的手壓到那裡，受傷了。我驚慌起來。

「這點小傷沒事的，感覺運指沒問題。」

我連他的話一半都沒聽完，便往後退去。

「等一下，我比較擔心妳。妳怕我的話，我去叫女生來。」

下午的舞台表演已經開始了。我不能在這種地方浪費一分一秒。

我臉色蒼白地搖頭：

「不用了。」

「可是……」

「請不要管我了。拜託，不要靠近我。」

我把困惑的他徹底趕出視野，上氣不接下氣地前往體育館報到處。

那裡有一大片人牆，擠滿了像是家長的大人和帶著小孩的一家人，十分熱鬧，也有外校的學生。

早就超過演奏開始時間了，大家在等什麼？

我分開人潮往體育館門口走去，館內傳出麥克風悶悶的聲音。「爲什麼外面的人不進來？誰來告訴我！」還來得及嗎？得快點才行。

「不好意思。」

又被叫住了。這次是戴著「臨時」臂章、看起來很強悍的女生。她綁著附假辮子的頭巾，細長的眼睛看起來咄咄逼人。這個女生也打扮成海盜的樣子，我忍不住反射性地防備起來。因爲我想起了剛才那個男生。

「關於下午的表演順序……」

我沒聽到最後，直接往前衝。我迅速換上拖鞋，把鞋子丟進校方準備的塑膠袋，衝進體育館裡面。

總算成功抵達目的地，我鬆了一口氣。

咦？我詫異起來。

光線異常昏暗。環顧擺滿會場的折疊椅，觀眾數目稀稀落落，坐著幾個打扮招搖、佩戴銀飾的男生。

和我想像中的管樂演奏會印象大不相同。

最前面的座位，坐著一個服裝像計程車司機的大叔背影，看似正迫不及待地踏著腳等待。是我多心嗎？總覺得那個人的背影很熟悉。布幕就像馬戲團開幕似地往上升起，我提心吊膽地往那裡看去。

我差點沒癱軟在地。舞台被高約兩公尺的鐵絲網四面八方圍住，一名像是剛被捕獲的獅子般的男生雙腳大開站在裡面。染成金髮的長髮衝天直豎，赤裸的上身直接套上純白色的騎士外套。造型可怕的手環和項鍊等飾品嘩啦啦地撞擊出刺耳的聲響。

舞台上共有四頭獅子，我和在中央舉起電吉他的獅子王對望了。

「居然有那麼可愛的女生來聽我的歌……」

獅子王看似感動萬分地握緊麥克風。副吉他的小獅子彈奏出危險的怪音，鼓聲則以地震般的節奏呼應著。

本能告訴我不能留在這裡，我轉身要逃。結果一名將頗短的頭髮往後梳的男生用背部擋住體育館的門，阻止我的去路。

「請聆聽甲田學長靈魂的吶喊吧！」

我的腦袋陷入一片空白，背後傳來魔音穿腦般的爆音。

茱麗葉的分家　3

星期日下午兩點，我第一個抵達等待。

最近我都可以把飯全部吃完，也睡得比以前更熟了。毫無疑問，理由之一就是「茱麗葉的祕書・羽衣分公司」的存在。

令人開心的是，瀏覽人數似乎上升了，開始每星期固定收到兩、三封來信，眾人過著忙碌的每一天。同時也許是因爲祕書的個性逐漸顯露出來，開始有人指名要求誰來解惑。尤其是開始被稱爲「職業小孩」的紫祕書今日香，以及人生經驗豐富的綠祕書靜子特別受到歡迎。雖然是一點一滴的，但向祕書傾吐煩惱的人，也開始會回報後來有了什麼樣的結果。

我們很關心諮詢者的未來。大概比她們本人更要關心。

一開始我擔心，這會不會是我們的自我滿足。也覺得居然把希望寄託在我們身上，那些諮詢者眞是可憐。香惠良笑說這是爲了出院以後預演，但我忘不了靜子說的話。

——感情會永遠活在世上。

忘了是什麼時候，「茱麗葉的祕書．羽衣分公司」收到值得紀念的第一封來信，大家聚在一起討論。後來散會，在暗下來的房間裡，只剩下我和靜子，她忽然低聲喃喃：

——今日香說得眞好。

靜子微笑著，用手帕擦拭眼角。

——這下我似乎總算可以贖罪了。謝謝。

我吃了一驚。難道靜子以前也愛上過有婦之夫？

靜子露出從長年纏身的煩惱中解脫的表情，喊了一聲「小智。」

——我想妳一定能懂，感情是會永遠活在世上的。

我一時不明白她說了什麼。她的意思是，即使肉體從世上消失了，感情還是會永遠留存嗎？還是只要把我們的想法告訴與我們有關的人，就會永遠傳承下去？爲什麼靜子要說那種話——

香惠良、美里和今日香依序敲門進來了。

「全員都到齊了。」

香惠良爽快地在野餐墊坐了下來。靜子平常坐的位置還是空的。靜子阿姨今天檢查得比較久嗎？我想問，發現今日香的眼睛一片紅腫，就像剛哭過，頓時變得面色蒼白。

今日香從睡衣口袋摸出某樣東西來，靜靜地放在靜子以前坐的位置上。是綠色的眼珠散發光芒的茉麗葉徽章。

「靜子阿姨會回來吧？」

說出口後我後悔了。因爲沒有人能回答這個問題。往後成員會一個接著一個減少，這是再明白不過的事實。我長長地吐出顫抖的氣息，用力握緊膝上的拳頭。就連還小的今日香都壓抑感情在忍耐了，我卻……

香惠良長長的嘆息推動了停滯的時間。她指著筆電畫面低聲說，「喏，大家一起來解決今天的問題吧。」

「我來看看。」美里念出來信內容。

——給茉麗葉的祕書——

我叫飛鼠（假名），有個交往七年的男友，預定明年就要結婚。

但我覺得這幾年我們的交往已經淪爲惰性，千篇一律，失去了剛交往時的怦然心動，他會滿不在乎地在我面前放屁，我也感受不到他對我的愛。我們就這樣結婚，眞的好嗎？

「現充（註一）的來信耶！」

香惠良露出驚叫的表情往後仰。

「什麼叫現充？」今日香似乎振作了一些，對這句話起了反應，歪著頭問。

「就是指現實生活過得很充實的人。」我正經八百地回答。

「是妳喜歡的寶可夢裡的怪獸。現獸（註二）。那非常稀有，所以妳才不曉得吧？」香惠良這麼騙小孩。

應該對寶可夢無所不知的今日香不曉得從哪裡搬出怪獸圖鑑，卯起來開始翻查。舊資料室裡居然連這種書都有。她應該一輩子都找不到現獸這種鬼玩意吧。氣氛稍微恢復，我鬆了一口氣。多虧了香惠良卯足全力扭轉氣氛。

「話說回來……這女的搞什麼啊？」

美里抱起雙臂，露出無法理解的表情。她習慣性的抖腳造成了好大的震動。香惠良點頭附和：

「就是啊。不是有些女人主張戀愛跟結婚不一樣？我覺得那根本就是戀愛失敗的女人的藉口。」

人生都快失敗的我們沒資格自信滿滿地說這種話，因此我聽得提心吊膽。要是真的有戀愛之神，請溫柔地降下一場冷雨，讓這兩個快要激動起來的人冷靜一下吧！

註一：來自日語網路用語「リア充」，指現實生活十分充實，不需要二次元事物或網路世界慰藉的人。一般指有男女朋友、交遊廣闊、學業事業與趣皆十分豐富的人。

註二：原文「リア獣」，和現充的日文「リア充」同音。

「沒有現獸啊！」京香闔起圖鑑嚷嚷，「醫院外面一堆啦。」香惠良嘆氣。然後香惠良想了一下，用力瞪著半空中說：

「欸，這個匿名的飛鼠小姐，就請千篇一律的專家美里姊來回答好了。」

「什麼意思？」美里訝異地問。

「因爲摔角不是都千篇一律嗎？而且還是套好招的吧？」

「才不是千篇一律，也不是套好的。那叫『劇本』，只是有情節而已。」

「有什麼不一樣？如果情節都先安排好了，根本是瞧不起觀眾，而且也很無聊啊。就是因爲不知道結果會如何，才會出現戲劇性的發展，不是嗎？沒有劇本的人生和運動比賽之所以有趣，原因就在這裡吧？」

本以爲美里會生氣，沒想到我猜錯了。她好像已經習慣這類批評了，滿不在乎。

「妳一點都不懂，人生和運動比賽都是有劇本的。遠遠地看著成功的人，或許會被唬過去，但換成自己就會懂了。」

「什麼意思？我們受到許多的好運壞運影響，而且人生有時候也會因爲意想不到的事情而改變啊。」

「前輩告訴我，運氣是意外，簡而言之就像是事故，防患未然才是最重要的。所以必須先準備好幾套劇本，爲人生的意外做準備。」

看得出來，平常總是粗聲粗氣、講話隨便的美里正拚命地思考並說明。她回憶著女子摔角前輩教給她的智慧，思索著詞句。

美里的視線一直盯著靜子的徽章。她把手放在嘴邊，像是回想起某些重要事物似的，開始自言自語。

「等等……不知會如何發展的綜合格鬥技比賽，確實是有稍縱即逝的樂趣……但選手一定會受傷，而且有些比賽過度追求結果，儘管觀眾付了大錢進來看比賽，卻短短幾秒鐘就結束了……當時格鬥技那樣風靡一時，現在呢？容易炒熱，卻也容易退燒……原來如此，格鬥技就像戀愛啊……」

美里說著只有她自己才懂的啞謎。

「……若以娛樂觀眾為目的，還是有劇本的摔角才能勝出。那不是追求輸贏的樂趣，但偶爾也會發生脫軌的意外。那就是故事、是奇蹟嗎？對選手來說雖然是意外，但因為有劇本，也才會有意外。什麼都沒有的話，奇蹟也無從發生了……這樣啊，這就是愛吧？」

她似乎正在拚命尋找答案。

美里把手伸向靜子的徽章，用力握緊。

「我來回答飛鼠小姐的問題。」

「可以嗎？」

香惠良探出身體問，美里向她點點頭。她溫柔地摸摸不知不覺間變得無精打采的今日香的頭。今日香丟開寶可夢圖鑑，寂寞地看著靜子以前的位置。

「……今日香的創傷似乎比表面上更嚴重，偶爾我也來做個榜樣吧。」

美里說，把筆電拉過去她那裡，以笨拙的動作敲起鍵盤。

——茱麗葉祕書的回答——

人類以外的動物，在愛情萌生以前，一定會先進行決鬥，只有我們人類會努力避免這場決鬥變得血腥。

因此我確信，人類的戀愛是源自於古代格鬥技。不同之處，只有勝利者的冠軍腰帶變成了無名指上的戒指。

換句話說，婚姻與摔角，雖是不同的枝葉，根本卻是相同的。

之所以變得千篇一律，證明了飛鼠小姐與男友所描繪的未來藍圖是三流的。請重新審視比賽內容，安排亮點，思考能讓周圍的觀眾（也就是妳的朋友和家人）跌破眼鏡的表演戲碼。最好是能高潮迭起。

惟有精彩的比賽內容——錯了——惟有精彩的愛情，才能創造出精彩的結果。

說到我個人，過去我賭上人生，努力創造出精彩的結果。

因此我無怨無悔。

茱麗葉的黃秘書。

「啊，痛快了！」

美里舉起雙手，露出安詳的表情，就好像長年以來束縛自己的腳鍊總算取下來了。就和我最後見到靜子那時候一樣。我感到不知所措。

香惠良凝視著筆電畫面，一臉打從心底吃驚的樣子。她反覆閱讀，側臉漸漸變得悲傷。

「……什麼妳不後悔……討厭……怎麼可以自己一個人解脫？」

美里豪爽地笑著說：

「等大家好起來離開這裡後，一起來看我們團體的比賽吧。」

好起來……我從來沒有想過這當中有誰能夠痊癒。我看到今日香抓住美里的睡衣不放。神啊，求求您，請您至少救救這孩子。

「我才不會去看那種照章演出、舞台劇似的格鬥技呢。」

香惠良逞強說，這時候美里回答她的話，我永遠都忘不了。

「哈哈哈，但是妳沒看過賭上性命的舞台劇吧？」

文化祭第一天　下午四點二十分

小智……不要哭……

……答應我……

要連大家的份一起……堅強地……活下去……

……有妳陪伴過我們……就是我們的奇蹟……

我聽見記憶中回握我的手的香惠良的聲音。

就像要剝開貼住的眼睫毛似的，我睜開眼睛，看見白色的天花板上吊著U字型的窗簾軌。

躺在床上的我慢慢地坐起來。學校保健室？薄圍巾依然拉到口邊。我調整假髮位置，確定沒有被拿下來過。

漸漸想起來了。我在體育館的惡魔吶喊中昏了過去，這表示有人把我搬來這裡——身體一陣哆嗦，我緊緊地抓住自己的手，太丟臉了。而且還睡得這麼熟，我是怎麼了？因為太少外出了，我詛咒自己的虛弱和大意。

得快點逃走才行。

頭好痛。得先等頭痛過去，否則或許又會重蹈覆轍。

這時一段輕快的旋律響起，天花板上黑色的擴音器傳來校內廣播。

『感謝各位來賓今天參加南陵祭。時間即將來到下午五點，第一天的活動將要結束，離場時請別忘了您的隨身物品。』

這樣啊，已經五點了……

床邊的牆上貼了一張紙。是貼滿了校內各處的文化祭傳單，舞台表演的行程用紅筆訂正過了。

騙人！我這才發現管樂社的順序變更到第二個。這麼說來，體育館的報到處附近，那個綁辮子頭巾和眼帶的海盜少女對我說，「關於下午的表演次序——」要是活動變更的話，怎麼不更確實地告知參觀者呢？

我碰到的似乎是美國民謠社的發表會。美國民謠？那哪裡是美國民謠了？

天花板的擴音器繼續傳來廣播聲：

『明天將繼續於上午十點對外開放。廣受好評的義賣活動中，除了南高學生的手工藝品和糕點、家長捐贈的物品外，還有許多團體的捐贈品。請大家告訴大家，一起來同樂。』

還有明天。我覺得明天是見到薩克斯風手的男生最後的機會了。可是要怎麼樣才能見到他？只能鼓起勇氣，去音樂教室看看了。

頭痛似乎好了點，我下床穿上拖鞋，輕輕伸手，把圍簾打開一條縫。

牆邊有座巨大的水槽。金魚、鯽魚、鯉魚、泥鰍等亂無章法的魚類悠游著，傳來循環馬達與水流的咕嘟咕嘟聲。

『接下來是南陵祭新聞。首先是戲劇社——』

頭上的校內廣播開始讓人覺得煩擾。我打開圍簾，東張西望。

一名穿著這所學校制服的女生坐在桌旁的椅子上。我還以爲保健室裡沒有人，所以嚇了一跳。她把手放在膝上，閉著眼睛。她的臉蛋小巧，五官像日本人偶一樣端正，手臂上別著文化祭實行委員會的臂章，桌上的安全帽上用麥克筆粗字寫著「地科研究會　麻生」。還有一本夾了書籤的書，書背印著《天然石與寶石圖鑑》。

她蹙著眉頭，纖瘦的全身散發出一股不悅的氛圍。

難道她是在監視我？

我不想惹麻煩，準備躡手躡腳，不被她發現地溜出保健室。

『——接下來是管樂社新聞。明天下午將於新校舍的樓梯口部分場地，進行芹澤直子的單簧管檢定。非常歡迎生手參加，每個人都能體驗明星樂器單簧管。只要是南高在學學生，都有機會加入管樂社，請踴躍參加。』

「我怎麼沒聽說！」

校舍某處傳來慘叫聲。

怎麼回事？我驚慌失措地停步，跟忽然睜開眼睛的女生對望個正著。

「妳總算醒了？」

她說著，站了起來，長及腰部的黑髮跟著搖晃。她把安全帽和書本夾在腋下，走到保健室的拉門前。

那看起來不是要回去，而是要擋住門，我暗自緊張起來。

她欲言又止。

心虛的我覺得心臟都跳到喉邊來了，戒備起來。

兩人之間出現沉默，金魚的尾巴「噗嘟」一聲拍打水面。

『——接下來是發明社。曾經上過電視的本校發明社，為了與某家汽車廠牌對抗，已經正式著手開發雙足步行機器人。目前正在進行前進三步後退兩步的展示，有興趣的人，請到舊校舍一樓的發明社社辦參觀。此外，社辦前設有特製募款箱，進入時無法避開。』

她長長地嘆了一口氣說：

「……這所學校眞是傻瓜百寶箱。」

我點了一下頭。

「不過雖然傻，卻都是些好人。妳來我們學校的文化祭做什麼？」

果然引起懷疑了。我害怕誤會，搖了搖頭說：

「啊，呃，請問管樂社的表演最後是幾、幾點開始？」

她想了一下，望向壁鐘，「好像是下午兩點多。」

「這樣……」

雖然不曉得為什麼，但她的態度似乎柔和了一些。

「欸，妳認識誰？」

「呃、誰……？」

「管樂社的。」

我支吾垂頭，「……吹、吹薩克斯風的男生。」

「馬倫？」

「馬倫……」

「二年級的中裔美國人。」

的確應該是。

她注視著我，喃喃了一聲「唔」慢慢摸索制服口袋。她伸出來的手上放著五色彩虹徽章。

我差點驚叫，粗魯地將它們搶了回來。

「石榴石、黃水晶、綠寶石、紫水晶，還有海藍寶石。」

她正確地說出了寶石的名稱，把我嚇了一跳。

「它們掉在床上。因為好像是貴重品，所以我先保管了。」

對我來說，這些就像是遺骨。我緊緊地把它們握在胸前。

「抱歉。」她道歉說，「我對照過義賣品清單了。」

我可以理解這意味著什麼。她懷疑這些東西是偷來的。如果我行跡鬼祟，會引起這樣的猜疑也是難怪。我深深垂頭，沉默下去。

「……有什麼苦衷嗎？」

她問完，我再次點頭。

「要做什麼都是個人的自由，但萬一被發現有妳這樣的學生在這裡亂晃，會引起風波的。」

她說，把門讓了出來。

「我可以走了嗎？」

「如果見到馬倫，向他道聲謝吧。」

「咦？」

「就是他把妳送來這裡的。」

是馬倫？

經過女生旁邊時，我以顫抖的聲音問：

「……請、請問我明天還可以來文化祭嗎？」

「請自便。妳看起來不像壞人。」

她說是爲了懷疑我而表達歉意，給了我一張入場券。我行了個禮，跑離保健室。

茱麗葉的分家　4

野餐墊上放著用舊了的橘色腕套。

是美里最寶貝的東西。

充滿了她摔角選手時代回憶的物品……

不管和她感情再怎麼好，她都絕對不讓人碰，然而現在卻愛怎麼摸都行了。兩星期以前，一個眼眶凹陷，憔悴萬分的運動服女人帶著它來到這個房間，向香惠良深深行禮。

今日香發出吸鼻涕的聲音。她的毛線帽教人看了心痛。她從上星期開始戴上這頂帽子，好像是母親親手為她編織的。

眼前的香惠良和今日香就像淡漠地度過再明白不過的日常似的，回覆「茱麗葉的祕書．羽衣分公司」收到的信件。重要的人陸續離開，我以為她們的感情麻痺了，但有時她們會對笑起來。

只有我一個人陷入混亂。

我幾乎要錯覺只有我一個人處在非日常當中。

不，不對。

今日香呆呆望著半空中的時候變多了。

她的眼中若隱若現的，是期待未來的好奇心消失殆盡的暗光。

過去的我也是這種眼神。

在得到這個歸屬之前，我總是在鏡中看到這樣的眼神。

今日香大概只有跟我們在一起的時候，才能當個孩子。只要離開這個房間，她就必須表現得像個大人。必須像大人一樣，面對病魔，不斷地忍耐。

今日香失去了在這個房間當小孩的兩個支柱，我覺得她太可憐了。

靜子阿姨，美里姊……

我該怎麼辦才好？

請指點無力的我。

「今天回完這封信就結束吧。」

香惠良嘆氣喃喃說。她擔心著今日香的毛線帽，念出信件內容：

他是我第一個男朋友，我一直對他百依百順，現在也還愛著他，所以受到很大的打擊。

上個月，交往了兩年的男朋友突然提出要分手。

大家好。我是讀國三的貝兒（假名）。

——給茱麗葉的祕書——

他已經不理我了，不接我的電話，也不回簡訊。

所以我還沒有辦法跟他說再見。

接下來我該怎麼辦才好？請簡單扼要地回答。

「……這個女生像條破布般被拋棄了？」

今日香毫不修飾地大剌剌說，香惠良按住額頭喊頭痛。

我內心對信件最後一句話感到不滿。什麼叫「請簡單扼要地回答」？

「可是……我好羨慕。」

今日香重新坐好，低聲地說，香惠良望向她的側臉。今日香把手伸向花瓶和相框。花瓶上插著剪下來的紅色與紫色三色堇。

「是啊。」香惠良向她點點頭。

「……她還有好多好多『說再見的次數』。」

「咦？」我困惑了。說再見的次數？

「一開始是小智說的，對吧？」

今日香說，我深深吸氣沉默了。

我隱約懂了。可以說再見的時候，都是幸福的，因爲兩個人還有再會的可能性。

「……欸，這封信我來回答好嗎？」今日香說。

「妳可以嗎？」

「沒問題的。麻煩嘍。」

自從戴上毛線帽後，今日香的指頭就常常麻痺，連滑鼠都沒辦法自由操作。

香惠良雙手放在筆電鍵盤上等著。嗯……嗯……今日香拚命思考。

——茱麗葉祕書的回答——

貝兒妳好。我是茱麗葉的紫祕書。

分手或許令人悲傷，

但我覺得這是一件很棒的事。

我想兩位一定感情好到完全不需要言傳。

從中間開始，走向就有點怪怪的，我皺起眉頭。這不像平常的今日香。她是不是太勉強自己了？

所以不需要說再見。

再也見不到面也沒關係了。

「笨蛋！」香惠良放開鍵盤，用力抱緊今日香。

「……香惠良姊姊？」

「妳這麼小，不需要連靜子阿姨和美里姊的事都往身上扛。」

「可是……」

香惠良用指頭按住今日香的嘴唇，像要制止她說話，然後微笑。

「妳並不孤單，我們大家一起合力回答吧。」

——茱麗葉祕書的回答——

貝兒妳好。我是茱麗葉的紫祕書。

這次我和茱麗葉的紅祕書還有藍祕書三個人一起回答妳的問題。

妳知道「說再見的次數」嗎？

據說每個人可以說再見的次數都是命中注定的。

很誇張，對吧？我一直以爲因爲我是小孩子，這是大人騙我的。

他們說，有些人只能說一次再見，但有些人可以說好幾萬次的再見。

可以說再見的次數，好像是可以增加的。

至於怎麼增加，我不告訴妳。

不是因爲我壞心。因爲妳說再見的次數還可以增加，我卻沒有辦法。所以我無法告訴妳。

我們茱麗葉的祕書，「說再見的次數」是零。

每個人都不說再見就離開了。

貝兒，抱歉回答變得這麼長。

就算聯絡不上，妳還是可以見到妳的男朋友吧？

就算得用爬的，去見他就是了。就算埋伏他，令他感覺害怕也好，去見他就是了。

只要還有能夠主動去見他的身體，就永遠有機會。

茱麗葉的紫祕書、紅祕書、藍祕書。

我目不轉睛地盯著電腦螢幕。一而再、再而三地重讀，然後總算理解其中的意義，終於無法忍耐，淚如泉湧。我雙手覆臉，擦掉眼淚，嗚咽卻湧了上來，又流下新的淚水。

我聽到今日香的聲音，抬起頭來。

「我會好好說再見。而且我想到一個好點子。我要開發一個蒐集呆呆的怪獸，把它們變成同伴的畫時代遊戲，簡稱呆呆怪獸。」

今日香恢復明朗的口吻，香惠良也笑了開來。

「那主角怪獸要叫什麼？」

「這個嘛……『呆卡啾』好了。是一年到頭都呆呆的、長大以後變成國中生的我。跟稀有怪獸『現獸』是好朋友。」

哈哈哈，香惠良捧腹大笑，今日香意氣風發地接著說：

「然後要做成線上遊戲，從小孩子那裡賺到一堆錢，幫爲我花掉太多錢的爸爸跟媽媽買一棟房子。我的野心才剛開始！」

文化祭第二天　上午十一點

我轉乘公車，再次造訪清水南高中的文化祭。

我把臉埋在薄圍巾裡無精打采地走著。有學生裝扮成某種故事角色，舉牌站著，或分發手冊，感覺比昨天更熱鬧。

今天的我挑選了樸素的便服，而不是穿制服。是網購來的深藍色A字大衣、米色上衣，還有略短的黑白格裙子。然後配上昨天穿過的中意的內搭褲，還有一直很嚮往的長靴。裙子有點緊，但我沒有勇氣去店面買，沒辦法。

我用手比著手冊內容，確定現在站立的位置應該是從正門通往新校舍樓梯口的步道。好幾年沒到學校了，也許變成路痴了。

阿姨大嬸愉快地交談，小孩子從腳邊跑過。我磨磨蹭蹭的，結果有人從後面撞上來超過去。「不要站在路中間擋路！」意會到這是在說我時，說話的人已經不見了。又有新的一群人撞過我的肩膀離去。

參加者的數目比昨天更多，步道擠滿了人。

人潮之多，就像電視上看到的廟會情景。也許因爲是週日，攜家帶眷的人和情侶的比例大增，我就像乒乓球一樣，被彈到旁邊去了。

我重新看手冊，對操場舉行的義賣內容感到吃驚。甚至有光看名字感覺就很貴的童裝品牌，和成人名牌的二手衣。而且不是全部放在一起陳列，而是分成男裝、女裝和兒童裝，分攤義賣。連飾品、古董和中古電玩都網羅了。

我記得市內的學校應該只有南高舉行了文化祭，所以才特別投入，辦得這麼盛大嗎？總之我想逃離絡繹不絕的來訪人潮。我按住假髮，跳過步道旁邊的杜鵑花叢，大衣上沾滿葉子，走過泥巴小徑，總算成功脫離萬頭鑽動的人群。

但這回卻來到沒什麼人影的地方了。

這裡是學校後門？

「……妳是最後一個打雜義工？遲到太久了。」

突然有人從背後拍我的肩膀，遞過來一個塑膠容器，裡面裝著兩顆飯糰。大衣上沾著葉子的我抬頭疑惑是怎麼回事？

一名穿運動服的男生看也不看我，口中念念有詞，正在讀一本厚厚的冊子。冊子封面寫著「戲劇社」、「決鬥劇」。

「邊吃邊弄就行了，把東西從那邊的卡車車斗搬下來，搬進體育館。」

胸口別著名牌「名越」的運動服男生理所當然地要求說。

「……爲、爲什麼我要搬東西？」

「因爲妳跑來這裡啊。我們戲劇社人手不足。」

「我、我不懂你在說什麼，而、而且我也不是打雜義工。」

「是嗎？妳看起來的確弱不禁風。」

不是在這裡摸魚的時候。我有任務在身。我正要把飯糰還給露出詫異表情的名越時——

「她的用途，我來決定。」

一個運動服上別著名牌「藤間」的女生走了過來。她綁著辮子，戴著厚厚的眼鏡，看上去很樸素。她說「用途」，是我聽錯了嗎？

「……間彌，妳在幫忙服裝組，對吧？還沒弄完嗎？」

「已經弄完了，但爲了我今後的演員生涯，我希望她給我一些建議。」

「什麼意思？」

運動服男生名越皺眉反問。

「……這樣啊。既然你沒發現她的才能就算了。來，走吧。」

咦？咦？我拿著飯糰，被那個叫做「間彌」的女生拉走了。

怎麼會遇到這麼慘的事？

叫間彌的女生把我拖進視聽教室，開始鉅細靡遺地追問起我的身家大小事，所以我把鮭魚飯糰砸向她逃走了。雖然很對不起種稻的農家，但我可不打算向那個少根筋的女演員道歉。

看看手表，已經過了中午，快一點了。

我想起原本的目的，鼓舞自己，前往新校舍樓梯口。目的地當然是音樂教室。走到一半，我忽然想起昨天的校內廣播。管樂社應該在這附近辦活動，去看看吧。

我在擠滿參加者的樓梯口附近發現一個人人走避、宛如颱風眼的空間。那裡擺著長桌和椅子，立著一塊寒酸的看板，用蚯蚓爬似的字跡寫著「芹澤直子的單簧管檢定」一對穿制服的男女生並肩而坐，滿臉不爽。幾名學生站在他們前面，用一種老大不情願的態度吹著單簧管。

「這邊要這樣……不是吹氣，是吹出聲音……」

「對，以第一次來說，吹得不錯。感覺再吹個十年就能吹出音來了。」

「好厲害，就只有樂器拿得很有架勢。」

她就是叫芹澤直子的單簧管演奏者嗎？總覺得她說的話不是在稱讚，而是在損人。我看了一會兒，接受檢定的學生退潮似地一個接著一個消失，最後只剩下長桌和兩個人。

「……社長，我還要在這裡坐上多久才行？」芹澤不耐煩地說。

被稱爲社長的男生托起腮幫子應道：

「因爲是這種地點，我申請到兩小時。」

「要跟你單獨坐那麼久？開什麼玩笑！」

兩人展開有如貓打架般的爭吵。沒看到我在找的薩克斯風手男生，在這裡等好像也不會來，我轉身準備離開。

「歡迎參加單簧管檢定！」

這時有人從背後拍我的肩膀。我膽戰心驚地回頭，看見臉上布滿爪痕的社長滿臉笑容地站在眼前。長桌裡的芹澤向我行了個禮。

感覺無法脫身，我立下覺悟，打算速戰速決，坐到芹澤前面。咦？我納悶。好像在哪裡見過她。參加者這麼多，或許只是錯覺。但巧的是，她似乎也有和我一樣的感覺。

「妳第一次吹單簧管？」

我因爲害羞與尷尬，不敢看她，垂下頭來。

「那麼首先把消毒過的這個放上簧片……不用擔心，我們準備了很多……然後按住這邊跟這邊……吐氣吹出聲音看看。」

我拿起單簧管，感覺滿大的。我客氣地照著指示吹氣，說「嗚」似地一吹，意外地發出悅耳的聲音來。

「那……按住這邊跟這邊，連續吹個十秒看看。」

十秒那麼長？我擔心自己的氣不夠，但因爲想要盡快脫身，便鼓足了勁照著做。和前面接受檢定的學生相比，我吹出了滿平均的音色，聲音沒有扁掉。

「妳知道剛才吹的是什麼音嗎？」

「拉？」

小時候我曾經央求父母讓我學鋼琴。父親很快就要我別學了，但我學到了一點音感。

「……怎麼樣？」社長附耳問芹澤。

「……很不錯。手指很長，音感也很好，應該可以學得不錯。」

社長站起來抓住我的雙肩。

「我沒看過妳，妳是我們學校的嗎？一定是吧？絕對要是！」

我害怕起來，把手上的單簧管塞還給芹澤，逃也似地跑了出去。「等一下！」社長從後面追來，就在我回頭的瞬間——

「——喂！上条，穗村！抓住那個女生！」

咦？我嚇了一跳，差點撞上前方走來的一對情侶。我看見情急之下男生護住了女生。一聲尖叫，我和女生跌坐在地。是昨天嘴巴叼著熱狗的女生，她呆呆地看我。

「咦？妳是……」

被形同第一次見面的女生這樣說，我困惑起來。趴倒在地的男生被我坐在屁股下，我急忙跳開，「對不起！」

「欸，春太，這個人……」

叫做春太的男生搖搖頭站起來。他的髮絲細柔，睫毛修長，雙眼皮，有著一張秀麗而中性的臉，好像偶像。他從制服口袋掏出折起來的影印紙。影印紙上畫著很像我的畫像。上面寫著體育館演唱會、常葉女高制服、圍巾、內搭褲、一見鍾情、命運的邂逅、找到她的人有獎等等。

「嚇我一跳。好厲害……」他正面看著我，發出感嘆的聲音，「我第一次看到像你這樣的人。」

女生屏息注視著我。

男生低頭看看畫像，露出失望的表情喃喃說：

「……這樣啊。甲田學長在邂逅的瞬間就失戀了。」

茱麗葉的分家　5

我想起「茱麗葉的祕書．羽衣分公司」設立時的事。

當時二樓房間窗外的楓樹正冒出新芽。

不久後，茂盛成長的夏季綠葉開始轉黃，變成紅色。那色彩與藍天相映成輝，去年、前年、再前年，我們都在房間裡看著這樣的變化。

紅色葉子一個月就落盡，掛起包裹著棉絮的果實。

那形狀就像小鈴鐺，每當風吹過，就好似可以聽見細微的鈴聲。果實隨著春天新的氣息落下地面，世代交替。

傳遞給下一個世代、下一段生命……

——今天也只有我跟香惠良兩個人。

香惠良在平常那個房間，默默地回覆「茱麗葉的祕書．羽衣分公司」收到的戀愛煩惱。她整個人瘦成了皮包骨，令人不忍卒睹。只有敲打筆電鍵盤的聲音，就像用指甲扒抓著寂寥的房間空氣似地喀噠作響。

今日香以前坐的位置，擺著紫色的徽章和草莓口味的牛奶糖。上上個星期香惠良進來時，靜靜放下了徽章。然後她想起來似地從口袋抓出許多牛奶糖，擺在徽章周圍。看著想要擺好牛奶糖，這樣排也不是、那樣排也不是的香惠良，我什麼話都說不出來。

香惠良嘆了一口氣，閉上眼睛。

我覺得那模樣就像是自身難保，只剩下爲自己而流的淚水。

我一陣心酸，也一起閉上雙眼。

還有一點救贖。我沒有和只在這個房間碰面的茱麗葉祕書直接說再見或道別。所以只要像這樣閉上眼睛，感覺就好像她們會突然敲門，說著「不好意思。」開心地跑進來。美里開始炫耀起女子摔角的知識，今日香便說起寶可夢來對抗，而靜子居中調解。然後我看著大家——

「下一個祕書……」

瞬間，我誤以爲香惠良是在自言自語。

睜開眼一看，香惠良正站起來看著我。我從她的視線，很快就知道她是在對我說話。不可能。這不可能……

「欸，差不多可以了吧？我有正經事要說。」

香惠良抱著筆電，慢慢朝我走來。

終於站在了我的面前。

香惠良舉著原本應該屬於智子的藍眼睛茱麗葉的徽章，輕輕碰了碰應該藏在書架上的網路攝影機。

「隔岸觀火的感覺如何？」

一直從遠方的自家電腦觀察她們的我感到背脊一涼。

香惠良以強烈的眼神直盯著鏡頭看。

「我和最早過世的小智說好了，所以我不會怪你。」

我喉嚨哽住，看著野餐墊上的相框。上面應該是一名少女的遺照。

「這部筆電的登入密碼是『HAGOROMO5+1（註）』。我希望你繼承『茱麗葉的祕書．羽衣分公司』的經營。我想要把我們五個人的感情，寄託給還有未來的你。」

所以──香惠良對我說道：

「不要封閉在黑暗的世界裡，快點出來吧，藺居少年。」

啊，我舉手投降了。香惠良輕咳了一陣。

「我聽小智談起你很多次。她說你是她的青梅竹馬，一直想變成女生，還說你沒辦法去上學了，很可憐──我記得你父親是計程車司機，對吧？要上小學的時候，你知道沒辦法背著女生的紅色書包去學校，傷心得離家出走，走到十公里遠的祖母家去。聽說那個時候你父親公器私用，用公司的無線電和同事進行大搜索。」

我終於無法忍耐，在「茱麗葉的祕書．羽衣分公司」的留言版上留言。是我總是第一句說出口的那句話：

『我是不是很噁心？』

香惠良望向筆電。

「……不曉得欸，這得見過你才知道。不過聽小智的描述，我覺得你是個可以信任的男生。」

我再次留言。很多大人嘴上這麼說，想要接近我。

『請不要騙我。』

「小智還活著的時候，你曾經聆聽她的戀愛煩惱，對吧？」

咦？我一驚。

「……你記得小智喜歡上一個男生嗎？有時候會來醫院演奏的薩克斯風手父子，如果小智去上學，應該大她一年級的男生。」

我記得。我們很熱烈地討論過這件事。

「小智不是對你說，她想要抱著寧為玉碎的心情，放手表白？當時你反對的話，小智到死都記得一清二楚。」

我說了什麼？我們說過太多太多的話，記憶都變得稀薄了。

「你對她說，東西碎掉了就無法恢復原狀了。很難有人能這樣說，不是嗎？你痛切地明白碎掉的東西再也無法恢復原狀，所以我相信你。我相信唯一一個為小智送終、為她哭泣的同班同學。」

我無法正視香惠良，垂下頭去。

我不值得被信任。我無法自發進行任何行動，只是不斷等待別人聽自己訴說；有時候單方面地傾吐，希望受到庇護；只會從安全的地方偷看，是個卑鄙的旁觀者。我覺得自己實在太可悲、太沒出息了。

註：HAGOROMO即「羽衣」的日語發音。

「欸，你不是曾經打扮成女生，到醫院來給小智探病嗎？拜託，告訴我你叫什麼名字。」

我用顫抖的指頭在留言版留言：

『我叫柏原智之。』

一陣沉默。香惠良把視線從筆電畫面移開，以彎曲的指頭按著眼角「啊哈哈」地笑了。

「……新垣智子和柏原智之啊。兩個小智。難怪你們感情這麼好。」

我開始準備外出，去見香惠良。

文化祭第二天　下午四點

有沒有什麼事物……是不管經過十年、百年……甚至千年……都不會消失的？

我爲智子送終時，她已經無法說話了。她的父母都是大學教授，去九州參加研討會，發表學術論文。智子的病情急轉直下，護士聯絡了父母，他們卻訂不到機票，再怎麼快，也要隔天早上才趕得回來。我雖然沒辦法聽到智子的遺言，但香惠良在前一天聽到了。

我緊緊握著五色彩虹徽章，從音樂準備室窗戶看著操場。

上条和穗村這兩名管樂社社員把我藏了起來。

從四樓看出去的窗外，文化祭已經告終，開始收拾帳篷。

太陽西傾，淡雲掃過天際。西空開始暈滲出橘紅色，慢慢地染紅足球門。校舍充斥著南高學生慌亂的腳步聲，化成了一團喧囂。

屋頂傳來管樂器的聲音。

我豎耳聆聽那熟悉的懷念旋律。

我覺得今日香來不及等到、我和智子期望卻沒能得到的有限時光，就在南高裡面。世上是由無數的不公平所構成的。這個世界毫無道理可言。如果不夠強壯，就只能死去。

即使過了千年都不會消失的事物……

智子為自己的命運憂傷，覺得人生虛渺，才會留下這樣的疑問嗎？

我不明白。

——上了國中，和智子分開以後，我很快就不去上學了。小學只是因為比起父母，我更不想害智子擔心，才繼續去學校罷了。

我是在醫院和智子重逢的。她住院的安寧大樓對病患的限制很寬鬆，有地方可以使用電腦和手機，自由時間也很多，令我驚訝。

智子的臉色一天比一天更差，她提議在那個房間裝上小型網路攝影機。

欸，我問過護士，這裡有無線網路，只要有電源就可以用。就算病房不行，這裡的話，很容易就可以裝鏡頭。這樣你就可以隨時見到我們了。我想把我在醫院交到的朋友介紹給你。嘿嘿，有四個呢，很多吧？你一定會嚇一跳。

也許智子是在為一直不去學校，想要和外面的世界隔絕的我擔心。

不可以啦，每個人都有隱私的，我一笑置之說。這絕對不可能的。

結果智子央求我，「那給我們隱私。」我們想要隱私啊。可是除非有人來看，否則我們根本也沒有隱私可言。在這種地方，連想要別人來看，都是一種奢侈。

我沒想到她眞的裝了鏡頭，然後離開了。

——啊，來了來了，另一個小智。眞可愛！

香惠良的聲音在腦中響起。後來沒有多久，香惠良的身體就變差了，過了兩星期以後才能會客。就和今日香一樣，她一直勉強著自己。

討厭啦，哭什麼呢？

不要這樣，道什麼歉呢？

香惠良在單人房的病床上溫柔地抱住我。

聽好，如果你覺得愧疚，我來幫你減輕一些。

小智一直是和你在一起的。

小智沒能看到的事物，你都替她看到了。

小智沒能聽到的事物，你都替她聽到了。

小智沒能實現的夢想，今後由你來替她完成……

欸，其實「茱麗葉的祕書．羽衣分公司」這個主意，是小智想出來的。你知道「喜怒哀樂」吧？在這種醫院住久了，「喜」、「怒」、「哀」會愈來愈強烈，「樂」卻會漸漸消失。

小智總是說，不管再怎麼難受，都想活得快快樂樂！

是你假裝口碑，在網路上替我們宣傳的，對吧？託你的福，我們有了許多快樂的回憶，羽衣分公司也才能持續下去。所以讓我道個謝吧。

我會向靜子、美里和今日香說明的。她們一定會明白的。

因爲……

五個人全軍覆沒，這樣太討厭了。

我們五個茱麗葉的祕書……接下來要把你送出外頭充滿希望的世界。今日香的呆呆怪獸，也要靠長大以後的你去實現了。

你要做好心理準備唷——

——

在逐漸暗下來的音樂準備室裡，我依舊茫茫然看著窗外。

與香惠良見面一個月後，她的寶貝筆電，還有五個徽章寄到家裡來了。我告訴她住址，她眞的寄來了。然後我了解了這意味著什麼，好一陣子無法振作。

在踏出第一步之前，我想去見智子單相思的對象。

我想爲不負責任地回答她的戀愛煩惱做一個了結。

行政女職員記得來醫院進行慰問演奏的薩克斯風手父子。我向人打聽，問出少年現在是清水南高中的學生。

他現在身高多少、是什麼體格、長什麼模樣、喜歡什麼音樂、喜歡吃什麼……我想替智子了解這些，到她的墓前報告。

音樂準備室的門忽然打開，我用薄圍巾遮住喉結，轉過頭去。這就是我圍圍巾的目的。

是上条。

「馬倫在屋頂。」

我點點頭，微微垂視，不知所措，上条自告奮勇帶我去。我接受他的好意，跟著他上樓梯。為什麼呢？他就算發現我的性別，也一點都沒有大驚小怪，沒有把我交給老師，還表現出某程度的理解說，「你似乎有什麼苦衷。」昨天在保健室遇到的女生也是。也許他們雖然外表瀟灑，其實背負著與我不同種類的陰暗面。

打開樓梯間的門，迎面撲來的風壓吹起長長的假髮。

我環顧屋頂。

帶著風的夕陽中，一名男生正在吹奏薩克斯風。音色極為清澈、悅耳，所以很醒目。他面對開始收拾的操場，吹奏著德弗札克的《來自新世界》中耳熟能詳的〈念故鄉〉。據說廣播社的音樂CD弄丟了，所以馬倫替他們吹奏。

我想起和智子一起念書的小學生活，看得有些忘了時間。

個子修長的他，把背帶調整到可以自然含住吹口的長度，姿勢挺拔地吹奏著薩克斯風。柔軟、渾厚、冶豔而凝縮的音從屋頂傳遍整個操場，劉海在他英挺的眉毛上晃動著。吹奏金光閃閃的薩克斯風的模樣，帥氣得足以讓住院的青春期少女為之痴迷。

他的左手小指包著白色紗布。

我發現到一件事，小聲問站在旁邊看前面的上条說：

「……昨天他是什麼打扮？」

「打扮？他穿制服啊。啊，可是中午過後就換成演奏時穿的服裝了。馬倫很不願意，可是大家硬逼他穿。」

我回望上条：

「……當心獨腳男？」

「咦？」上条的表情變了，「你昨天就遇到他了？馬倫扮《金銀島》裡的比利．伯恩斯，社長扮約翰．西爾弗。雖然一點都不像。」

「這樣啊……」

原來我昨天就見到馬倫了。如果是智子一定認得，但我一次都沒有見過他，所以認不出來。沒有資格跟他說話的我轉身前往樓梯間。上条叫住我：

「是他送你去保健室的，你不向他道謝嗎？」

我壓抑湧上心頭的感情，點了點頭。馬倫送我去保健室時，應該就發現我是男生了。然而卻沒有引發任何騷動，這表示他沒有告訴任何人。明明我對他那麼過分……

但因爲偶然的邂逅，我有好多事情可以向智子報告了。

智子沒有愛錯人。

光是了解這件事就夠了。我回到屋頂的樓梯間，穗村在樓梯平台等著。她一下子躲到上条背後，用警戒的眼神看我。

「小千，他不去女廁還是更衣室就不會有問題了啦。」

嗚嗚……穗村發出狗低吼般的聲音，鼓起腮幫子。

上条聳了聳肩，「喂，妳不說出來，沒人知道妳是什麼意思啊？」

「爲什麼你可以變得比普通女生還要可愛！」

「原來重點在那裡？」

「可是……」

「人家天生麗質啦。唔，就兩天而已的話，睜隻眼閉隻眼吧。」

上条從制服口袋取出畫了我的人像的影印紙打開。居然好像開出了獎金。

「而且甲田學長的誤會也完全解開了。」

上条說，我歉疚地垂下頭。也許我對那個叫甲田的高年級生造成了相當大的創傷。他從體育館的舞台上看到我，似乎超越一見鐘情地光速墜入愛河。

如果有什麼不明白的地方，就是甲田說的那句話。

如果有前世，我覺得妳和我是一同克服難關的同伴——

那到底是什麼意思呢？

慶功宴與第六個祕書

「什麼叫十五分鐘內結清營收，通知學生會？」

「不知道要幹麻，好像是日野原會長指示的。」

「叫大家在慶功宴開始的六點前，全員在操場集合欸。」

「喂喂喂，眞的假的？」

來到走廊一看，南高的學生正陸陸續續從教室走出來，神色慌張地前往樓梯口。吵鬧得就像小學的時候經驗過的避難訓練。

和我一起打發時間的上条和穗村完全狀況外。

「怎麼了？」穗村呆掉了。

「不曉得。」上条歪頭。

「是要牛營火嗎？……那未免太落伍了吧。」

「妳那種聯想本身才落伍，好嗎？這種時候生的火，叫做風暴大火。」

「我不懂哪裡不一樣。從營火扣掉民族舞蹈，就變成風暴大火嗎？」

「……隨便啦。」

「怎樣啦！」

上条和穗村好像要吵起來了，我一個人慌張失措。

「總之去看看吧？」

穗村往前跑去，正要一起去的上条回頭：

「你也一起來吧！」

他強硬地拉著我的手，我們三個人一起跑下樓梯，前往樓梯口。

操場擠滿了學生、老師、文化祭相關人士。四下已經籠罩著暮色，仰頭望天，星星正微微閃耀。和我們一樣不明究理、被召集到操場的學生的細語聲、老師閒聊的聲音掠過耳畔。我不知道他們在說什麼，也沒必要知道，但總覺得好似快重回兒時經常感受到的心情。只是腦袋不明白而已，一定有什麼快樂的事情即將開始了——是一清二楚地這麼理解的心情。

我們決定離開人牆觀望。太陽下山後微涼的風拂過臉頰，我把臉埋在薄圍巾裡等著。

一座巨大的沙發被搬到中央，一名學生不可一世地坐在上頭。

「啊。果然是日野原學長……」

穗村露出苦澀的表情，看來是企劃這次文化祭的學生會長。

日野原會長手裡拿著擴音器。許多別著臂章、看起來很順從的男生圍著他，他以不用擴音器也十分嘹亮的聲音跟他們說話：

「喂，已經聯絡市內可悲的國高中生了嗎？」

「已經透過參加者宣傳出去了……」

「辛苦了。」

日野原會長用擴音器朝著聚集在操場上的所有人叫道：

「整個文化祭的營收，最長只夠三分鐘！」

就在這時，南方天空傳來一道痛快的巨大爆破聲。

眾人都往那裡望去，我也跟著轉頭。隨著耀眼的光芒，影子投射出來，響起盛大的歡呼聲。

——天哪，不敢置信！

大朵的煙火衝上天際，點綴深藍色的夜空。

居然能在高中文化祭看到只有祭典才能欣賞到的正式大型煙火……

在夜空炸開的光球中心拉出光塵，片片軌跡就像菊花花瓣。砰！砰！煙火接二連三，火星在淡淡的夜色中迸散。

「這是什麼？我沒有聽說啊！」穗村張大嘴巴仰望著。

「……原來消防局同意了啊……」上条頻頻讚嘆地說。

「啊，找到了！」

疑似管樂社社員的男生走過來。他留了一頭不像高中生的長髮，綁在後面，營造出一種飄逸的氣質。

「界雄，你知道要放煙火？」上条問長髮的男生。

「嗯。今年因爲不景氣，煙火好像有很多庫存。老師說依據條件，要請煙火師也沒那麼困難，聽說這次煙火師好像給了很多折扣。」

「這樣啊。把文化祭賺來的錢撒到天空，會長也眞是豪邁。」

注意到的時候，管樂社社員開始聚集在我們周圍。「芹澤直子的單簧管檢定」的那兩個人也抬頭在看煙火。

「這就是典型的文化祭啊……」

名叫芹澤、看似不食人間煙火的女生眼睛閃閃發亮地說。

「不不不，這一點都不典型。是因爲我們的學生會長像個怪物才做得到的。」

社長說了破壞她夢想的話。

「好厲害……可是大家那麼拚命賺錢，結果只夠放三分鐘啊……」

穗村刺眼似地瞇著眼睛，語帶寂寞地喃喃自語。

「就算只有三分鐘，但像這樣看著實際打上去的煙火，感覺也滿長的。」

上条雙手伸到後腦勺交握說地回應她。

「是啊。」社長應聲，隔了一拍，自言自語地說，「我想，看煙火是爲了留下回憶吧。爲了能在往後不斷地再三回味。」

注意到的時候，煙火聲變成了盛大的掌聲。掌聲和歡呼久久不散。

「不管經過十年、百年……甚至千年……都不會消失的事物……」

一直仰著頭的我茫然呢喃。

「世上沒有那種東西。」

聽到靜靜訴說的聲音，我驚訝地回頭，穿著制服的馬倫站在眼前。他不理會動搖的我，仰望天空告訴我：

「壽命有限的我們，要怎麼去確定那無垠的事物？」

我深深吸氣。不管是我還是智子，都無法見證百年、千年以後的事物。原本我已經下定決心再也不在別人面前哭泣，淚水卻泉湧而出。

「……要是小智還活著的時候能聽到這句話就好了……我好想和她說更多更多的話……」

「小智……你昨天在保健室的床上，夢囈中提到這個名字。」

「咦？」

「我不認爲你是爲了惡作劇才打扮成女生的樣子。」

我用手背揩拭不停地流下的淚水，深深向他行禮。我實在沒辦法再和他多說些什麼，轉身就要離開。

——妳知道嗎？

人牆中傳來女生的對話聲。

——射上天空的煙火裡面，有些沒有爆炸，掉到地上的，叫做黑玉。

——放完以後，師傅會四處進行大搜索，對吧？

——那我們去看。

——好啊，一起去看。

部分學生出於好奇，魚貫地往另一個方向走去了。

「聽見了嗎？黑玉耶。」

上条對此表示興趣，接著聳了聳肩說：

「這表示不管再怎麼努力，我們也是有可能變成黑玉的。」

結果有人「砰」地一聲大力拍他的背。是穗村。

「有什麼關係？黑玉也是煙火的一部分啊！如果沒被打上去，就只是顆單純的煙火球嘛。也不會染上顏色。」

至今為止，我一直是茱麗葉的黑秘書。我取出五色彩虹徽章，緊緊地握在手中。

香惠良姊姊、靜子阿姨、美里姊、今日香，還有小智……

羽衣鎮上的茱麗葉的祕書。

大家合力把我送出外面的世界，我可不會甘於只當個黑祕書。

從今以後，我要證明自己將會成為彩虹祕書。

NIL 16／千年茱麗葉

原著書名／千年ジュリエット
原出版者／角川書店
作　　者／初野晴
翻　　譯／王華懋
責任編輯／詹凱婷・張麗嫺
編輯總監／劉麗眞
總 經 理／陳逸瑛
榮譽社長／詹宏志
發 行 人／涂玉雲
出 版 社／獨步文化
城邦文化事業股份有限公司
104台北市中山區民生東路二段141號5樓
電話：(02) 2500-7696　傳眞：(02) 2500-1967
發　　行／英屬蓋曼群島商家庭傳媒股份有限公司
城邦分公司
104 台北市中山區民生東路二段141號2樓
網址／www.cite.com.tw
讀者服務專線／(02) 2500-7718；2500-7719
服務時間／週一至週五：09：30～12：00　13：30～17：00
24小時傳眞服務／(02) 2500-1900；2500-1991
讀者服務信箱E-mail／service@readingclub.com.tw
劃撥帳號／19863813
戶名／書虫股份有限公司
香港發行所／城邦（香港）出版集團有限公司
香港灣仔駱克道193號1樓東超商業中心
電話／(852) 2508-6231　傳眞／(852) 2578-9337
E-mail／hkcite@biznetvigator.com
馬新發行所／城邦（馬新）出版集團
Cite (M) Sdn Bhd
41, Jalan Radin Anum, Bandar Baru Sri Petaling,
57000 Kuala Lumpur, Malaysia.
Tel: (603) 90578822
Fax:(603) 90576622
email:cite@cite.com.my
封面設計／犬良設計
封面插畫／RUM
排　　版／游淑萍
印　　刷／中原造像股份有限公司
●2017（民106）4月初版
售價299元
 ISBN 978-986-5651-89-3

國家圖書館出版品預行編目資料

春夏推理事件簿：千年茱麗葉／初野晴著；王華懋譯．–初版．– 台北市：獨步文化，城邦文化出版：家庭傳媒城邦分公司發行，民106.04
面；公分．--（NIL；16）
譯自：千年ジュリエット
ISBN 978-986-5651-89-3
861.57　　106001245

廣　告　回　函
北區郵政管理登記證
台北廣字第000791號
郵資已付，免貼郵票

獨步文化
APEX PRESS

104台北市民生東路二段 141 號 2 樓

英屬蓋曼群島商家庭傳媒股份有限公司

城邦分公司

請沿虛線對摺，謝謝！

獨步文化
APEX PRESS

書號：1UY016	**書名**：千年茱麗葉	**編碼**：

請於此處用膠水黏貼

獨步文化 APEX PRESS

讀者回函卡

謝謝您購買我們出版的書籍！

請費心填寫此回函卡，我們將不定期寄上城邦集團最新的出版訊息。

姓名：＿＿＿＿＿＿＿＿＿＿ 性別：□男 □女

生日：西元＿＿＿＿年＿＿＿＿月＿＿＿＿日

地址：＿＿＿＿＿＿＿＿＿＿

聯絡電話：＿＿＿＿＿＿＿＿ 傳真：＿＿＿＿＿＿＿＿

E-mail：＿＿＿＿＿＿＿＿＿＿

學歷：□1.小學 □2.國中 □3.高中 □4.大專 □5.研究所以上

職業：□1.學生 □2.軍公教 □3.服務 □4.金融 □5.製造 □6.資訊

□7.傳播 □8.自由業 □9.農漁牧 □10.家管 □11.退休

□12.其他＿＿＿＿＿＿＿＿＿＿

您從何種方式得知本書消息？

□1.書店 □2.網路 □3.報紙 □4.雜誌 □5.廣播 □6.電視

□7.親友推薦 □8.其他＿＿＿＿＿＿＿＿

您通常以何種方式購書？

□1.書店 □2.網路 □3.傳真訂購 □4.郵局劃撥 □5.其他

您喜歡閱讀哪些類別的書籍？

□1.財經商業 □2.自然科學 □3.歷史 □4.法律 □5.文學

□6.休閒旅遊 □7.小說 □8.人物傳記 □9.生活、勵志 □10.其他

對我們的建議：＿＿＿＿＿＿＿＿＿＿

＿＿＿＿＿＿＿＿＿＿

＿＿＿＿＿＿＿＿＿＿

為提供訂購、行銷、客戶管理或其他合於營業登記項目或章程所定業務需要之目的，家庭傳媒集團（即英屬蓋曼群島商家庭傳媒股份有限公司城邦分公司、城邦文化事業股份有限公司、書虫股份有限公司、墨刻出版股份有限公司、城邦原創股份有限公司），於本集團之營運期間及地區內，將以mail、傳真、電話、簡訊、郵寄或其他公告方式利用您提供之資料（資料類別：C001、C002、C003、C011等）。利用對象除本集團外，亦可能包括相關服務的協力機構。如您有依個資法第三條或其他需服務之處，得洽詢本公司服務信箱cite_apexpress@cite.com.tw請求協助。相關資料不提供亦不影響您的權益。

□我已詳讀權利義務之相關條款，並同意遵守。

請於此處用膠水黏貼